唐德剛
作品集

唐德剛作品集

書緣與人緣

作　　者——唐德剛
主　　編——游奇惠
特約編輯——趙曼如
發 行 人——王榮文
出版發行——遠流出版事業股份有限公司
臺北市 100 南昌路 2 段 81 號 6 樓
電話／2392-6899　　傳真／2392-6658
郵撥／0189456-1
法律顧問——董安丹律師
著作權顧問——蕭雄淋律師
2013 年 1 月 1 日 二版一刷
行政院新聞局局版臺業字第 1295 號
售價新台幣 300 元（缺頁或破損的書，請寄回更換）

ISBN 978-957-32-7128-4

YLib 遠流博識網
http://www.ylib.com　　e-mail: ylib@ylib.com

序

本書以論胡適為首，並以〈胡適時代，捲土重來——胡適生先逝世二十五週年紀念演講會講稿之一〉為第一篇，足見對胡適先生的尊重，唐德剛先生為胡適先生的門生，在紐約時還時相過從，對胡先生可說是知之甚稔的。而唐德剛先生還親自做胡適的口述傳記，並出版專書，是胡先生晚年交往最親密的人之一，由作者為胡先生的二十五週年逝世紀念做演講，是最適當的人選。

胡適思想在中國大陸受到青年一代之肯定，是必然的結果。此所以當年毛澤東要發動全國來批之，因為毛澤東是不容許有人在大陸有聲望的，除了毛澤東，任何人都是可以批鬥的，何況胡適的思想是與毛澤東思想相對立的，不把相對立的思想批倒鬥臭，那毛澤東的思想如何能獨尊於一。現在毛澤東已死去多年，而中共又不得不走經濟開放路線，胡適思想之重新抬頭是必然的。

不過，胡適所提倡的民主與科學，原是人類社會所必須達致的，不管有沒有胡適都一樣為人們所追求，但胡適在中國最早提出來以為建設國家所必須，是必定要肯定他的功勞的，胡適本人雖不及見在大陸這一天的來臨，但他必定知道這一天終必來臨的。中國在二、三十年代逐漸把胡適思想擠下去的兩大主義，一是法西斯主義，這個主義在中國已經垮掉，二是共產主義，在大陸縱橫了幾十年，如今已日薄西山，有等於無了。民主主義必然抬頭而終必成為中國之政治的基石，是可以預卜的。

在各種討論胡適的文章之中，〈「芻議」再議——重讀適之先生〈文學改良芻議〉〉一文，指出胡適之是反對五四運動的，胡適說因為這個運動是對他和一批朋友們——蔡元培、陳獨秀、錢玄同等人——所正在進行的新文化運動的一種「政治干擾」。這是指的一九一九年五月四日學生在北平天安門集會，反對巴黎和會出賣中國山東青島權益予日本的運動。事實上這是誰都難於反對的，中國學生做了正義的舉動，並且得到勝利，中國代表拒絕簽字。此所以胡適在當時並不能站出來反對之。

歷史學家必須公正，必須敢言，否則歷史學家就不能得人敬重了，唐德剛教授是一位讓人敬重的歷史學家，即以公正和敢言見稱。像張學良這個人，得到唐先生的讚揚，即為顯例。〈張學良將軍的赤子之心〉一文，有如下的一段話：「所以我們如以『春秋大義』來觀察張學良將軍，他實在是一位動機純正、心際光明、敢做敢為、拿得起、放得下、而永不失其『赤子之心』的愛國將領。」

西安事變之後，張學良副司令親送蔣中正總司令返京，馮玉祥聞之嘆曰：「少不更事！」

這句嘆語應該說是正確的，因為觀之後來的發展，蔣介石一直將之囚禁，隨時又可將他槍斃。然而就另一面看，張這樣子做正表示他以抗日戰爭為第一要義，個人利害是不顧及的，隨蔣正表示他光明磊落，如果他不跟從蔣介石而去，他的後果恐怕是悲慘的。

唐先生認為對日抗戰對於蔣介石也是有利的，如果蔣先生繼續「攘外必先安內」的既定政策，沒有西安事變，則國府對日還得繼續「忍辱」，而「忍辱」又伊於胡底呢？作者提出了這個問題，確是令人思考的。依作者之見，抗議者「玉碎也」，忍辱者「瓦全」不可得也。如果沒有西安事變，國民黨一再忍辱而弄出瓦碎的結果，則蔣介石氏與國民黨在中國歷史上，將奚止「身敗名裂」而已哉！所以西安事變對蔣公對國民黨，也是塞翁失馬，安知非福。

這一段評述，我認為是確當的。

顧維鈞先生也是唐先生做「口述歷史」的人物，原先由哥大的夏連蔭小姐在做，她是「中國口述歷史學部」的兩位研究員之一，另一位是唐德剛先生，但夏小姐訪問了顧維鈞的童年事蹟之後，就以太忙太累而輟工不幹了，結果由唐先生承擔下來，就從顧先生自哥倫比亞大學得博士那一段開始。

顧維鈞博士得到唐先生的幫助，自是喜歡不盡，並且以後亦要唐先生來做這件工作，此因唐先生對民國的歷史如數家珍，熟悉得很，而且還改正他的錯誤。有次顧氏把「金佛郎案」當中一段故事張冠李戴了，便說明他錯了，顧先生不服，並說「事如昨日」也。唐先生乃把「顧總長」當年自己簽署的文件，來再次反證，顧公才服輸。於是，他對唐先生說：「唐博士，這一章是錯了。下禮拜，我倆重行寫過。」

顧先生的外交究竟如何評價，本書作者這樣評論：「他是世界上的第一流外交幹才，舉世聞名的政治家，但是他搞的卻是個『弱國外交』——他個人在外交界所代表的份量，往往超過他所代表的政府。」「五十年中凡他所經辦的外交事件，多半可說是百分之七十的成功吧——至少他沒有喪權辱國，在國際上丟人現眼。」這種評價是公允的，事實上，沒有喪權辱國已經很難得了，所謂「弱國無外交」，中國是弱國，顧先生挺住了，已經是難能可貴的了。

唐先生有兩篇文章述說他的岳丈吳開先，一篇是悼念文，在吳開先先生住院之時唐先生適在台北，每日到醫院侍奉，到吳先生彌留之際作者急電太太昭文及弟妹速歸，結果終於有子女婿媳五人親侍床側，看著他咽下最後一口氣。喪禮十分隆重，極盡哀榮，此因吳開先先生為民國之重要人物。

唐先生的另一篇文章〈《滬上往事細說從頭》遲來的導論——珊瑚壩迎候吳開先感賦詩史釋〉，則說明吳開先先生在民國的業蹟。吳先生在抗戰時期在上海租界抑制汪精衛政權之擴展，汪政權以十萬現洋重賞以購吳氏頭顱。吳先生是國民黨中央執行委員，兼該黨組織部副部長，是重慶國府駐滬之最高級幹部，於汪政權威脅甚大，但因格於他在上海租界，偽政權無法向他動手。然而「珍珠港事變」一發生，太平洋戰爭一起，日軍乃衝入租界，逮捕第一「要犯」

吳開先。

何以將吳開先逮捕、關押之後，日軍又終於在一九四三年四月，以專機運送至廣州灣釋放，輾轉逃還重慶。原來是日方想以吳開先的開釋和送歸，謀求與蔣介石講和。此時，抗日已經六年，日軍敗象已呈，才有「講和」之說。然而蔣介石認為勝利已成定局，沒有「講和」的道理。吳開先先生實為夾縫中的人物，然亦無愧於黨國，唐德剛先生稱吳先先生為「活烈士」，乃是因為吳開先先生準備做烈士而不可得，唐先生為吳開先先生的解說，是極有見地而又應該做的。

因為為劉紹銘先生作序而寫成了〈書中人語——序劉著《渺渺唐山》〉，述說了作者在紐約市大設立「亞美學」的經過，及作者對美國亞裔受欺凌的觀感，在美華人以及在世界其他地方的華裔居民都應一讀。對於怎樣能心平氣和、不偏不倚的做點「綜合工作」，作者還提出了四點意見，極為難得。而對於劉紹銘先生能把華僑文學中的各種心理狀態，乃至中美兩大文化中所發生的文化衝突，能以最睿智的眼光來選擇，並以最生動而真切的筆調譯出去，深為讚賞。

此外，〈陳其寬畫學看記——兼論國畫現代化〉，以及讚譽卓以玉小姐的「個展」等和其他文章，都可一讀。此外，本書文章主要都在劉紹唐先生的《傳記文學》上刊登，有幾篇稱讚《傳記文學》的文章，都是實至名歸的。在《傳記文學》二十週年時作者寫了文章並做演講，在二十五週年時又寫了長文，十分難得。本書作者唐德剛先生以「壯哉紹唐！以一人而敵一國！」

來稱讚劉紹唐先生，一國者意指大陸的「文史資料」，是由全國的「戰犯」所寫的，數目龐大，唐德剛先生要看也看不完，「以一人而敵一國」原是梁任公說李鴻章的話，唐先生移用來稱讚劉紹唐先生確也貼切，而唐先生為《傳記文學》寫這麼多文章，亦是難能可貴的。

二〇〇三年八月三十一日溫哥華

自序

記得胡適之先生以前告訴我他讀書和作文的要訣。他說讀書有心得，一定要寫下來。寫下來之後，才能變成你自己的知識。

胡老師這句話，真是深得我心。因為我自己很早便有相同的體驗。回憶自己的青少年期，我識字不久，便由雙親和塾師的引導，養成了寫日記的習慣。寫日常見聞和讀書札記很自然的就會變成「日記」的一部分。真的，寫日記、札記最能幫助記憶。縱是忘記了，也能一索即得。

寫讀書心得的小品，其內容有的是選自人家的著作，有的則是自己的意見。世態所見既多，書又讀得五花八門，札記也就寫得七零八落。長的札記往往變成一篇小論文，乃至自我欣賞的小創作，最短的則可能只是一兩句雋語名言。閱讀的範圍漸次擴大到古今中外、文法理工，那末下筆的興趣也就隨遇而安了。

抗戰期間讀大學，害了「發表慾」，每把這些小札記，分類編纂，然後按其性質，分別向有不同好惡的報刊上去投稿。這些小稿件，往往也被一些有好心腸而又有相同好惡底編輯們採納了，並寄來少許稿費。在那一碗豬肝麵便立刻可以減輕夜盲的歲月裏，小小的稿酬，實在是大大的鼓勵——漂母一飯，終生難忘。

大學畢業後，在海內外也做過一陣子期刊編輯什麼的。助編、合編、輪編、主編都幹過。值得一提的是五十年代之末，在民主聖人胡適之的策動之下，我們十來個碩士博士者流，為著宣揚民主、提倡新學，曾在美國紐約辦了三年的中文月刊叫做《海外論壇》，由大家「輪編」。那時海外作家既少，又發不起稿費，本社社員停筆不寫，外界就拉不到稿子。為趕印刷限期，輪編者就只好自己動筆了。最糟的稿荒時期，有時甚至從頭到尾，從社論到副刊，往往出於一人手筆。在這一窘迫情況之下，有寫雜文習慣的人就可大派用場了。

我們籌辦《海外論壇》的原始目的，本是針對時艱，提倡民主。這家小刊物，雖然胡適之、雷儆寰諸前輩對它都呵護備至——雷先生竟把它列為《自由中國》的海外姊妹刊，但是《論壇》的本身確是一樁很痛苦、很深刻的失敗經驗——它失敗的基本原因是起於中國知識分子不能民主合作的傳統劣根性。古人說，既不能令、又不受命，是絕物也。事實上正相反。中國知識分子之「絕」，是我們對下既能發「令」，對上也善於「受命」。可是我們彼此之間卻不能「平等合作」。我們平等合作的結果必然落得個「拳腳交加」（像台灣今日的立法院）或「按鈴控告」。所謂「中國知識分子」事實上個個都是「單幹戶」。單幹戶找不到「伙伴」（company），組織不了「公司」（company），《海外論壇》也就關門了。

「提倡民主政治？」我們生為「中國知識分子」，「我們配嗎？」——這問題太大了，學問太深了。哪是「全盤西化」這四個字可以解決得了的？個人自慚不學，自慚淺薄，也就不再造次以漢語來寫「時文」了。是「失敗主義」在作祟吧，一停筆便幾乎停了二十年！

二十年不是個短時間。任何一種文字，你如丟下二十年，重提筆桿你會覺得這枝筆其重無比；用這枝重筆你也會寫得別字連篇。

既然拋荒二十年，為什麼又重董舊業、再作馮婦呢？這就不能不感激劉紹唐、胡菊人這兩位與我有「相同好惡」的大編輯了。

紹唐最初派給我的是一項中文翻譯工作。他要我把早期用英文寫的《胡適自傳》翻譯成漢語。這項翻譯工作，我原先是不想幹的。但是這位長於辭令、善於派工作的劉傳記卻說，胡適是位歷史人物啊！也是你的老師，別人如把他的英文自傳譯糟了，你不好說，同時對你也不太好。我仔細想想紹唐之言實在大有道理，心裏一直很矛盾（我不想把時間浪費在翻譯自己的著作上），最後還是承擔下來了。一翻兩年，竟然變成劉傳記「野史館」內的「野史作家」了。「野史」原是寫不盡的。在紹唐兄不斷的鼓勵和領導之下，胡適傳記之外，歷年治史心得，想到適之老師「寫下來」之遺訓，一時亦竟如脫韁野馬，一發難收，十餘年來又寫了數十萬言。

這些不成系統的隨筆札記之作，值不值得選輯成書、保留下來？我自己一直也是很矛盾的。個人數十年之所學，不及先師適之先生之什一。胡適二十來歲便暴得大名，思想已成定型，從心所欲不逾矩，一輩子沒有變動，死而後已。然而我這個不爭氣的學生，雖已年逾古稀，而思想卻時時「逾矩」。個人學殖淺薄，固然是主要原因，然數十年來歷經憂患，國破家亡，閱歷之多也一言難盡，而古今中外，名儒碩彥又插架琳琅，做到老、學到老，我掌握過幾家學說呢？值此諸子蠭起、百家爭鳴的開放年代，余小子如不知輕重，自覺對國事民生已掌握到答案，自己思想已有定型，豈非妄自尊大？

我個人雖不敢說像梁任公「今日之我與昨日之我挑戰」，然在此十年千變的大時代中，不斷觀察、不斷思考、不斷摸索、不斷讀書的求答案心情，則數十年未稍輟也。既然尚在摸索，難成一家之言，則「藏之名山」亦且大可不必，自出選集就更是犯不著了。此吾心理之所以矛盾也。

但是「人」畢竟是社會動物。你自己個人之外，還有家庭、親友和社會大眾對你的影響。劉紹唐先生是我的摯友、編者和發行人。多少年來，他一直要為我出本「唐氏四書」（因為他已替我出了三本書）；而我個人則因為事忙人懶，始終把好友諍言當成耳邊風，沒有抽出時間，和他認真合作。

最近我的另一位老友陳宏正先生也要替我「出書」。他這出書的行動，比我這位疏懶的作者本人，更要認真十倍。宏正是一位有至高成就的企業家，而近年來在海峽兩岸的文化界卻是無人不知的怪傑和「文化大護法」。他把他辛勤得來的企業利潤，不用之於吃喝玩樂（他個人生活實在簡樸不堪），而用之於文化事業——尤其是推動「胡適學」的研究。近年來海峽兩岸所召開大型的有關胡適的「國際學術研討會」、「講演會」、「論文競賽」和「胡適百歲紀念郵票」之發行等等，幾乎都是陳君一手推動的。在這「七十子亡而大義乖」的沉悶時代，胡老師地下有知，對這位與他毫無關係的小崇拜者的義舉，該會由衷的感激吧。宏正知道我是一個頗招物議的「胡適小門生」，因而他也就極力勸我把零星舊作，拼起來「出書」。他甚至主動地把拙作搜出若干篇，編好目錄，弄到「萬事俱備」的程度，真令我惶愧不盡。我的這些不成系統的舊作，泰半都是在《傳記文學》上發表的，《傳記文學》享有版權；劉紹唐兄乃請該社執事先生再事搜羅，由紹唐親自主持，分編為兩卷。有關史學與紅學者，編入《史學與紅學》；有關傳記、書評諸類，則編入《書緣與人緣》。這兩卷書名也是紹唐代取的。

傳記文學社諸執事都是當今最有效率的出版工作者，他們不但把拙著雜文編排妥當，並打出清樣，三校竣事，登出預告。如撳動電鈕，則旦夕之間便已書在坊間矣。然社長先生客氣，純為禮貌問題，他要我這位作者於出版前看一下大樣。孰知他卻高看我這個馬虎文人。我把這萬事俱備的出版樣品帶回了美國。一旦走入課堂，教起書來，便把我自己的書稿擱下了，一誤經年。

紹唐知我拖拉的個性，倒未迫催，而宏正則是個著重效率的現代企業家，他對我催書則函電交馳。有些對我過譽的讀者，看見預告之後，也寫了些熱情洋溢的催書信函，讀之令我臉紅。本年十月，我又攜眷返台。自知實在不能再拖，乃把沉重的樣稿揹到北京、揹到瀋陽和避暑山莊，最後揹回台北，原封未動的還了劉紹唐。

紹唐沒有責我。然而我自己卻每好事後自悔自責。承兩位老友及讀者如此高看，而我個人則「不識抬舉」一至於此。因此寫這篇小序算是向老友磕頭賠罪。並向愛護我的讀者們報告這兩本拙著遲遲出版的來龍去脈，敬祈海涵，並請嚴厲指教。

至於胡菊人先生替我在香港出版的那本小書《中國之惑》，那就更說來話長了。

我認識菊人三十多年了。在五十年代末期，他還是個青年。那時他和他那位美麗而甜蜜多才的女友，原是我們「海外論壇社」在香港編輯發行的總代理。我和他二人真是魚雁常通、情同手足。菊人「妻宮」極好。後來他和另一位甜蜜美麗而多才的劉美美嫂結婚，他以前的女友也嫁了我的一位極好的朋友，我們三家仍保持著通家之好，直至今天。

《海外論壇》之後，當菊人接編《明報月刊》時，不久我們又有了職業上的聯繫。原來我在五十年代末期曾寫了一部《李宗仁回憶錄》的中文底稿（是專給李宗仁看的）。這一底稿後來由於李宗仁自美「潛逃」而被哥倫比亞大學所「查封」。一封十餘年。至七十年代中期哥大當局恩高德厚，竟將原稿發還予我，並允許我「覓商出版」。這一下我同菊人才又搭線了。

菊人這時正主編《明報月刊》而譽滿海外。他得到有關李稿的消息乃爭取該稿的首印權和連載權。我們雙方都安排好了，可是哥大當局則因此稿部頭太大、複印困難而遲遲未能交出。在我二人都有點失望的情況下，我們也時時提起了《海外論壇》的往事。菊人說，暫時拿不到李稿，你也可單獨替《明月》寫寫稿子嘛。

這是一九七六年的春末。也是「無巧不成書」，我這時剛有位搞圖書館的朋友送我一本大陸上（文革時代）官方出版、「內部發行」、每本書都編有特別號碼的「秘籍」，叫《毛澤東思想萬歲》，分上下兩卷，都百餘萬言。

這本大書太精采了。它所記載的才是貨真價實的「毛澤東思想」，它所規劃的才是具有原來面目、亂頭粗服的土老兒毛澤東。這本「禁書」太可愛了，以它和坊間精裝的《毛澤東選集》相比，則《毛選》只是一部裝模作樣、令人作嘔的偽書。

愛不忍釋之餘，這年暑假我攜妻女去加拿大度假，乃攜此書為唯一「度假書」。當妻女去市場購物、樂園玩耍或夜晚就寢之後，我就陪「毛主席」娓娓傾談了。這本書是毛皇帝晚年的「實錄」。毛氏晚年被人捧昏了，不知自己多麼睿智偉大。信心大了，嘴巴也大了。原先作詩還怕人笑話。作起來講四聲、工對仗，不敢馬虎。現在「放屁」也可入詩了。以前談馬列、攻胡適還吞吞吐吐，怕露出馬腳來，現在胡說亂語，也自覺無傷大雅了。總之，這本書展示出真正的毛澤東。它也幫助了我們更深的去探索「中南海」的真相。文革時期，毛公口口聲聲的說，文革只預備搞半年就結束。但是文革終於演變成「十年浩劫」。何以由「半年」延長到「十年」

呢？讀實錄之後才恍然大悟——噢！原來是毛氏膽大妄為，發得出，收不了。「十年浩劫」是「收不了場的結果！」嗚呼！

搞歷史的人，抓到一本「奇書」或「秘籍」、「禁書」，是放不下去的。我把這百萬言鉅著細細的咀嚼了。從紐約咀嚼到渥太華，再從渥太華咀嚼到紐約。習慣支配我寫點「札記」。一動筆，不得了，也變成了老毛的文革——「收不了場」，一下便寫了六萬五千字。

「寫了這大堆垃圾幹嘛呢？」靈機一動，小胡不是要我寫稿子嗎？這不是稿子嗎？——這是一包大垃圾，但其中或有點可用的材料——有「新聞價值」嘛。足下可選用則選用之，不可用則拿去抹抹桌子，丟掉它。

函去不久，我就收到菊人的回信。菊人說，他把這包稿子和「他的老闆」一道看了。他二人決定「全部採用」。菊人的來信使我感到驚奇，也感到尷尬。驚奇的是編者和作者臭味相投到如此程度。尷尬的則是，哪有這樣長的「書評」呢？縱使是評「毛主席的書」。再者，我評了些啥子，我自己也糊塗地記不清了。

我這篇書評後來在《明報月刊》竟然連載了半年，才由《李宗仁回憶錄》出來接班。還有，當我撰此稿時，毛澤東還健在；四人幫的鋒頭正健。到《明月》刊載時，毛是已短命而死，四人幫也已鋃鐺入獄。因此在行文口氣上，就要煩編者酌量修正了。

在編排次序上，菊人也做了新安排，以配合每期的文氣而避免「連載」的枯燥。至於作者姓名，我們也同意保密。因為我的「八十老母」還健在故鄉。在海外亂評「毛主席的書」不是鬧著玩的。

一轉眼十來年過去了。國事滄桑幾變，而菊人亦自《明報》轉《中報》，後來自辦《百姓半月刊》。在「六・四」的前一年，菊人兄忽然提議要把我當年那篇「書評」配上若干近作來出個單行本。說做就做，他編排、打字、校樣，一切也都弄到「萬事俱備」的程度。也是為著循例送作者一觀把校樣寄給了我，而我事忙人懶，竟至一拖兩年。最後還是原封未動還給了菊人。其後由陸鏗兄寫了篇序，並代取書名《中國之惑》，兩個禮拜就出版了，但是這部校樣在我的辦公室卻躺了兩年，為此我自己也無法原諒我自己。真也要向菊人伉儷磕頭才對。書此以誌吾過，並感激老朋友們的好意。

以上便是這三本小書《史學與紅學》、《書緣與人緣》及《中國之惑》從撰稿、發表到編印成書的大略。它們都是作者平時意到筆隨、札記性的零星作品之彙積。沒有顯明的系統，也談不到深度。不過筆者漸入老境之時，數十年國仇家難的煎熬，和千百卷中西典籍的浸潤；半輩子教讀異邦、心懷故國的感慨，發而為文，也不能說沒有發憤之作。只是我祖國文明深厚，當前世界學問無邊。老驥伏櫪，志在千里。終日栖栖遑遑，追隨群賢，日夜進修之不暇，何敢以愚者點滴之得，故步自封？賢達讀者批覽我書，如不遺在遠，隨時惠函辱教，則企拜不盡矣。是為序。

一九九一年十月十三日於台北南港

目錄

書緣與人緣

胡適時代，捲土重來

——胡適先生逝世二十五週年紀念演講會講稿之一

引言

胡適之先生逝世時，我在紐約未能做比較鄭重的悼念表示，只是：一，寫封長信給胡夫人；二，在紐約追悼會上四個發言人中的最後一位（據說中央社在用英文拍回的電報上，因不知我的中文名字，就把我的發言刪掉了）。今天來做「二十五週年祭」，也可稍補我心中的缺憾。胡夫子道之不行，賫恨以終，死不瞑目。我們今天紀念他逝世二十五週年，希望能搞出個「胡適的復活節」來，所以我用了「捲土重來」這個成語做講題。胡氏其人雖死，其說長新，又將光照天下。我是為著這一點，特地自紐約飛來參加的。

我是胡適最失意時期的學生

首先要說明我以什麼身份、什麼資格來講這個題目：

第一個條件，我是胡適的學生。胡氏是教育家，授徒半世紀，桃李滿天下，生徒數萬人——良莠不齊，擁、反、左、右、獨（獨立思考）各派，皆人山人海，門生遍天下——我也是個門生和小門生之一，千萬人中之一而已。今天只是學生談老師的「一『生』之言」，請眾「生」指教，此其一。

但是，在這個有隊伍上萬的學生大隊裏，如果說傅斯年、羅家倫、張國燾、毛澤東等等北大學生是胡老師的「開山門生」，什麼俞平伯、千家駒、吳健雄、蘇梅算是「第二代」學生……等而下之，則有四、五代乃至六、七代之多了。我不能不承認我也是胡適之的學生。胡老師生前一直是這樣替我介紹，我也從未否認過。做胡老師的學生，不是什麼名譽學位，不是什麼了不起的光榮，但也算不了什麼缺陷或負擔。但是我這個學生，除追隨他去聽他講演之外，我沒有正式拿他的學分，但是我卻單獨上過「胡適學」大課在一千小時上下，這是胡適所有的學生之中，前所未有的事，我不是去替胡先生提皮包、延賓客，我是真正的在上課——這一點我得感到師恩獨厚！——做了胡老師收山的小門生，此其二。

我是胡氏最失意時期、最孤獨時代的學生——胡氏自幼「暴得大名」，一生榮華富貴，平時得意非凡、意氣風發。但他一生卻有個最低潮，那就是五十年代初、中期。老實說，那時他老人家很慘，大陸上正在殺人放火批胡適。那時與現在不同，那時許多中國知識分子還認為中共確有一套，大家正誠心誠意的洗心革面，來接受一套新東西來救國。胡適那套太腐朽，要丟到茅坑去——這是當時知識分子誠實的看法。那時台灣亦無力扭轉這局面。海外的老胡適在海內亦不太受歡迎，任他去「自生自滅」。我那時和我老師比，我覺得在海外，我絕對可以「自生」，我可以打工、開計程車、洗盤碗；而可憐的胡老師，那時貧病交迫，心臟衰弱、胃潰瘍……十分可憐，又受洋人忌妒，他再無法自生，卻在等著「自滅」，情況是十分淒涼的。他雖然有點養老金，但那養老金，抵不了一場大病。社會是冷酷的。一個學生帶一個西瓜、半隻板鴨，去看一個貧病交迫的老師和師母，和一個鞠躬如也、透過三重秘書去看一位特任大官、太學祭酒的老師，味道是不一樣的呢！換言之，我是胡適最失意、最窮困、最灰溜溜的時代、最孤獨的一個小門生。胡先生那時很需要我們，我對他老人家，讀的太多（家庭也有點關係），禮敬甚重，交情是自然發生的，不是哪個機關、哪個政黨派我去的。後來我和胡氏合組個計畫，我變成哥大的研究員，那時哥大財多勢大，把我胡、唐二人合作的小研究計畫吃掉了的緣故，胡先生被吃得老大不痛快，痛心的說，我們在討飯吃。胡先生那時同我的關係，是一個窮愁潦倒的乞丐老和尚，和乞丐小和尚的關係。這兩個老幼乞丐的關係，不是馬融絳帳，或程門立雪的關係。在那種關係之下，老師高坐講臺之上，小學生只有站著的份兒、叩頭的份兒。偶爾老師賜座，也只坐半個屁股，另半個屁股還要懸空，才能表示敬意。這和老幼乞丐一同箕坐草窩內的情況就大有不同了。傳道的語調內容也就大有不同了。我講的和胡先生其他的學生所講的如果略有不同的話，那也由聞道的方式不同所致，此其三。

我看到胡老師生活和學問的另一半——眾人皆知胡老師是終身謳歌美國的。但是美國所謂「資產階級的自由化」，在三十年前，不用說大陸視如蛇蠍，臺灣也不會接受——胡適在為程天放所寫的《論美國》作序時，就把「這年頭」慨乎言之。但是胡適之會全盤接受美國式的「資產階級的自由化」（共產黨不夠資格說這話），何也？就因他在美國住得太久，知道美國最深，只有他才配說什麼接受不接受。胡適在美國住了多久呢？我曾改李白詩，做一首有關胡氏的打油詩，念出來大家聽聽就知道了：

人生七十不稀，胡生七二何奇？
前二十年還小，後十年未老，
成熟時期共有五十二年，有二十七年在美國過了！

所以胡老師的成熟期，有一半以上在美國過了。一個研究胡適的人，要不和胡老師一樣在美國長住過，便很難掌握胡適在美國住了二十七年的心態。在美國住久了，有一種半中不西的特殊心態——這一心態平時不易看出，只有觀察今日大陸留美學生現狀，才能略有啟發——從一個古老文化，接觸另一個新興文明，和完全不同的生活方式，這種震撼是可怕的——最近大陸留學生一千多人簽名反對中共對知識分子政策，就是這一震撼的結果。這種震撼，新留學生最明顯，老留學生四十年來亦餘震未已。胡適震撼顯然比任何留學生強大，所以他回國以後，才搞起新文化運動來。因此，我這個在美國住了四十年的老留學生，對一位住了二十七年的老師的研究，或可彌補國內學者的在某些方面的空白。國內研胡書籍，詳中略西，略得可怕，反之亦然，當然，海外學人更得向國內同文學習，以彌補其另一方面的空白，兩者相輔相成，才能得比較客觀而接近事實的結論。這也是我斗膽前來班門弄斧的原因之一，向國內同文乞教，此其四。

洞山和尚的批判態度

至於我這個學生對老師的學問的學習保持個什麼態度呢？我認為「老師」一詞的意義，並不代表真理的終點。但是老師畢竟是老師。所以對老師的全盤否定，像毛澤東那樣，甚至把老師的祖墳也給挖掉，那就太混帳了。相反的，對老師的全盤肯定，也是病態，胡先生一輩子都叫我們做個「不受人惑的人」。記得胡氏生前對我們教誨，常常引用一些和尚的語錄，以加重對我們的教誨——胡是禪宗史大師——他經常引的一位「洞山和尚」的故事。洞山和尚是雲崖和尚的及門高足。於是有人問洞山和尚說，「你肯先師也無？」意思是說，你贊成你老師雲崖和尚的話嗎？洞山說，「半肯半不肯。」其人又問，「為何不全肯？」洞山說，若「全肯，及辜負先師也！」洞山和尚這句話，也是胡適治學精神的精髓所在。今日的名史學家余英時先生，他的治學方法與胡適學派本有很大的距離，但是他在替胡頌平先生所編的《胡適之先生年譜長編初稿》上所寫的長序，也徵引了這一段胡適之的口頭「禪」。足見對「先師」學術思想持「半肯半不肯」的「批判態度」，是任何嚴肅學派裏的「學生」所應該共同遵守的態度。不是某一個「學生」，對他的「老師」的不敬或心存離經叛道、譁眾取寵。記得「元曲」裏，有個白話曲牌叫〈一半兒〉——有一札曲子，描畫一位男士跪在地下向一位女友求愛的故事。那女的所唱的便是這「一半兒」的牌子。她唱道：「碧紗窗外悄無人，跪在床前忙要親……罵一聲可憎回轉身，不是奴心狠，一半兒推辭，一半兒肯。」這位女士為什麼「一半兒推辭，一半兒肯」呢？因為她如全肯，那就不但辜負了愛情，也辜負了文化。洞山和尚、胡適之博士和胡博士之下的一批學生，對他們的老師，不願「全肯」，不是不敬愛其「老師」，正是由於「不辜負先師」，才不願全肯。全肯則沒有進步，沒有進步，則文化便停擺了。做個胡老師的真正的學生，就要遵從師訓，不能全肯，全肯便是辜負文化了。

我今天為什麼未觸及正題，卻首先說了這麼一大段態度與方法呢？這也是於師訓有據的。胡先生說他一生治學，都是圍繞著「方法」二字打轉的。方法和態度不弄清楚，談胡適是不能開口的。現在再談談什麼是胡適？什麼是胡適時代？這時代何以離去？又何以「捲土重來」？

什麼是胡適？

「胡適」在中國近代文化史上已不是個單純的人名。它代表一個「文化整體」（cultural entity）。因為胡老師已不只是某一行的老師，他簡直是眾多重要文化行道中的共同宗師。例如「文學」（包括新文學、白話文、新詩、新舊文學的比較與批判，等等）、「史學」（包括對舊考證學的再肯定，和對新史學方法的介紹）、「哲學」（包括對先秦諸子、宋明理學的再估價；對歐美傳來的實用主義的介紹和對辯證玄學的批判）、「宗教」（包括對佛教禪宗的研究與批判；對耶教的立場與看法）、「政治學」（尤其是對民主、自由等形式和西歐北美的政治模式，和生活方式的介紹）等等。在上述各項中，無一項他不是個開山老祖或總司令。近七十年來的中國思想家——不管他是反胡的、擁胡的或左、中、右、獨（獨立思考也）各派——都是圍繞著胡適在打轉，不提胡適，話便無從講起了。在大陸的經驗，「開談不說胡適之，讀遍馬列也枉然」。

所以「胡適」這個題目太大了。他是近代中國文化史中的一座大山。從外面看胡適，亦如從外面看一座大山。古人看廬山，說它是「橫看成嶺側成峰」，兩面不一樣。看南嶽衡山，也有人說「帆隨湘轉，望衡九面」，也是九面不同。我個人前不久去完泰山，從泰安賓館仰視南天門十八盤，才了解到什麼叫做「泰山仰止」。蘇東坡寫他看廬山的經驗是「不見廬山真面目，只緣身在此山中」。其實看中國任何名山都是如此。只要身入此山中，便必然的不見此山真面目。

胡適便是這樣的一座大山。一個學者，誤入胡山，搞了一輩子，結果還是不見胡山真面目。如果來他個老辦法，從山外看山，來個「帆隨湘轉，望衡九面」。而每位學者，各有其行道，各有其主觀，他也只能否定或肯定胡山的九面之一而已。因此今天我所想講的，也只是個胡適的笨學生，講他老師的九面之一而已。通盤檢討，則小子何敢，尚乞聽眾專家見諒。

在此我想附帶插一句話。我每次飛過東京，總喜歡看富士山。有時飛機繞富士達二十分鐘之久，我始終就看不出兩樣的富士山來，真是太單調了。將山比山，將思想家比思想家，日本人比我們還差一大段，可能也是地理環境使然——日本沒有像我們胡適的一樣那種多彩多姿的大山。所以我們的政治家、思想家，要想在歷史上搞的多彩多姿，也就應該衝出一個小島的自然環境，然後才能心胸開朗！

什麼是胡適時代？

以上說的是「什麼是胡適？」但是什麼又是胡適時代呢？

要了解胡適時代，我們得把整個近代中國這個時代分析一下。我們是今日世界上最古老、最原始、受了最少外界文化影響的古老民族，在文化上自給自足（sefl-sufficient），無求於人，亦無害於人。在人類文明史上，實在是只此一家，別無分店。現代的革命家、歷史家、評論家，往往把我們老祖宗罵得一文不值。我們老祖宗，可能真的一文不值，但是研究文化學的不能孤立地看某一文明之優劣，它要比較著看，不怕不識貨，只怕貨比貨——將貨比貨，我們老祖宗的那一套，包括帝王專政的政治制度，可能還是「近代以前期」（the pre-modern era）中最好的一家。這自給自足、十分自滿自足的一家，向不懷疑自己有什麼不好。可是近百餘年來，尤其鴉片戰爭之後，在西力東漸的壓力之下，才發生變化，喪失了自信和自滿。因此，我們搞歷史的人可以大膽地說：近代中國是什麼個時代呢？近代中國是一個「挑戰與反應的時代」（Age of Challenge and Response）。西方文明向我們挑戰，我們不得已應戰。我們應戰得很艱苦，而這一應戰也是層次分明的——吃一塹，長一智。

鴉片戰爭（一八三九—四二）之後，我們應戰的方法側重科技性，也就是「堅船利砲」政策。這一時代的發言人魏源（一七九四—一八五七）把這一發展概念化一下，叫做「師夷之長技以制夷」。這一套著重科技反應的政策，一直延長到甲午戰爭（一八九四—九五），大家才覺悟，中國問題不在科技落後，而是在政治社會制度方面。政治問題不解決，科技也是搞不上去，搞上去也無用。因此，大家才又集中於政治改革，緩進派乃有康梁維新的「戊戌變法」（一八九八）；激進的政治改革乃有孫中山先生的排滿革命運動。康梁的緩進派是失敗了，中山的激進派是成功了，終於建立了民國（一九一二）。但是民國成立之後，袁氏竊國，軍閥橫行，事實上卻弄得「民國不如大清」。在超過半世紀的改革而國運仍然如此，癥結何在呢？仁人志士在絞盡腦汁之後，發現科技落後、政治失常都不是民族病症的根源所在——我們民族的絕症是我們不健康的文化，百病叢生的文化，非把這落伍的、野蠻的、吃人的舊文化徹底改造不可，否則，其他一切的革命、改良，都是治標之策。因而在一九一七年以改良起，到一九一九年五四運動的再造文明、全盤西化終，這個所謂「新文化運動」，出了個大英雄，這個英雄就是胡適之，這個新文化勃起的時代，也就是「胡適時代」。

胡適時代的內涵是什麼呢？

胡適時代的內涵是改造舊文化，再建新文明。再建新文明的辦法是尼采的名言「重新估定一切價值」（transvaluation of all values），而估定一切價值標準的標準，便是「科學」和「民主」。凡固有道德、傳統制度之不科學、非民主者，則一概鋤而去之，要鋤得徹底，除惡不盡則新善不立。但是胡適是反革命的，他不主張大刀闊斧、流血革命，他是「實驗主義」信徒，主張一點一滴的改革。改革的最後目標是「全盤西化」；後來他嫌此語有語病，乃改為「充分西化」。可是不論「全盤西化」也好，「充分西化」也好，中國政治社會的最後的形態，便是「美國模式」。換言之，胡適鋒頭最健、最能顛倒眾生的胡適時代之內涵，有四大要項，那就是「科學」、「民主」、「實驗主義」和「美國模式」。根據胡適的解釋：「科學」是一種方法，合乎邏輯，合乎法理，用這種方法，可以在實驗中求出真理來，換言之，也是有一分證據說一分話，不是像宗教或玄學之中，可做虛無縹緲之談。「民主」則是一種人類生而平等、生而與生俱來的不可分割的天賦人權的個體或團體的生活方式。「實驗主義」則是一種由哲學向科學過渡期的哲學，它沒有終極真理，只有有實用價值的觀念才是真理，真理可以隨時製造、隨時揚棄，不是一成不變的。至於「美國模式」則是在科學、民主、實驗主義交互為用的配合之下所產生的一種「較好的政府」、「比較合理的社會」。所謂「全盤西化」者，就應以美國模式為鵠的。

胡適之說，大體上自他一九一七年返國便風靡一時，為青年學生所崇拜。這一崇拜熱潮，在一九一九年五四運動蓋達於巔峰，直至國民革命軍北伐之後，始漸次減退，到三十年代中國高級知識分子漸向左轉（此是世界潮流，和一九二九—一九三六美國經濟大不景氣使然），胡適思想才如他左派學生千家駒所說「臭名昭彰」矣。

至於三十年代中，胡適個人思想雖無變動，然已陷入低潮，影響力甚微了。雖然他自己卻矢志不懈，堅持到底。

並不實用的實用主義——胡適思想的退潮期

胡適的思想在三十年代已急速退潮；至四十年代，除為少數所謂「民主人士」利用為藉口而興風作浪之外，胡適思想對青年、對政治、對社會，甚至對學術的影響，可說微乎其微；連自稱「民主人士」之人，也只搞他們自己的「民主」，而反對胡適的「民主」。這是什麼道理呢？說起來也很簡單。胡適是服膺「實用主義」之人，而實用主義最基本一條原理便是，凡是沒有實用價值的觀念都不是真理。真理是有立竿見影底實用價值的；沒有實用價值的真理，不論如何動聽，只是一些偉大的空話。「科學」、「民主」、「一點一滴改革」，在那個軍閥橫行、強寇壓境、飢荒遍野、餓殍載道、官吏貪贓枉法、洋奴大班、富商地主驕奢淫逸的不平社會之下，「科學」、「民主」值幾個錢一斤？「一點一滴的改革」從何改革起？我國古人譏笑宋明理學家，說他們「置天下饑饉於不顧，而空談明心見性」。胡適的情況幾乎是一樣的，他「置天下饑饉於不顧，而空談科學、民主、一點一滴的改革」，這在當時看來，是一場完全沒有實用價值的「偉大的空話」。

胡適底「偉大的空話」解決不了問題，代之而起的，則是有自命為特效藥的「共產主義」和「法西斯主義」了。二者對當時中國的情況，都提出有實用價值的觀念。共產黨的辦法，不必多提了，縱是「法西斯主義」，胡適的「實用主義」也抵擋不了。胡適最好的朋友、清華大學歷史系主任、名教授、哥倫比亞大學博士的蔣廷黻先生，那時就主張，中國應有個個人獨裁效率卓著的中央政府。這辦法就是德、意二國能於短短數年之中崛起、成為世界強權的實用價值的證明。胡適和蔣氏筆戰一通，並不能扭轉當時青年對領袖效忠、抗日救國的強烈信心。胡適思想終於受左右兩翼的包抄，而一時灰黯無光，形成最大的低潮期，這一低潮期一直延長到五十年代。海峽兩岸，一個尊而不親；一個徹底批判、消滅。老胡適只好躲在美國當難民了。

胡適的「執拗」與堅持

但是一個對真理有徹底認識和信仰的人如孫中山、如胡適之，他們和我們之別，便是我們普通人容易洩氣，而他們則不顧一切困難而堅持到底，鞠躬盡瘁，死而後已。胡適對他的「科學」、「民主」、「實驗主義」、「美國模式」的四大信仰，一生也未動搖過。

適之先生的一生成就，大致可分為兩大階段，而以他四十八歲（一九三八）出任駐美大使為分水嶺。在此之前，胡適是位啟蒙大師、學者、思想家和教育家。四十八歲以後，他則逐漸走向民主大師、聖人偶像，而終成為一座自由神像。雖然這神像手中的火炬，需要別人來點燃，但沒有神像高舉的手臂，這火炬也祇是一點海上漁火而已。

由於胡適的倡導、胡適的堅持、胡適的執拗，終於我們東方也有了一座自由神像，在神像上點火的代有其人，而讓人頂禮膜拜的卻永遠是這座神像。這神像高舉火炬提出四大號召：一，言必有據的「科學」方法；二，以「人權」、以「健康的個人主義」和多黨的議會政治和社會生活方式為基礎的「民主」政治；三，反對流血革命，安心於一點一滴改革實踐求真理的「實驗主義」；四，以富強康樂的「美國模式」為今後改革的目標。

捲土重來的事實

上述胡適時代的四大內容，終胡適一生，都是空想。所謂「科學」只限於少數象牙之塔以內的知識分子。塔外軍政商學，用上科學的就太少了。中共統治大陸四十年，其最大的倒行逆施便是不科學，例如它的「大躍進」、「人民公社」、「文化大革命」、治理黃河、人口政策……，最不可恕的地方便是無視科學，這一點在毛澤東時代連科學之家的象牙之塔也被反科學的魔鬼所突破，例不勝舉。至於「民主」，則古今中外之糟蹋人權、反對individuality、反對選舉、反對議會政治、搞下級服從上級、全黨服從中央的寡頭政治，恐怕除中共之外，再無第二家了。

此處也想插一句話：毛澤東究竟做不了北大的學生。他連最起碼的「人權」一詞的定義也搞不清楚。在一次講演裏他說，「什麼是天賦人權，我們的權是天賦的？我看還是人賦人權的好，我們的權是人民賦的……」這表示毛氏連一般初中學生的社會科學常識都沒有。但是他卻隻手統治中國大陸二十餘年，斯之謂愚昧統治（rule of ignorance），余另有長文論此事。

至於「實驗主義」被看為資產階級最反動的哲學，那就更無論矣。「美國模式」不用談了，就是對美國的所謂「海外關係」亦足以殺身！

上面已提到過，在二、三十年代的中國，逐漸把胡適思想擠下去的有兩大主義。一是法西斯主義。這個主義不幸在二次大戰時，站在德、意一方，硬被盟軍打垮了，一筆勾銷；二是共產主義。共產主義者席捲大陸，閉門造車，去實行它的共產主義的理想社會。

再有點插話：辛亥革命之後，江亢虎等一批社會主義者要搞「社會主義」，那時孫大總統曾答應他們，將來把崇明島劃給他們做實驗區。江亢虎雖然未搞到崇明島，毛澤東卻搞到全部大陸做實驗區。

共產黨在大陸實行四十年共產主義，搞出個什麼成績來是人人皆知的。我去年夏季訪大陸，在北京和上海有一大批青年學生、作家、新聞記者和我談話，說他們要搞「全盤西化」，只有「全盤西化」中國才有出路。他們所謂「全盤西化」，事實上便是「全盤美化」，接受「科學」、「民主」、「實驗主義」和「美國模式」的四大堅持，去代替馬列主義和毛澤東思想。

這些青年問我的意見，我這位胡適的學生，被嚇的自床上跳起來。我拿起胡適的修正實驗主義來說，我不贊成「全盤西化」，我贊成「充分西化」。誰知事隔不足半年，「全盤西化」竟然變成全國性的口號，十多萬青年上街，來炒個「五四運動」的回鍋肉，真大出我個人意料之外。使我想到他們所要求，正是胡適當年所倡導的，也是今日胡適自由神像火炬之下的四大號召。

適之先生生前，常喜歡當笑話說，大陸上在「追趕胡適的幽靈，怕胡適殭屍復活」，我曾為他這句話，做了一首十四行詩。

如今胡適的幽靈果然復活了。胡適的時代，真的捲土重來了，我們可以拭目而待之。

何以會捲土重來？

胡適的時代何以會捲土重來呢？

回答這個問題便是，胡適所搞的那一套，是西方文明的正統。法西斯和共產主義只是所謂西方文明中的兩個邪門或邪教。正如佛教十大宗，禪宗便是個正宗，秘宗便是個邪門；秘宗中之黑派，更是個邪門之邪門，專搞畫符念咒、打神驅鬼、呼風喚雨、看命論相等等。然長期競爭，邪終不敵正。西歐是西方文化的正統所在，只有這個正統才能撼動我們東方文明的正統。搞點西方邪門，到東方來畫符念咒，有一時的妖言惑眾之功，五斗米道，終不能治國，這便是邪門必無好下場，此其一。

再者，我們要接受西方正統文明，以增強和改造我們的正統文明，也有其接受的條件。條件不足，則為邪門開路。條件多端，最要者為經濟和教育基礎，還要加上個安定的社會。

試看以下的經濟條件：美國平均國民所得一五、〇〇〇美元、臺灣四、五五〇美元、大陸僅三〇〇美元。美國的清寒線為一二、〇〇〇美元。大陸所謂的「萬元戶」三、〇〇〇美元。美國和臺灣的中產階級的力量，大陸尚未形成，教育落後，經濟落後，使中共還可苟延殘喘。然經濟、教育稍一進步，則專政便要動搖。經濟、教育不進步，則亡黨亡國。經濟、教育進步，則必先亡黨。因社會安定，「一點一滴地改革」，則議會政治興，而獨裁專政滅。

胡適時代捲土重來，則中華民族兼中西之長，在超西方時代（Post-Western Age）走向康莊大道，向西方做文化反挑戰（counterchallenge），為時當不在遠。臺灣在這方面，歷史責任重大，應好自為之。

諸位，讓我們一齊鼓掌，歡迎胡適時代，捲土重來!!

——原載《傳記文學》第五十卷第三期

胡學前瞻

——《胡適秘藏書信選》再版序

從我國三千年思想史的整體來看，近百年來影響我們全民族的心態和生活方式，最深最遠的兩位思想家，當然就是孫文和胡適了。

這兩位先哲的影響所籠罩的社會幅度，和滲透民心的深度，以及傳播其影響的方式和方法，雖大有不同，有時且相互牴觸，但是他二人之「道」，卻可「一以貫之」——那就是他二人的基本原則，皆是「截西補中」的。

本來寸有所長，尺有所短，中、西各自不同，而他二人的精力所貫注的，則是採西方之長，補中國之短。可是在這中西各有短長的「實在」（reality）情況之下，西洋人的經濟現代化，和隨經濟變化一時俱來的文化現代化，與生活方式現代化，皆比我們早了兩百多年；因此，在我們急起直追、迎頭趕上、匆忙地跟進的過程中，我們向他們學習的程度和需要，便遠超過他們對我們的學習與需要了。換言之，就是我們需要派遣大批子弟出國留學，他們卻沒有大批來華留學的必要。

孫、胡兩先生，因此早期思想的出發點，便十分接近。他二人都是最早出國的「留學生」。他們深知西方之長，也深知我們自己之短。所以他二人畢生的事業，便是擇西方之長補中國之短了。但是「補中國之短」，並不一定要「捨中國之長」。問題是：什麼是「長」？什麼是「短」？在這「長短」的衡量與取捨之間，以及怎樣去「截長」？怎樣去「補短」？近百年來，他二人便是領導我們做這項選擇的最偉大的兩位導師了。

當然，近百年來在思想上指導我們採西補中的大師，正不知幾十百人，又何止他二位呢？數數看：自林則徐、魏源而下，到容閎、張之洞，到康有為、梁啟超，乃至於陳獨秀、李大釗、梁漱溟、陶行知……甚至艾思奇、毛澤東等等，都是各是其所是、他封或自封的現代「思想家」。但是這些學者或政客，他們多半對所謂「西學」，可說都是外行，拾人牙慧，搞的也多半是些皮相之論——不像孫、胡二公，是自有其融匯貫通的真知灼見。

在近代中國，老實說，對現代西方思想，沒有相當深入的了解，則休想「搞通」中國固有思想。因為現代西方的政治、哲學、社會、經濟各方面思想，以及由這些思想所引起的「西方生活方式」（The Western way of life）——那是人類歷史上最早出現的一種「現代生活方式」（modern life）；相反的我們也可以說，這一「現代西方生活方式」，和由這一生活方式所孕育出來的「現代西方思想」——對我們原是一面鏡子。我們要塗脂、抹粉、穿衣、打扮、刮鬍子、剪鼻毛……等等，都得照照鏡子，然後才知道自己是骯髒？乾淨？是醜？還是美？

鏡子！鏡子！你實在是我們現代生活中，不可一日或缺的日用必需品！

你能說，我們不照照「西洋思想」、「近代西方生活方式」這面「鏡子」，我們能知道我們的文武周公孔子、裹小腳梳辮子、君君臣臣、父父子子，是醜？是美？

但是我們芸芸眾生——甚至包括許多「大師」輩人物——有幾個真正注意照照這面鏡子、了解這面鏡子、懂得如何運用這面鏡子？

專搞皮相之論的政客們，有的也確曾面對鏡子，照了又照。不幸他們所照的往往不是穿衣大鏡，而是當年上海「大世界」裏的「哈哈鏡」。一照之下，自己面目全非。他本是三尺侏儒，可是在哈哈鏡內卻照出昂藏七尺的穆鐵柱來。如此一來，大丈夫以天下為己任，則民無噍類矣！

當然，把「長人」（孔子的渾名）照成三尺侏儒的例子，也比比皆是，「留學生」群中，便隨處可見。

公平地說來，近百年把這面鏡子照得比較正確的先哲，還只有上述二人！

孫中山先生在運用這面「鏡子」之後，便搞出他自己一套偉大的理論來。

一般中山先生的信徒們只知道孫公所推動是「三民主義」。其實他老人家所搞的，實在是一套「四民主義」。只是其中另一「民」——「民族工業」——他始終認為是不成問題的問題，而沒有列入他底「主義」罷了。

中山認為解決這個第四民的問題很簡單——振興民族工業之道，便是引進西洋先進的科技，以獨立自主原則，要「列強聯合投資，開發中國」。這是他七十年前的老話。他把「鏡子」看得很準。誰知這句真理，卻被毛澤東等共產主義者嗤之以鼻，嗤了了六十多年。又誰知毛氏一旦翹辮子，屍臭猶存，鄧小平便又搞起了中山的老辦法了呢！

七十年繞了一大圈！夫復何言？

孫中山實在是「聖之時者也」。他搞「民族主義」，也是在理論上不斷進化，而有其顯明的階段性的。辛亥革命之前，他搞的是加富爾、俾斯麥一流「驅除韃虜」的狹義民族主義。革命一旦成功，他反對「五族共和」，立刻便搞出另一套美國式「大熔爐」（melting pot）的「中華民族」主義來。

這些都是他照「鏡子」照出來的「主義」和「修正主義」。在這方面搞「夷夏之辨」的我們文、武、周公、孔、孟……到黃宗羲、顧炎武，都未能舉出實例，把問題搞清楚！

他照鏡子照出來的「民生主義」，也自成一套。在近代西方，「分配」問題，是跟著「生產發展」而來的。中山則主張寓分配於生產，但是，他從未否定，「生產」是永遠走在「分配」之前的天下公式。誰又想到後來的毛澤東，竟然糊塗到只搞「分配」，不搞「生產」！

中山最偉大的，也是他思想發展的最後階段，還是他照「鏡子」照出來的「民權主義」。我們中國人，搞了幾千年的「無父無君是禽獸也」的「君父主義」；而中山則是，搞「無君」

思想，甘為「半個禽獸」的第一個「現代中國人」！

「君」是我們中國傳統思想、傳統制度上最大的混蛋。我們政治上的「官僚主義」、「特權階級」、「一黨專政」、「吹牛，拍馬」、「送紅包，走後門」、「有權便有一切」（大陸上共幹的口頭禪）……一切一切，都是從這條總根裏滋生出來的。

這條「總根」，在中世紀農業社會裏，雖亦有其優劣互見的「兩面性」，我們不可一竿打翻一條船；但是在「現代社會」裏，這個「君」——不管是名正言順的，或是改頭換面的——都是絕對的毒瘤，必須徹底割除。

毛澤東在中國歷史上所遺留下來的，歷史家所無法寬赦的劣跡，便是他不分青紅皂白，把中國的傳統制度徹底破壞；但是為著私慾，他卻把這個毒瘤保留下來，而變本加厲的發展到最高峰。

孫中山先生的偉大，便是在近代中國，他是第一個主張並實行割除這個民族毒瘤的思想家、革命家和政治家。

中山先生不但反對「君主專政」，他在「鏡子」裏也發現一個「機關專政」——如「總經理」（president）專政、「議會專政」、「司法專政」，都是不能容忍的。他不但要「三分其權」，還要「五分其權」呢！他之反對什麼巧立名目的「民主專政」、「階級專政」，那就更不在話下了。

我中華民族裏，愛國、愛族而有遠見的人士——尤其是「鏡」不離面的海外華僑，目睹今世我億萬同胞的苦難、祖國糟亂的情況，和政客們的愚昧、自私和顢頇的程度，面對中山遺像，能不太息、流涕?!

以上是孫文的思想和事跡。

胡適則又是另外一套了。

適之先生基本上是個學者和思想家，他前半生的貢獻，可說是純學術性的，那時他也偶爾清談政治，但是那只是他底業餘工作，談起來多半迂闊而不合時宜，影響亦有限。

可是胡氏的後半生，和他底前半生，卻正好相反，在後半生裏，搞學問——如考校《水經注》——反而變成他底遣興的工作，其影響亦微不足道，但是談起政治來，他倒變成擎天一柱，所談也切中時弊，而有極深極遠的影響！

這個前半生學術、後半生政治的胡適，他和孫中山先生所發生的不同影響，恰好在兩個不同的時代，互為表裏，兩相吻合。

在民國初年的那個「啟蒙時代」裏，搞白話文——注意：中山那時是不贊成以白話代文言的——新文學、新哲學、新的治學觀點等等，都是解放思想、從而使思想現代化的先決條件，而思想現代化則是推動社會改革的原動力。在這方面胡適前半生的貢獻，恰恰是補中山後半生之不足。

而在中山逝世之後，「民權主義」微言絕、大義乖的時候，胡適卻一馬當先，「為往聖繼絕學」，扛起民主大旗，在政治上越俎代庖起來，成為中山民權理論的接班人，蔚為亞東獨一無二的、民主自由的偶像。沒有胡適，則中山的民主火炬就要熄滅！微適之，則中國早無自由種子矣！

中山地下有知，能不欣慰?!

有一次一位在史學界極有造詣的朋友和我聊天。他認為胡適在學術上已無足輕重，倒是他在政治上的影響，方興未艾，於今為烈。

他是肯定胡適後半生的影響了。其實胡適前半生的在學術上的影響，現在已經結束了嗎？前半生，反不如後半生的嗎？盱衡當世，鄙意不以為然也。

胡適說他治學四十年，「都是圍繞著『方法』二字在打轉」。所以從他最早出版的《中國哲學史大綱》到他最後尚未完成的《水經注》一類的「手稿」，讀者如真的去吹毛求疵一番，則沒有哪一本可以說是白璧無瑕——有的甚至可以說有點粗製濫造（如《白話文學史》）。

但是吾人如從「方法」入手，去評量各書，則胡適遺著便沒有一本不是本「方法示範書」——各該類書籍所採用同類方法的第一部書；而這一「方法」，則一直流傳到現在，並沒有多大改變，甚至還有顯明的退步。

舉個例子來說罷。胡適是中國學術史上，第一個把「經」、「子」合一的人。這方法，到今天還不是個「樣板」？他也是第一個以傳統「考據」「方法」治「俗文學」的人。當今的「紅學家」、「小說史家」們，哪一個曾經跳出胡適「方法」的窠臼？

搞「禪宗史」的人，現在都把《景德傳燈錄》一類的偽作給推翻了，但是大家翻來翻去，還不是傳胡適的衣缽?!

坦誠的說來，適之先生一輩子「治學」就始終沒有衝出「嘗試文學」和「整理國故」兩大框框。至於「實驗主義」，他在前半生，「介紹」則有之，言「治」則尚不足也，「跟進」就更談不到了。

不過試問今日海峽兩岸，和重洋內外，學術界名流如雲，其中又有多少人，真能衝出這兩大框框呢？衝不出去，則大家所搞的方法，還不是胡適之原先的加減乘除那一套?!胡適的「方法」，到現在為止，並沒有被另外一套「新方法」所代替啊！

筆者身居紐約，對近年來的學術界過往客商，也可算是閱人多矣。老實說，看那些還能守住胡適而躐等爭先的，有時就難免是高低級的「野狐禪」了。

搞西式漢學，我們如只憑空樹立一個西式「標竿」（yardstick），然後把原不甚了了的土貨，一件件送到竿畔去比較測量，然後據此以定土貨價值之高下——這種以西洋「心態」來整理華人「國故」的辦法，新鮮則有之，完美就談不到了。向西洋人介紹漢學，亦功莫大焉，然客觀事實，則又是另一套了。

所以在海內外搞漢學，則「胡適時代」並未過去；他底影響還是存在的，而且還應該繼續堅持！

不過如上述，樹立西式標竿，做「超胡適」運動的，在台、港、新、馬和歐、美，都還有其兩面性。這一現象繼續在大陸流行，則危害就大了。

大陸上自毛澤東死後，「胡適的幽靈」——這是胡氏生前最歡喜自我引用的口頭禪——又開始出現了。謂余不信，讀者試翻大陸上今日出版的各種學術著作，凡屬可圈可點者，則無一而非出自「胡學」的傳人。

適之！適之！你在大陸受辱蒙羞三十餘年，在政治上現在雖未「平反」，在學術界也已足夠「昭雪」了。

至於大陸上原有的西竿東量的辦法，在三、四十年代雖也曾年輕貌美、惑眾於一時；可憐時至今日，而視茫茫而髮蒼蒼，不靠政權、槍桿、「官轎」，就舉步維艱了。

須知胡適前半生的工作，便是替我們的學術思想，從賣身投靠的「官轎學術」中，解放出來。是一種文化上「劈鎖開枷」，只是自我解放，不是像孫行者要去大鬧天宮，與任何神仙佛祖為敵。試看，我們那位「離了洪洞縣」的蘇三小姐，含冤受苦多年，後來終於在「八府巡按」的大堂上「劈鎖開枷」了，劈鎖開枷之後，她姑娘並無心向什麼冤家仇人來雪恥報仇，劈鎖開枷者，還我蘇三自由之身罷了。

讀歷史的人，公平地說來，近七十年來，唯一手揮大斧、要為我們劈鎖開枷之人——不是康、梁，更不是章太炎、黃季剛，當然更不是什麼「三聖七賢」、「七君子」、「五烈士」——那只有一個人，一個有其學、有其力、有其勢的人，這一個人就是胡適之。

胡適前半生「劈」的是學術思想，後半生「劈」的是集權政治。

搞政治的人——尤其是反對胡適底「毒素思想」的人，都認為胡適是為「異端鋪路」。這項罪名，對胡適是絕不冤枉的。理由很簡單：舊枷不去，何能再頂新枷呢？

不過「枷」總是「枷」，「劈」還是要「劈」。適之又何嘗有厚於「新枷」呢?!這面新枷，我們一頂數十年，現在也已到了鎖銹枷鬆的地步了。

筆者前月在哥倫比亞大學，恭聆老學者馮友蘭先生講演，聽到他以衰邁的聲音，還要勉強以其擁護的「一枷之言」來自我洗刷，我真感到歷史之冷酷，而對這位當眾遺尿的衰朽老人，感到一陣陣地心酸與同情。

從各方面來看——如出版品的雨後春筍，各著名大學內師生的心態，社會上讀者的興趣與吸收率，與夫千百大陸旅美留學生的言行——我們都深深體會到，一個新的文藝復興運動正在祖國大陸，春風野草，隨處滋生。這不是任何政治力量可以壓制下去的。歷史家們，可以等著瞧吧！

奇怪的是這一新興的、潛在的、慢慢滋長的學術運動——在某些方面，便很有點像「三十年代」的重演，其指導思想，已經不是馬、列、杜（威）、羅（素），或周令飛的爺爺了。

今日大陸上——可能台灣也是如此吧——學術界的指導思想，還是那力主「無徵不信」、「九分證據不能講十分話」、「不讓人家牽著鼻子走」的胡適的道路！

這幾條標語，都是胡適之先生在七十年前所講的「老話」。但是它們卻被主張「為誰服務」、「以論帶史」、「七真三假」……等等的新人物，嗤之以鼻，嗤了六十多年，現在老天有眼，又回到老路上來了！

七十年又繞了一大圈！夫復何言。

所以有些搞思想史的，我的朋友們，他們認為，胡適的學術影響，已經結了帳；只是他底政治影響，卻方興未艾，於今為烈，是見其一而未見其二了。

其實沒有「學術影響」，哪來「政治影響」？朋友們是低估了我們的胡老師了！

至於胡適的政治影響，筆者在拙作裏便一再提過，胡適之先生不能搞政治，談起政治來也十分迂闊（naive），而不識時務——不像孫中山先生所搞的是合乎邏輯的一整套！

胡適與中山不同。在政治上，胡適搞了一輩子，只搞個「一民主義」——民主政治，如此而已。胡適之這個迂闊的大學究，在那「天下無孤，不知幾人稱帝、幾人稱王」的時代，他要搞「民治、民有、民享」。在那一百人中有八十五個不識字的社會裏，他要去搞全民投票。在那強鄰壓境、國運危如纍卵之時，他還是反對「走捷徑」。在那餓莩載道、白骨如山的飢荒年代，他要去喊「議會政治」。

歷史家們如回頭清算清算胡適的「政治主張」，真如重讀一部《孟子》。我們想想孟軻那老兒，奔走了一生，開口閉口「唯有仁義而已矣」那股迂勁，真是百分之百的，胡適那老兒的寫照！

但是誰又想到，中國近代史的發展，是有其顯明底「階段性」的呢？中山的三個「主義」，事實上沒有哪一個是他老人家的、享有專利的「發明」。

中山的特點是在其主義的「應用」（application）之上。他老人家，愛國心切，他要一手迴天，縮短歷史，把三個不同的「主義」，來「畢其功於一役」。

但是這位哲人，又何嘗想到，他底一個主義，乃至於某一主義中的某一階段，往往也要三二十年，甚或一個政黨、一個革命家，一輩子的時間，才能通過呢！不過「不怕慢、只怕站」！只要中國的現代化運動不「站」著不動，它自然會一個「階段」、一個「階段」地向前移動的。

誰又料到，胡適當年迂闊之言，居然逐漸地變成中國政治史上「現階段」的主題呢？

歷史經驗（尤其是近代中國的歷史經驗）告訴我們，大凡一項政治主張，甚或一句政治口號，在某一「階段」變成該「階段」的「主題」之時，它是壓不下去的。硬壓，就要發生原子爆炸。

青年的王炳章醫師，為著「棄醫從運」，便曾當面向我們說，他們「一個倒下去，另一個會站起來的！」他說這話時，激動得熱淚盈眶。我也知道這不是他誇下的「海口」，因為國共兩黨的黨史上，這一類的實例都是數不盡的，沒啥稀奇。

所以從歷史上看，那富有強烈「階段性」的中國近代史，確已進入「民主憲政」這一「階段」；而那個無槍桿、無偽裝、無副作用的，胡適的「一民主義」，正是「現階段」的主題。順之者昌，逆之者亡。

從今日中國文化思想整個趨勢來看，一個包括學術思想和政治主張兩方面的新的「胡適時代」，正迫人而來。可是在這方面立志「一個倒下去、一個站起來」的青年一代，可能連胡適之這個名字，也沒有聽說過。而他們自己卻和他們在大中學裏的開明的老師們一樣，正在接傳胡適的衣缽，而卻不知老師是誰！

胡適的著作，在大陸成為禁書，青年人無法接觸，當然是主要原因；還有一層，便是當代青年，「去古已遠」。胡適的書，對今日佔全中國二分之一人口的青年說來，已經成為「古書」了。胡適書上所說的故事，在筆者這一輩，青年時期讀來，何等新鮮！但是那些故事，對當代青年來說，都已變成「聖經上的故事」了。拙著《胡適的自傳》（亦即台灣出版的《胡適口述自傳》在大陸的翻版）去歲在上海出版時，青年讀者固不乏其人，但是當我和我的青年讀者談到本書內容之時，我的感覺便是「他們在讀古書」了。

歷史就是這樣地無情！怎能怪後輩青年呢？

總之，當胡適之先生在歷史的公路上愈退愈遠的時候，他已經成為「宗師型」的先哲了。他的影響已深入中國思想的核心，是我們民族心態的一部分。他底著作也將和《朱子語錄》、王陽明《傳習錄》一樣，一個接著一個，不停地傳下去。陽明而後，說不定我們的藏暉先生也還有幾百年好過呢！

胡適的思想，畢竟是中國思想史上的正宗，那些靠槍桿子維持的「野狐禪」，是經不起歷史考驗的。

老實說，大陸上那些身受「坐飛機」之痛的當權派，今日也知道，「專政」有時也會「專」到自己頭上來的。痛定思痛，他們也了解毛澤東「以愚黔首」的反動政策是拖不下去了。在「實踐求真理」、「另搞一套」的大前提之下，胡老師的吉光片羽，也被他們另眼相看了。筆者母省的「安徽大學」校長孫陶林先生便曾當面告我，他有意成立「胡適研究所」。

當拙著《胡適的自傳》在華東師大殺青時，這部《胡適書信選》也出版了，學界有人並送了我兩部。但此書在大陸是列為「內部發行」書，不能攜往海外，我既身為「交換教授」，未便破例來搞文化走私，雖然我也知道，我如攜出，將會惹起海外出版界「搶印」的，但其時我也預料到，不久我也會買到海外版，所以我就忍痛轉贈朋友了。

胡適遺書，我相信大陸上仍有成筐成簍的，將來仍會繼續出現。不過胡適的思想仍會有其爆炸性的影響，大陸學界不急於一下放出來，也可說是由於膽大心細考慮的結果吧。

重複說一句，「胡適學」現在已是我們中國文化史、學術史、思想史上的重要的一章。他自己也是朱熹、王陽明而後的第一號「接班人」。有關他的一鱗半爪，任何資料，都是我們的民族公產，任何人不得據為己有。只要出版者、編選者能慎重其事，不加糟蹋，我想適之先生如泉下有知，一定也會主張他所有的著作版權公開、歡迎翻印的。

前週接到對適之先生最崇敬的遠景出版社來信，並數度打越洋電話，諄諄相囑，要我為這部書信集寫篇前言。我還是不揣冒昧，大膽執筆雜亂的寫了這一長序，我相信在台灣負責編印的朋友們一定會慎重其事。我願為他們喝采、打氣和祝福！

——原載《聯合報》，一九八一年十二月十七—十九日

千家駒論胡適

唐德剛序

千家駒教授是當今大陸上數一數二的老牌經濟學權威。也是三十年代文運學運時代為那時青年馬首是瞻的「老北大」——胡適的學生。一九八一年夏季，我返鄉葬母，順便應約在蕪湖「安徽師範大學」講演，那時赤日炎炎，校方用四架大電扇向我直吹，仍是汗下如雨，當時大禮堂講臺之下，則擠得水洩不通，熾熱之情，更難忍受。看到當時聽眾的熱情，又想到「大躍進」時，毛澤東把「我們安徽」的「貧下中農」餓死數百萬，兒時農村伙伴幾乎死亡殆盡，一時怒從心中起，惡向膽邊生，乃向毛澤東提出大膽的攻擊，說得我自己也聲淚俱下。好在天氣太熱，用手帕在臉上擦個不停，別人看來也不知道是汗是淚。講演既畢，聽眾學生對我起立歡呼，久久不停。講後心情稍安定，深覺情緒過分激動，可能使居停主人和招待我的朋友們為難。當我向他們提出歉意時，熟知安徽師大的朋友們頗為開朗，說我雖然情緒激動，內容倒並不「過火」，原因是前不久「千家駒教授」曾來講演，也把毛澤東在經濟上的無知罵得體無完膚——內容和我講的「大致差不多」。這一消息，當時對我倒是個不小的震撼——大陸上竟有如此教授，敢講我這個華僑所敢講的話！千家駒教授我在大學時代便心儀已久，但對他老人家脫帽致敬，這還是第一次。我覺得這樣的老知識分子「有種」！

今年四月中李又寧教授打電話給我說，千家駒教授抵紐約訪問，並指名要約我碰碰頭。我想與又寧聯合做東，請他伉儷午餐而又寧不許——她堅持「獨請」，不過她倒要我「開車去接他們」一下。我因為知道千君是胡適之先生的得意門生之一，所以我就順便帶一本拙著《胡適雜憶》請他指教。千公伉儷訪紐時間短促。我們都忙亂不堪，再也找不出第二個共同時間向他再次請益了。孰知別後逾月，忽然收到千教授自東京寄來長函；讀之大喜過望，讀後等不急吃午餐，便執筆寫此短序；也來不及向千先生寫信請示，便把他的長函寄給新聞出版界的朋友們披露了。這點我得向千教授道個歉。

千教授這位胡適的大門生（一個老「猶大」），他這封信對我這個胡適小門生，實有無限的啟發，也證實我對胡先生很多點重要的看法。人無十全，樹無九枝，胡適之先生是「人」不是「神」，怎能十全十美。再者人心之不同，人識之不同，亦各如其面。張三說美，李四則不一定也認為是美。三十年代中的青年，對「胡適」的看法已是「兩極分化」。當時的左翼青年如千家駒者，便認為胡適「臭名昭彰」——原因：胡適對社會的觀察不夠深刻，對社會的實況不了解，他就無法使青年思想從「左」變「右」。但是胡適是歷史中人，而歷史卻不是只侷促於三、二十年的社會現象。起胡適、魯迅、毛澤東等於地下，讓他們在八十年代再開個社會現象辯論會，其結論又何於歟？這就不是三兩萬字所能說得清的了。這是學術界、思想界的大事，同蘇雪林教授、胡頌平先生等哪能說得清呢!?

不管我們這些「胡適的學生」，對我們共同的老師的看法是怎樣的不同，但是我們都有個共同的結論：適之先生為人之高風亮節，對學術研究之忠貞不二和尊重，對門生後輩之愛護提挈，看看千家駒這位胡學「叛徒」這封信——山高水長，這樣的學者老師，中國歷史上究有幾人!?

一九八五年五月十七日下午一時

唐德剛　附誌於紐約市立大學亞洲學系辦公室

千家駒函

德剛先生：

紐約一聚，快慰平生，惜以時間短促，未能暢所欲言。拜讀尊著《胡適雜憶》，對胡先生的評論，可謂入木三分。胡先生是個書生、學者，但非政治家，更不是政客。我對胡先生的了解，自然沒有您那麼深刻。但胡之於我，卻有知遇之恩，使我終身難忘。一九三二年，我將在北京大學經濟系畢業，我在學生時代，就在一些當時二、三流的刊物上寫點文章，以騙取一點稿費。一次我寫了一篇題目為：〈抵制日貨之史的考察並論中國工業化問題〉的文章，發表在某一刊物上，大意是說，從海關報告冊上考察，大凡抵制日貨的第二年或第三年（當時因日本帝國主義侵略中國，經常發生抵制日貨的群眾性運動），日貨輸入，反而激增，這不能怪中國國民的「五分鐘熱度」，實因中國工業不發達；所以根本之圖，應該發展中國的民族工業，使中國工業化……云云。主辦這個刊物的是一個姓凌的小政客。有一次，胡先生剛好在去南京途中與凌某同坐一個車廂，胡無意中讀到我的文章，他就問凌某：「千〇〇是誰的筆名？」凌答：「這不是筆名，他本性千。」胡又問：「千在哪兒工作？」凌答：「千是北大學生，還沒有在大學畢業。」胡大為驚訝，認為一個大學生有這般水平，實在了不起，他回北京後一定要找我。後胡回到北平，與吳晗談起（吳是胡的高足），吳晗是我同鄉同學，又同年，與我為莫逆之交。吳就介紹我去見胡適。胡問我畢業後準備去哪裏工作？我說，我工作還沒有著落呢！胡自告奮勇，主動介紹我去陶孟和先生所主持的社會調查所工作。社會調查所是受中華教育文化基金會資助的一個獨立研究機構，陶孟和氏亦為五四新文化運動領導人之一。他對胡一向尊重，經胡一介紹，當然就成功了。但後來陶孟和一打聽，我是北大學生會的一個頭頭，是北大著名的搗亂分子，可能是共產黨，陶先生便躊躇起來了，他又去問胡適，胡回答說：「搗亂與做研究工作是兩碼事，會搗亂的人不一定做不好研究工作，況且一個研究機關，你怕他搗什麼亂呢？」經胡這麼一說，陶無話可說，於是我的工作便定下來了。可見胡是明知道到我的政治立場而堅決介紹我進研究所的。後來他在《大公報》的星期論文上發表一篇文章駁斥畢業即失業之說，認為一個人只要有本領，大學畢業決不會失業，並舉兩例來證明：一是某人大學未畢業即被一研究所定去；一是某人大學未畢業，就有兩個大學搶著要，前例指我，後例指吳晗，雖未指名，實則影射我和吳晗，人皆知之。這就未免以偏蓋全，以個別事例否定整個社會現象，胡氏這種邏輯，是為我所不能同意的。

我進社會調查所後，我建議中華教育文化基金會編譯委員會（以翻譯世界名著為務）翻譯馬克思《資本論》（當時——一九三三年——中國尚無《資本論》譯本，不但沒有全譯本，節譯本亦沒有）。胡亦同意，並由吳半農譯第一卷，我譯第二卷，均由英譯本轉譯，譯好再互相校對。吳譯了第一卷的三分之一，我譯了第二卷的三分之二。因編譯委員會與商務印書館訂有統一合同，所有譯書均歸商務出版，我們擬分卷出版，哪知譯稿交去後，商務老闆王雲五怕國民政府禁止，吳譯稿已印就而不敢發售，我的譯稿已校對清樣，而未予付印。現在吳譯本存在中共中央馬恩列斯著作編譯局圖書館，已成海內孤本，鮮為世人所知。僅於馬克思逝世一百週年時，將我寫在吳譯前面〈校對者的話〉複印幾份，分送有關方面。

一九三四年，胡又主動介紹我去北京大學任兼任講師，當時北大經濟系主任趙迺摶認為我在北大畢業不過兩年，怕我「下不了臺」，而且趙也嫌我思想左傾，不肯同意。為此我寫信給胡，對此事大發一頓牢騷（原信見《胡適來往書信選》，此書已由中國社會科學院歷史研究所整理公開出版）。但由於胡適的堅持，趙終於讓步，我在一九三五年還是當了北京大學經濟系的兼任講師，離我北大畢業不滿三年，所教的是經濟系四年級的學生，均為我的老同學。我去北大教書一事，並非出於我的要求，乃胡主動向北大蔣夢麟校長提出，其中經過都是陶孟和先生轉告我的。

以上經過說明胡先生是明明知道我是服膺馬克思主義的，在政治立場上我們是不同的，我堅決反對國民黨，但他並不以此而歧視我，而且處處提拔我、幫我的忙；他從沒有想以他的政治思想強加於我或企圖影響我，而處處表現出一種寬容精神，即儒家的所謂「恕道」，這也許就是資產階級的所謂「民主作風」吧！這種「民主作風」是目前臺灣或大陸所最缺少的。

胡先生當時雖名滿天下，但他一點不擺架子，他是很有人情味的。我與前妻楊梨音女士結婚，是由胡先生證婚的，時間是在一九三六年一月一日，他拿出一本《鴛鴦譜》來要我們夫婦簽名在上面，據說最早簽名的是趙元任夫婦。在舉行婚禮時，他致辭和我開玩笑說：「千先生是北大著名的搗亂頭兒，但看今天的婚禮卻一點革命氣息都沒有，大概從今起千家駒已變成楊家駒了。」

胡先生在北平辦《獨立評論》時，他向我約稿，我給他寫過兩篇稿子，署名為「一之」。當時在《獨立評論》上撰稿的多為名流學者，如丁文江、翁文灝、蔣廷黻等，在該刊上發表文章，頗有一登龍門身價十倍之感。但我不願署真名，因為胡先生在進步青年中是「臭名昭彰」的（所謂「譽滿天下，毀滿天下」）。胡明知我不願署真名之故，卻絕不強我之所難，對我的稿子，他也不改動一字，表示「文責自負」。這種精神，我認為也是應該提倡的。

以上關於我和胡先生交往的詳細經過，我從沒有公開披露過；因為在解放以前，如談這些，在一部分人看來，不免有「我的朋友胡適之」之嫌，在進步青年看來，則未免思想不夠「進步」。解放以後，全國掀起批胡運動，我如果把這些發表出來，則我自己亦難免挨批挨鬥。如我把胡臭罵一通，又難免言不由衷。所以只有效金人之三緘其口，因此在數百萬字批胡論文中，你們找不到我的片言隻字。

今天，由於讀了尊著，才引起我的往事回憶，把這些詳詳細細告訴您，希望您做為一種史料保存下來。自然，我對於尊著對胡的一些過高的評價是不敢苟同的。胡在中國文化史上自有其一定的地位，此非任何政治力量所能抹煞，但所謂「照遠不照近的一代文宗」之說，則似過於誇大。依我之見，胡適之洞察力，其深刻度遠不能與魯迅比。魯迅觀察問題之深刻，在現代文人中罕有其匹，胡則受杜威實驗主義哲學影響，難免流於浮淺。茲舉一例來說明

：一九三一年，我在北大學生會主編一張週刊，叫《北大新聞》，登了一篇文章（未署名），說法西斯主義就是「獨裁」。胡先生看後在《獨立評論》上寫了一篇文章詳細考據了法西斯主義發源於意大利棒喝團，引經據典，謂法西斯主義與獨裁為風馬牛不相及，而譏北大學生「淺薄無知」（大意）。現在看來，究竟是胡適「淺薄」呢？還是北大學生「淺薄」呢!?當然，魯迅與胡適各有千秋，見仁見智，不必強同。拙論僅供參考而已。

我於離開紐約後，即去芝加哥、舊金山、休士頓等地參觀訪問，於四月三十日離開舊金山返國，途經東京，因東京有學術團體邀我講學，兼之小女在東京工作，故擬在東京少做停留，可能要在七月以後回國。

交淺言深，不當之處，幸希教之！（此函請轉李又寧教授一閱）

順頌

教安！

千家駒　五月十一日

千家駒簡介

千家駒，清宣統元年（一九〇九）生於浙江省武義縣，家境不裕，十二歲入金華第七中學，與吳晗（辰伯，清華畢業，史學家，曾任中共要職，後為「四人幫」迫害致死）同班同鄉且屬同庚，此後結成莫逆之交。一年後轉入師範就讀。一九二六年考入北京大學經濟系，一九三二年夏畢業。家駒讀書時即在報刊撰文，所撰〈抵制日貨之史的考察並論中國工業化問題〉一文，為北大文學院長胡適所激賞，經吳晗介紹相識，此後受知於胡氏，介紹家駒至陶孟和主持之社會調查所工作。一九三三年夏派赴廣西調查經濟，結識桂省政界學界重要人士，為其後任教廣西大學及任桂省公職之重要原因。一九三四年兼任北大講師，講授「中國近代財政問題」。一九三六年社會調查所與中央研究院社會科學研究所合併，隨同遷往南京，此時曾被邀為馮玉祥講課數月，家駒在南京因參加「救國會」活動，引起政府注意，後避居青島，旋轉往廣西大學任教。一九四〇年西大當局及教育部認為家駒有共黨嫌疑並做反政府宣傳而解聘。中山大學曾聘為經濟系主任，未到校即發生「皖南事變」，家駒不得已走香港，直至港九淪陷，始再回桂林，初以賣文為生，後一度任黃姚（廣西昭平縣屬市鎮）中學校長，家駒畢生從事財經問題研究，曾主編期刊多種，專門著作達十數種之多，為當時著名經濟學家。

抗戰勝利後，家駒在香港正式參加「民主同盟」實際工作，任「民盟南方總支部」秘書主任。一九四八年北上投靠中共政權，參加政協籌備會，並出席第一次大會。先後任「政務院財經委員會委員」、「中央私營企業局副局長」及「中央社會主義學院副院長」、「中國科學院哲學社會科學部學部委員」等職。

家駒雖在大學時代即醉心馬克思主義，並曾譯《資本論》，對中共政權成立也立過不少「汗馬功勞」，但中共「文化大革命」期間竟不能免於被批鬥的命運。據家駒自述：

> 文化大革命後，我靠邊站了，去五七幹校勞改三年。
>
> 在文化大革命中，我被打成「叛徒」、「反動學術權威」，挨了群眾的批鬥。他們認為我的著作都是「放毒」，我氣憤之餘，就把我全部著作燒掉，有的當廢紙賣掉。因此我現在手頭連一本我自己的著作也沒有，上述我所列的書名（略）是憑記憶的，錯誤與遺漏在所不免。
>
> 在解放以後，我還和范文瀾、陳翰笙同志「以中國近代經濟史資料編纂委員會」的名義主編過「帝國主義與中國海關」一套叢書，材料來源主要是海關所存的英文檔案，已出版了十多種（中華書局出版）。這些材料是極有價值的，因為舊中國海關總稅務司一職由帝國主義的洋人擔任，我國關稅收入佔全國收入百分之三、四十左右，總稅務司控制中國的財政、

金融、貿易，操縱中國的政治，有太上財政總長之稱。這些檔案都是第一手資料，首次發表的。范文瀾同志對這批材料評價極高，謂為經濟史資料中之瑰寶。在「文化大革命」中我們這項工作也受到批判，謂為替帝國主義做宣傳，這項工作也早就停止了，至今沒有能恢復起來。

三年經濟困難時期，在某一次全國政協大會上，我們有幾位研究經濟的朋友（陳翰笙、彭迪先、沈志遠、吳半農等）在大會上做過一次聯合發言，我們主張開放農村集市貿易以活躍經濟。這個聯合發言稿是由我執筆，並且由我代表他們上臺去講的。哪知過了三年之後，當全國政協大會一九六五年開會時，有一領導同志被授意發言，說有民主黨派成員上次藉政協大會講談發表反社會主義的言論，要挖社會主義經濟的牆腳。他雖未點我的名，但大家都知道這是針對我而說的。從此以後我就再也不寫經濟方面的文章了，因為經濟領域的禁區是很多的，經濟問題是很敏感的，如果談經濟問題而不合領導上的意圖，有時是會被扣上各種各式的帽子的。

馬克思在批評十九世紀三十年代後期英法資產階級經濟學時曾經說過這麼一段話：「現在問題不再是這個或那個原理是否正確，而是它對資本有利還是有害、方便還是不方便、違背警章還是不違背警章。不偏不倚的研究讓位於豢養的文丐的鬥爭，公正無私的科學探討讓位於辯護士的壞心惡意。」（見《資本論》第一卷，第二版跋）馬克思稱這種經濟學家為「庸俗經濟學家」。如果我們把上面馬克思所說「對資本有利還是有害」這句話中的「資本」改為加引號的「無產階級專政」，那是完全可以適用於我國的某些經濟學家的。為什麼我國的經濟比例長期失調，經濟問題堆積如山，左傾路線長期得不到清算和克服，長達二、三十年之久，而始終看不到一篇高水平經得起時間考驗的經濟文章，這與我國經濟學界的庸俗作風是分不開的。我知道有些朋友，他們寫經濟文章，所考慮的首先是政治上不要犯錯誤和如何更好地配合當前宣傳工作，而不是研究客觀的經濟規律，或根據調查材料實事求是地提出科學的建議或意見。同一個人今天這麼說，明天那麼說，矛盾百出，而社會不以為怪，反被捧為經濟學權威。要使中國的經濟研究有一個飛躍發展，非拋棄這種庸俗經濟學不可。當然，這在某些時候是要冒一定的風險的。但真理與科學是不應該怕風險的。我寧可效金人之三緘其口，也不願做一個庸俗經濟學家。（本簡介摘自〈千家駒自傳〉，原載《中國現代社會科學家傳略》第二冊，山西人民出版社出版，一九八二年十月）

——原載《傳記文學》第四十六卷第六期

胡適父親鐵花先生無頭屍疑案

——重讀適之先生《四十自述》有感

在五十年代的末期，當我襄贊胡適之先生撰寫他的「口述自傳」時，我曾力勸我的老師、「我的朋友」，以《四十自述》為基礎，從而擴充之，一直寫到「目前」（一九五八年）為止。我那時的想法是：第一，把他「十九歲出國以前」那一段先「補充」一下。他既然寫了「我的母親的訂婚」，為什麼不加一篇有關「我的父親的事業」呢？寫點鐵花先生的生平，不是很好嗎？

他既然寫了「九年的家鄉教育」，為什麼不再「補充」點清末民初有關故鄉徽州的風土人情呢？古老漢學的發源地徽州的舊面目，今後不是只可從像適之先生這樣的人底記憶中去尋找嗎？為何不敘述一下呢？

我在這方面的建議，「我的老師」倒頗能聽得進，所以他在《胡適口述自傳》一書中，便有了〈故鄉和家庭〉和〈我的父親〉兩章之出現。

適之先生是我所認識的師友之中治學最嚴謹的一位，有九分證據絕不講十分話。但是我的老師生前無論如何未想到，他對他自己的父親之死，卻相反的，以一分證據，講了十分的話罷。

有關適之先生的父親之死的真實情況，恐怕所有寫有關胡適的傳記作者——包括張經甫、羅爾綱、黃純青、曾迺碩、王伊同（英文）、李敖、胡頌平、唐德剛（中英文）和另外一些洋人，向來都沒有「不疑處有疑」罷。

根據當年張經甫替適之先生弟兄夥所寫的〈胡鐵花先生家傳〉，有關他們父親鐵花先生之死的情況是這樣的：

（光緒二十一年〔一八九五〕陰曆六月）二十五日扶登舟，二十八日抵廈門，寓三仙館，手足俱不能動，氣益喘。七月初一發電上海，促介如四胞叔措資來廈。初二日接回電，心稍慰，飲薄粥一碗，沉沉睡去。至亥刻，氣益促不能言，延至初三日子時竟棄不孝等而長逝矣。嗚呼，痛哉……享年五十五歲。

讀了似乎無可置疑的張文，連那有「考據癖」的胡適先生和所有胡適傳記的作者，都沒有懷疑上述故事的真實性，而人云亦云了。又有誰能想到，鐵花先生之死，是在廈門或臺灣被人「殺頭」的呢！！

鐵花先生之死，如今整整九十年了，他的「歸葬故里」，是睡在棺材裏被抬回去的。抬回去之後，也沒有人「開棺驗屍」，就糊里糊塗地葬了。又有誰知道他死後七十多年，中國大陸上又出了成千成萬的、共產黨製造的「紅衛兵」來！這些大小共產徒眾，他們把毛澤東的死屍，葬入那樣峨巍的皇陵，但是卻把幾百萬、幾千萬老百姓的祖墳，通統給挖了——連孔德成的一世祖尚不能免，那末那個「頭號反動學者胡適」的祖墳，豈能倖免？——鐵花先生的墓，給紅衛兵挖了！

據大陸上傳出的可靠的消息：胡適父親的屍體，卻是個沒有頭而裝上個假頭的死屍！「不疑處有疑！」這一消息，當然有待進一步的「考證」。但是這一消息真實性甚大。挖墓的紅衛兵可能還是自北京專程南下的，目擊者甚眾。加以這些「紅衛兵」都是一些無知無識的青年，不是什麼「胡適學」專家，可能也不知道「胡適的父親」是幹什麼的——他們不可能編造出一個「無頭死屍」的故事來。

如果「紅衛兵」所見不虛，那末上述張經甫所寫的那一篇似真卻假的故事，又是誰編造出來的呢？他或他們編造出一個有關「胡適父親」的故事，連個「考證派宗師」的胡適，也被騙了一生！

甚矣，「有九分證據，不說十分話」之難也！朋友，我華族最大史學家司馬遷先生所說的故事，可能就有一半以上，是人家編造的，他老人家信以為真的！至於「二十五史」、「傳記文學」、「文史資料」等等，那還要說嗎!?

話說到底，還是我的老師胡適之先生的話比較有真理：「處人要有疑處不疑，治學要不疑處有疑！」

關於適之先生十九歲以後的生活與思想，我曾勸我的老師、「我的朋友」，不要把「文學革命」一類、一般人耳熟能詳的故事，再重複敘述了。他應寫一本「新書」——我可做他的「研究助理」——把自己一生的學術思想做個總檢討，然後推陳出新，領導個「新時代」；好漢何必專提當年勇呢！

適之先生頗為我的話所感動。但是他畢竟老了，打不起勁來，百尺竿頭已足，不能再進了。結果在筆者的「助理」之下，卻寫出一部自我濃縮的「胡適學案」——那一部《胡適口述自傳》來。

胡老師生前總是向我說，研究孔子最可靠的兩部書，便是《論語》和《檀弓》，因為那是最接近孔子的第一手資料；其餘的很多都是表面上替孔丘的殭屍「裝金」供養，其實是醜化夫子之作——把個活生生的孔老師，醜化成個活死人。

關於了解胡適——尤其青年知識分子要了解胡適，我個人的看法，最可靠的兩部書，便是《四十自述》和《胡適口述自傳》。讀了這兩部以後，如再深入，那就應讀《胡適文存》和有待出版的「胡適全集」了。

胡老師辭世，距今二十餘年了。但是七十子之徒，和三千著冊者，仍遍佈天下，對老師之學各是其是、各非其非。

捧胡的後學（有許多事實上是辱胡的），有很多把胡老師捧成大成至聖。批胡的後學（有許多實質上是尊胡的），有的竟說他「臭名昭彰」。

不管捧也好、批也好，青年讀者們總不要忘記胡老師的名言：「不疑處有疑」、「不要讓人家牽著鼻子走」才好。胡適之先生的門人，誰最夠資格、誰最不夠資格來詮釋「胡學」，在這「微言」已絕、「大義」未乖的年代，有思想、有見解的讀者會自做其賢明底選擇的。

話說從頭，要了解「胡適」，《四十自述》應是必讀的第一部書。

一九八五年十二月六日上午五至八時匆草於北美洲

——原載《傳記文學》第四十八卷第一期

〈芻議〉再議

——重讀適之先生〈文學改良芻議〉

胡適之先生是反對五四運動的。他反對的當然不是他小友周策縱的五四運動，而是他底及門弟子傅斯年、羅家倫、段錫朋一干人，於民國八年五月四日，在北京的大街之上，搖旗吶喊的那個五四運動。

紐約華美協進社已退休的社長、前輩老朋友孟治先生是位美國名人。《全美名人錄》裏面為他所列舉的多條光榮履歷之一便是「曾在中國五四運動中被捕坐牢」，胡適之先生所反對的便是這個「孟治坐牢」的五四運動。

胡適為什麼反對五四運動呢？他說因為這個「運動」是對他和一批朋友們——蔡元培、陳獨秀、錢玄同等人——所正在進行中的新文化運動的一種「政治干擾」！（編按：參見胡適口述、唐德剛撰稿，《胡適的自傳》第八章：〈從文學革命到文藝復興〉，《傳記文學》第三十四卷第四期（一九七九年四月一日），頁四六—五五）新文化運動據他說，才是那害了兩千年癱瘓病的中國固有文明的對症良藥，是當前救國救民的唯一道路。不幸的是羅家倫把宣言一貼，傅斯年大旗一搖，孟治坐起牢來，「新文化運動」這部列車，被這批小伙計扳錯了方向盤，就橫衝直撞起來，結果「目的熱，方向盲」，列車出了軌、翻了車，弄得傷亡遍野。可憐的老胡適也被弄得教授當不成，新文化運動前功盡棄，而跑到紐約來落草。所以他反對五四運動。

在胡適之先生看來，這個真能為中華民族「再造文明」、但是卻被迫半途而廢的新文化運動，事實上便是他在紐約當學生時代所策動的新文學運動的擴大和延伸，而新文學運動又是他那〈文學改良芻議〉一篇文章芻出來的。因而在中國近數十年來深入群眾的各項激進文化和政治運動，歸根結柢都與他這篇文章有關。這些運動對國家、民族、人類，是禍是福，這篇文章也是個總根，他老胡適都負有責任的。

不管胡先生這一邏輯能不能為歷史家和大眾所接受，讀中國近代文化史的人，大概沒有任何人能否定他這篇文章對近代中國文化運動的重大影響。

民國四十五年六月二日，也就是〈芻議〉開始起草的四十週年，紐約市中國知識分子所組織的「白馬文藝社」，在胡氏當年寫這篇文章的公寓九條街之外開討論會之時，胡氏又把四十年前的故事詳細的敘述了一遍。白馬社其後也曾對中國現代文學裏「傳統與創造」這一問題，由鹿橋主講，做過很長的討論。筆者那時也是參加討論者之一，會後也曾在自己的日記上寫上了些節要和私評。

最近因為要翻譯胡先生的英語口述自傳中有關文學改良這一章，所以我把二十多年前的舊日記也拿出來翻翻以做參考。讀了舊時的日記，我才覺得自己沒有長進，二十多年前的意見和我現在的意見，並沒有太大的差別。就在這個時候我忽然收到汪榮祖教授的來信，他在主編一本有關紀念「五四」六十週年的書，要我寫一篇關於「胡適與『五四』」的紀念文章。筆者餬口異邦，實在沒空，然汪公盛意堅約，他又是適之先生和在下的小老鄉，後來居上，盛情難卻，因而把舊日記上我們討論適之先生——〈文學改良芻議〉——的節略抄一段下來，略加修改補充，濫竽充數，以就正於高明。拙文雖與「五四」無直接關係，但也算是一點點有關「五四」背景的討論吧。

下面一段便是筆者當年在鹿橋、艾山兩兄有關「傳統與創造」的長篇講演之後，艾山且點名說我「唱梅派」（梅光迪派）的時候，我自己的發言，和其後一些零星私評的節要和增補：

> 我認為古往今來，任何哲學家、思想家，他們的思想和理論的價值，我們都應該把它們三七開或二八開，甚或一九開。他們的理論至多只有三分是永恆或較長時期的價值，其餘的則只有些臨時性的價值。時代一過，剩下的七分、八分，乃至九分都變成糟粕，沒有價值了。我們對任何至聖大賢的看法，我認為都應該如此。例如老子、孔子、蘇格拉底、柏拉圖、程朱陸王、休謨、康德、黑格爾、馬克思、康梁、杜威、胡適、鹿橋、艾山——尤其是艾山（全場大笑），都應該三七開。我們祖國這些年來把文化思想弄僵了的緣故，就是把一些權威

大師們「全開」了的結果……。

我們對胡適之先生的看法，也應該如此。胡先生的〈文學改良芻議〉這篇文章，在一九一七年確是應該「全開」的，因為它具備七分的時代價值，和三分的永恆價值。但是如今事隔整整四十年了。那三分「永恆價值」雖然還可繼續存在；它那七分的「時代價值」就七、六、五、四、三地隨時代的延長而遞減了。它將來是否會遞減到零，那只有等到四十年後再看了……。

以上是我發言的要點。在大家討論之後，我後來在日記裏也把我自己的一些零星的意見總結了一下，寫了個大綱。我認為胡先生在〈文學改良芻議〉那篇文章裏所列舉的「八條」項目，在清末民初，真可謂「切中時弊」。因為我國有清三百年裏的「官樣文章」，都被「我們安徽」的老鄉壟斷了。說我們好的簡直把敝老鄉捧成「天下文章其在桐城乎!?」說我們壞話的，則把咱老鄉罵成「桐城謬種」，說他們根本不會寫文章，塗鴉滿紙，祇是一套「桐城殼子」。

說良心話，那一套恭維話，實在是腐儒之見，罵「桐城謬種」是重了一點，「殼子」倒是真的，寫起「桐城殼子」來，也真是「八弊皆全」。它一，言之無物；二，專仿古人；三，不講求清晰的文法，卻偏要吹「文成法立」；四，無病呻吟；五，專用爛調套語；六，有話不直說，遇事轉彎抹角，用他個「典故」；七，有時還要耍花槍、做對句；八，絕不用大家都懂的俗字俗語。

青年胡適針對時弊，造他桐城老鄉一個反，從徽州府砲轟安慶府，打他個安徽內戰，把安慶府桐城縣內的大小方劉姚都打得落荒而走。乖乖，胡適之在這場「文改」裏所策動的那個「八反運動」和他的「學生毛澤東」在「土改」時期所搞的「三反」「五反」，真有異曲同工之妙！

可是四十年過去了，徽州胡傳的兒子，把桐城方東美的祖宗，早已打得灰溜溜見不得人。但是胡博士從此以後就能取方劉姚而代之，來他個「天下文章其在績谿乎」了嗎？四十年河東轉河西，這個文藝界「徽州幫」「黑線專政」也該到了被造反的時候了罷！

第一，做文章一定要「言之有物」嗎？屈原的〈九歌〉，就沒有哪一歌裏面是有物的。你能說屈原的文章不好？屈原是中國文學作家第一個出個人文集子的呢！——三千年來第一人！

寫文章不應「摹仿古人」嗎？近四十年來，我的同學之中就不知出了多少「小魯迅」、「小胡適」、「小巴金」。不摹仿魯迅、胡適，「白話文」就作不好。魯迅早已做了「古人」，胡適那時雖然還未「作古」，但也已「生前原作古人看」了。不摹仿古人還行？

寫詩文「要講求文法」!?聞一多大師生前所最賞識的那種「看不懂、唸不出」的艾山體新詩，就一點文法也沒有，它硬是頂刮刮的好詩。今天「時代」已快進入「八十年代」了，白話詩愈寫愈好，也是我有見必讀的「現代派」諸大詩翁的「新詩」也就愈不「講求文法」了，還不是一樣直承胡適之第三、四代衣缽的好詩!?

「無病呻吟」不應該嗎?蕭伯納說，情書就是美麗的謊言，情書寫得愈好，謊也扯得愈大。寫情書時，足下如有病，千萬不可呻吟!無病，則務必大哼特哼!否則「感動」不了她，她就說你不是「情感中人」，和你絕交，那你就「真」要自殺了。「我的朋友」何靈琰的乾爹底名著《愛眉小札》，就是惹得千萬癡男情女著意「摹仿」的、最好的一本「無病呻吟」的「謊言書」。魯迅那本讀來不像「說謊」的《兩地書》，也是一本最高明的無病呻吟的「謊言書」，比徐志摩的謊說得高明萬倍。總之，如果只有病才許呻吟的話，則李義山的千把來首詩都要真的被吳稚暉甩到茅坑裏去了。

寫文章用「爛調套語」也是個少不得的壞事(necessary evil)，因為語言文字是個活東西，他也有生老病死，永遠生存在新陳代謝之中。三十年代的「左聯」，蒼天!真是滿口新名詞，現在再說起來，則無一不是爛調套語。胡適之二十幾歲所說的話，句句都新鮮，六十一歲在臺大禮堂所說的，有哪一句不是爛調套語!「紅衛兵小將」造反之初，也是句句新腔，三個月後江婆娘再開口，則沒有一句不是霉烘烘的。當今在中國文學批評上做為胡適接棒人的夏志清教授告我，他只希望他的書「流傳五十年」，第五十一年之後，如果不出個冬志清，則中國文學批評裏的鉅著，所剩的也只是些爛調套語了。

對對對子，也不是天大壞事。事實上筆者本人就深受其惠，夏志清教授最近謬獎拙作，就是說我會寫「三字經」、對對子。

本來嘛，中國的方塊字就是與蟹行文不同。我們的文章在方格子裏寫出來，整整齊齊就像國慶閱兵的儀仗隊，不像番語寫出來，那樣頭齊腳不齊的。我們的聲調，平平仄仄，讀起來也可搖頭擺尾，鏗鏘有致。番文番語，怎能同我們比？可是這個秘密自周王文到魏武帝，都未被人發現，直到江東二陸以後，才被一些江南才子找到了。且看他們搞的什麼「暮春三月，江南草長，雜花生樹，群鶯亂飛……」你胡適之能說，這不是好文章？老實說，我們在海外待久了，同洋人吵架也不算稀奇，抱兩本洋書也嚇唬不了老幾，我就覺得西洋文學裏突出的「純文學」（belleslettres）就不一定比我們底「暮春三月」更美？我們能唸得頭動尾巴搖，他們能不能？只是我們六朝金粉裏的兔子姑娘，在那些花花公子的俱樂部裏撈久了，縱是野花也不香了。紐約的「無線電城」內那些「拉克」（Rockettes）女郎，還不是一樣，那一百多條修長的大腿，踢起來多美！可是她們踢了四十年——從重孫女踢到曾祖母，就再沒有人要看了，只好破產關門。

我們專門講求對仗的「六朝文」還不是和這「拉克」差不多，不是她不美，只是踢膩了罷了。最後踢出個誹韓案的主角，要關她們的門，事實上韓退之的「文學改良芻議」裏，也有其七不主義。不許腳高於頂；不許三點泳裝；不許……，只有胡適之的「不避俗字俗語」那一「不」，退老未想到而已。

胡適之先生要人家作文「不用典」，更辦不到。因為他教人不用典的那篇〈逼上梁山〉的大文，文題本身就是大典故！正因為他「用典」，他那篇文章才有勁。不信？且看我把它換成個「不用典」的題目：「我本不要做呀！他們硬逼著我做啊！」寫了這樣一個「不用典」題目的文章，那胡適還能成其為胡適嗎？

記得抗戰勝利之後，在野黨的領袖們想入閣做官，但面子上又不大好意思，弄得扭扭捏捏的。那時那個俏皮的《文匯報》就替他們做了篇社論，叫〈襲人出嫁〉。讀者不用讀內容，一看題目就知道是什麼回事。我們讀文學史的人，如不以報廢文，那筆者就主張打它個一百分，理由就是它「用典」用得好。「襲人出嫁」不是個「典故」？後來筆者在海外教書，教了些臺大政大畢業的高材生，我就一反我自己的老師對我「不用典」的教導，勸我的學生作文要「用典」——用像「襲人出嫁」那樣的「典」。「不用典」文章怎能（讓我用句「爛調套語」）「擲地有聲」!?

「俗字俗語」，胡適之先生一直要我們「不避」。可是他老人家說話作文，卻避之唯恐不及。筆者在美國做學生工時，學了許多「四字真言」（four-letter words）。土包子當初不懂，去查《韋氏大辭典》也查不著，最後還是請教了一些同工同酬的活字典，才得其真義。這可算是真正的俗語俗字了，但是這些字我就未聽見胡老師用過一個。筆者做了教書匠以後，在書桌抽屜內也貼了一張違反師訓的座右銘：「教書時千萬不可用俗語俗字。慎之！慎之！」自製「語錄」以為警惕，否則便有被大學解聘的危險。

對胡老師「不避俗字俗語」這一教導，最忠實執行的，據我所知只有胡公北大及門弟子，老友艾山詩人一人。且看艾山的〈山居小草〉這首詩，「植樹」的那一節：

歸一吶，一句話：

「媽的苗×，

老子的事，用著你管？

多嘴，給你吃衛生丸！」（《暗草集》，頁一九）

在原文裏，艾山沒有「避」「×」這個「俗字」，那是我抄詩時把它「避」掉了的。那時我就和艾山抬槓，我勸他不要讓胡老師「牽著鼻子走」，「俗字俗語」還是「避一避」的好。

總之，話說回頭，任何至聖大賢、哲學家、思想家，他們自己的時代一旦過去了，我們學習他們的「遺教」，就只能三七開，因為歷史總是向前發展的，時過境遷，一切口號、教條、真理……，往往也就意義全非，我們只顧盲目的跟著他們跑就不對了。問良心，這句話也是我老師胡適先生生前告訴我的，這也該是紀念「五四」六十週年，我們這一代中國知識分子所應該有的警惕罷。

一九七九年一月二十三日於北美洲

——原載《聯合報》，一九七九年四月二十五日

〈附錄〉

文學改良芻議

胡 適

今之談文學改良者眾矣，記者末學不文，何足以言此？然年來頗於此事再四研思，輔以友朋辯論，其結果所得，頗不無討論之價值。因綜括所懷見解，列為八事，分別言之，以與當世之留意文學改良者一研究之。

吾以為今日而言文學改良，須從八事入手。八事者何？

一曰，須言之有物。

二曰，不摹仿古人。

三曰，須講求文法。

四曰，不作無病之呻吟。

五曰，務去爛調套語。

六曰，不用典。

七曰，不講對仗。

八曰，不避俗字俗語。

一曰須言之有物

吾國近世文學之大病，在於言之無物。今人徒知「言之無文，行之不遠」，而不知言之無物，又何用文為乎？吾所謂「物」非古人所謂「文以載道」之說也。吾所謂「物」，約有二事：

一，情感　詩序曰：「情動於中而形諸言。言之不足，故嗟歎之。嗟歎之不足，故詠歌之。詠歌之不足，不如手之舞之、足之蹈之也。」此吾所謂情感也。情感者，文學之靈魂。文學而無情感，如人之無魂，木偶而已，行屍走肉而已（今人所謂「美感」者，亦情感之一也）。

二，思想　吾所謂「思想」，蓋兼見地、識力、理想三者而言之。思想不必皆賴文學而傳，而文學以有思想而益貴，思想亦以有文學的價值而益貴也；此莊周之文、淵明老杜之詩、稼軒之詞、施耐庵之小說，所以敻絕千古也。思想之在文學，猶腦筋之在人身。人不能思想，則雖面目姣好，雖能笑啼感覺，亦何足取哉！文學亦猶是耳。

文學無此二物，便如無靈魂無腦筋之美人，雖有穠麗富厚之外觀，抑亦末矣。近世文人沾沾於聲調字句之間，既無高遠之思想，又無真摯之情感，文學之衰微，此其大因矣。此文勝之害，所謂言之無物者是也。欲救此弊，實以質救之。質者何？情與思二者而已。

二曰不摹仿古人

文學者，隨時代而變遷者也。一時代有一時代之文學：周秦有周秦之文學，漢魏有漢魏之文學，唐宋元明有唐宋元明之文學。此非吾一人之私言，乃文明進化之公理也。即以文論，有尚書之文，有先秦諸子之文，有司馬遷班固之文，有韓柳歐蘇之文，有語錄之文，有施耐庵曹雪芹之文；此文之進化也。試更以韻文言之：擊壤之歌，五子之歌，一時期也；三百篇之詩，一時期也；屈原荀卿之騷賦，又一時期也；蘇李以下，至於魏晉，又一時期也；江左之詩流為排比，至唐而律詩大成，此又一時期也；老杜香山之「寫實」體諸詩，「如杜之石壕吏、羌村，白之新樂府」，又一時期也；詩至唐而極盛，自此以後，詞曲代興，唐五代及宋初之小令，此詞之一時代也；蘇柳（永）辛姜之詞，又一時代也；至於元之雜劇傳奇，則又一時代矣；凡此諸時代，各因時勢風會而變，各有其特長，吾輩以歷史進化之眼光觀之，絕不可謂古人之文學皆勝於今人也。左氏史公之文奇矣，然施耐庵之水滸傳視左傳史記，何多讓焉？三都兩京之賦富矣，然以視唐詩宋詞，則糟粕耳。此可見文學因時進化，不能自止。唐人不當作商周之詩。宋人不當作相如子雲之賦——即令作之，亦必不工。逆天背時，違進化之跡，故不能工也。

既明文學進化之理，然後可言吾所謂「不摹仿古人」之說。今日之中國，當造今日之文學，不必摹仿唐宋，亦不必摹仿周秦也。前見「國會開幕詞」，有云：「於鑠國會，遵晦時休。」此在今日而欲為三代以上之文之一證也。更觀今之「文學大家」，文則下規姚曾，上師韓歐；更上則取法秦漢魏晉，以為六朝以下無文學可言，此皆百步與五十步之別而已，而皆為文學下乘。即令神似古人，亦不過為博物院中添幾許「逼真贋鼎」而已，文學云乎哉！昨見陳伯嚴先生一詩云：

濤園鈔杜句，半歲禿千毫。所得都成淚，相過問奏刀。
萬靈噤不下，此老仰彌高。胸腹回滋味，徐看薄命騷。

此大足代表今日「第一流詩人」摹仿古人之心理也。其病根所在，在於以「半歲禿千毫」之工夫作古人的鈔胥奴婢，故有「此老仰彌高」之歎。若能灑脫此種奴性，不作古人的詩，而唯作我自己的詩，則絕不致如此失敗矣。

吾每謂今日之文學，其足與世界「第一流」文學比較而無愧色者，獨有白話小說（我佛山人、南亭亭長、洪都百鍊生三人而已）一項。此無他故，以此種小說皆不事摹仿古人（三人皆得力於儒林外史、水滸、石頭記，然非摹仿之作也），而唯實寫今日社會之情狀，故能成真正文學，其他學這個、學那個之詩古文家，皆無文學之價值也。今之有志文學者，宜知所從事矣。

三曰須講求文法

今之作文作詩者，每不講求文法之結構。其例至繁，不便舉之，尤以作駢文律詩者為尤甚。夫不講文法，是謂「不通」。此理至明，無待詳論。

四曰不作無病之呻吟

此殊未易言也。今之少年往往作悲觀，其取別號則曰「寒灰」、「無生」、「死灰」；其作為詩文，則對落日而思暮年，對秋風而思零落，春來則惟恐其速去，花發又惟懼其早謝；此亡國之哀音也。老年人為之猶不可，況少年乎？其流弊所至，遂養成一種暮氣，不思奮發有為、服勞報國，但知發牢騷之音、感喟之文；作者將以促其壽年，讀者將亦短其志氣；此吾所謂無病之呻吟也。國之多患，吾豈不知之？然病國危時，豈痛哭流涕所能收效乎？吾惟願今之文學家作費舒特（Fichte）、作瑪志尼（Mazzini），而不願其為賈生王粲屈原謝皋羽也。其不能為賈生王粲屈原謝皋羽，而徒為婦人醇酒喪氣失意之詩文者，尤卑卑不足道矣！

五曰務去爛調套語

今之學者，胸中記得幾個文學的套語，便稱詩人。其所為詩文處處是陳言爛調，「蹉跎」、「身世」、「寥落」、「飄零」、「蟲沙」、「寒窗」、「斜陽」、「芳草」、「春閨」、「愁魂」、「歸夢」、「鵑啼」、「孤影」、「雁字」、「玉樓」、「錦字」、「殘更」，……之類，纍纍不絕，最可憎厭。其流弊所至，遂令國中生出許多似是而非、貌似而實非之詩文。今試舉吾友胡先驌先生一詞以證之：

熒熒夜燈如豆，映幢幢孤影，凌亂無據。翡翠衾寒，鴛鴦瓦冷，禁得秋宵幾度？幺絃漫語，早丁字簾前，繁霜飛舞。裊裊餘音，片時猶繞柱。

此詞驟觀之，覺字字句句皆詞也，其實僅一大堆陳套語耳。「翡翠衾」、「鴛鴦瓦」，用之白香山〈長恨歌〉則可，以其所言乃帝王之衾之瓦也。「丁字簾」、「幺絃」，皆套語也。此詞在美國所作，其夜燈決不「熒熒如豆」，其居室尤無「柱」可繞也。至於「繁霜飛舞」，則更不成話矣。誰曾見繁霜之「飛舞」耶？

吾所謂務去爛調套語者，別無他法，惟在人人以其耳目所親見親聞所親身閱歷之事物，一一自己鑄銅以形容描寫之；但求其不失真，但求能達其狀物寫意之目的，即是工夫。其用爛調套語者，皆懶惰不肯自己鑄詞狀物者也。

六曰不用典

吾所主張八事之中，惟此一條最受朋友攻擊，蓋以此條最易誤會也。吾友江亢虎君來書曰：

所謂典者，亦有廣狹二義。餖飣獺祭，古人早懸為厲禁；若並成語故事而屏之，則非惟文字之品格全失，即文字之作用亦亡。……文字最妙之意味，在用字簡而涵義多。此斷非用典不為功。不用典不特不可作詩，並不可寫信，且不可演說。來函滿紙「舊雨」、「虛懷」、「治頭治腳」、「舍本逐末」、「洪水猛獸」、「發聾振聵」、「負弩先驅」、「心悅誠服」、「詞壇」、「退避三舍」、「滔天」、「利器」、「鐵證」，……皆典也。試盡抉而去之，代以俚語俚字，將成何說話？其用字之繁簡，猶其細焉。恐一易他詞，雖加倍蓰而涵義仍終不能如是恰到好處，奈何？……

此論甚中肯要。今依江君之言，分典為廣狹二義，分論之如下：

一，廣義之典非吾所謂典也。廣義之典約有五種：

（甲）古人所設譬喻，其取譬之事物，含有普通意義，不以時代而失其效用者，今人亦可用之。如古人言「以子之矛，攻子之盾」，今人雖不讀書者，亦知用「自相矛盾」之喻，然不可謂為用典也。上文所舉例中之「治頭治腳」、「洪水猛獸」、「發聾振聵」，皆此類也。蓋設譬取喻，貴能切當；若能切當，固無古今之別也。若「負弩先驅」、「退避三舍」之類，在今日已非通行之事物，在文人相與之間，或可用之，然終以不用為上。如言「退避」，千里亦可，百里亦可，不必定用「三舍」之典也。

（乙）成語　成語者，合字成辭，別為意義。其習見之句，通行已久，不妨用之。然今日若能另鑄「成語」，亦無不可也。「利器」、「虛懷」、「舍本逐末」，……皆屬此類。非此「典」也，乃日用之字耳。

（丙）引史事　引史事與今所論議之事相比較，不可謂為用典也。如老杜詩云，「未聞殷周衰，中自誅褒妲，」此非用典也。近人詩云，「所以曹孟德，猶以漢相終，」此亦非用典也。

（丁）引古人作比　此亦非用典也。杜詩云，「清新庾開府，俊逸鮑參軍，」此乃古人比今人，非用典也。又云，「伯仲之間見伊呂，指揮若定失蕭曹。」此亦非用典也。

（戊）引古人之語　此亦非用典也。吾嘗有句云，「我聞古人言，艱難惟一死。」又云，「嘗試成功自古無，放翁此語未必是。」此乃引語，非用典也。

以上五種為廣義之典，其實非吾所謂典也。若此者可用可不用。

二，狹義之典，吾所主張不用者也。

吾所謂用「典」者，謂文人詞客不能自己鑄詞造句以寫眼前之景、胸中之意，故借用或不全切、或全不切之故事陳言以代之，以圖含混過去，是謂「用典」。上所述廣義之典，除戊條外，皆為取譬比方之辭。但以彼喻此，而非以彼此代也。狹義之用典，則全為代典代言，自己不能直言之，故用典以言之耳。此吾所謂用典與非用典之別也。狹義之典亦有工拙之別，其工者偶一用之，未為不可，其拙者則當痛絕之。

（子）用典之工者　此江君所謂用字簡而涵義多者也。客中無書不能多舉其例，但雜舉一二，以實吾言：

1.東坡所藏「仇池石」，王晉卿以詩借觀，意在於奪。東坡不敢不借，先以詩寄之，有句云，「欲留嗟趙弱，寧許負秦曲。傳觀慎勿許，間道歸應速。」此用藺相如返璧之典，何其工切也！

2.東坡又有「章質夫送酒六壺，書至而酒不達」詩云，「豈意青州六從事，化為烏有一先生。」此雖工已近於纖巧矣。

3.吾十年前嘗有讀十字軍英雄記一詩云：「豈有酖人羊叔子？焉知微服趙主父？十字軍真

兒戲耳，獨此兩人可千古。」以兩典包盡全書，當時頗沾沾自喜，其實此種詩，儘可不作也。

4.江亢虎代華僑誅陳英士文有「未懸太白，先壞長城。世無鉏麑，乃戕趙卿」四句，余極喜之。所用趙宣子一典，甚工切也。

5.王國維詠史詩，有「虎狼在堂室，徙戎復何補？神州遂陸沉，百年委榛莽。寄語桓元子，莫罪王夷甫。」此亦可謂使事之工者矣。

上述諸例，皆以典代書，其妙處，終在不失設譬比方之原意；惟為文體所限，故譬喻變而為稱代耳。用典之弊，在於使人失其所欲譬喻之原意。若反客為主，使讀者迷於使事用典之繁，而轉忘其所為設譬之事物，則為拙矣。古人雖作百韻長詩，其所用典不出一二事而已（〈北征〉與白香山〈悟真寺詩〉皆不用一典）。今人作長律則非典不能下筆矣。嘗見一詩八十四韻，而用典至百餘事，宜其不能工也。

（丑）用典之拙者　用典之拙者，大抵皆懶惰之人，不知造詞，故以此為躲懶藏拙之計。惟其不能造詞，故亦不能用典也。總計拙典亦有數類：

1.比例泛而不切，可做幾種解釋，無確定之根據。今取王漁洋秋柳一章證之：「娟娟涼露欲為霜，萬縷千條拂玉塘。浦裏青荷中婦鏡，江干黃竹女兒箱。空憐板渚隋堤水，不見瑯琊大道王。若過洛陽風景地，含情重問永豐坊。」此詩中所用諸典無不可做幾樣說法者。

2.僻典使人不解。夫文學所以達意抒情也。若必求人人能讀五車書，然後能通其文，則此種文可不作矣。

3.刻削古典成語，不合文法。「指兄弟以孔懷，稱在位以曾是，」（章太炎語）是其例也。今人言「為人作嫁」亦不通。

4.用典而失其原意。如某君富山高與天接之狀，而曰「西接杞天傾」是也。

5.古事之實有所指，不可移用者，今則亂用做普通事實。如古人灞橋折柳，以送行者，本是一種特別土風。陽關渭城亦皆實有所指。今之懶人不能狀別離之情，於是雖身在滇越，亦言灞橋；雖不解陽關渭城為何物，亦皆言「陽關三疊」、「渭城離歌」。又如張翰因秋風起而思故鄉之蓴羹鱸膾，今則雖非吳人，不知蓴鱸為何味者，亦皆自稱有「蓴鱸之思」。此則不僅懶不可救，直是自欺欺人耳！凡此種種，皆文人之下下工夫，一受其毒，便不可救。此吾所以有「不用典」之說也。

七曰不講對仗

排偶乃人類言語之一種特性，故雖古代文字，如老子孔子之文，亦間有駢句。如「道可道，非常道；名可名，非常名。無名天地之始，有名萬物之母。故常無，欲以觀其妙；常有，欲以觀其微。」此三排句也。「食無求飽，居無求安」；「貧而無諂，富而無驕」；「爾愛其羊，我愛其禮」，此皆排句也。然此皆近於語言之自然，而無牽強刻削之跡；尤未有定其字之多寡、聲之平仄、詞之虛實者也。至於後世文學末流，言之無物，乃以文勝；文勝之極，而駢文律詩興焉，而長律興焉。駢文律詩之中非無佳作，然佳作終鮮。所以然者何？豈不以其束縛之自由過甚之故耶？（長律之中，上下古今，無一道佳作可言也。）今日而言文學改良，當「先立乎其大者」，不當枉廢有用之精力於微細纖巧之末；此吾所以有廢駢廢律之說也。即不能廢此兩者，亦但當視為文學末技而已，非講求之急務也。

今人猶有鄙夷白話小說為文學小道者，不知施耐庵曹雪芹吳趼人皆文學正宗，而駢文律詩乃真小道耳。吾知必有聞此言而卻走者矣。

八曰不避俗字俗語

吾惟以施耐庵曹雪芹吳趼人為文學正宗，故有「不避俗字俗語」之論也（參看上文第二條下）。蓋吾國言文之背馳久矣。自佛書之輸入，譯者以文言不足以達意，故以淺近之文譯之，其體已近白話。其後佛氏講義語錄尤多用白話為之者，是為語錄體之原始。及宋人講學以白話為語錄，此體遂成講學正體（明人因之）。當是時，白話已久入韻文，觀唐宋人白話之詩詞可見也。及至元時，中國北部已在異族之下，三百餘年矣（遼金元）。此三百年中，中國乃發生一種通俗行遠之文學。文則有水滸西遊三國……之類，戲曲則尤不可勝計（關漢卿諸人，人各著劇數十種之多。吾國文人著作之富，未有過於此時者也）。以今世眼光觀之，則中國文學當以元代為最盛，可傳世不朽之作，當以元代為最多，此可無疑也。當是時，中國之文學最近言文合一，白話幾成文學的語言矣。使此趨勢不受阻遏，則中國幾有一「活文學出現」，而但丁路得之偉業（歐洲中古時，各國皆有俚語，而以拉丁文為文言，凡著作書籍皆用之，如吾國之以文言著書也。其後意大利有但丁Dante諸文豪，始以其國俚語著作。諸國踵興，國語亦代起。路得Luther創新教始以德文譯《舊約》、《新約》，遂開德文學之先。英法諸國亦復如是。今世通用之英文《新舊約》乃一六一一年譯本，距今才三百年耳。故今日歐洲諸國之文學，在當日皆為俚語。迨諸文豪興，始以「活文學」代拉丁之死文學，有活文學而後有言文合一之國語也）幾發生於神州。不意此趨勢驟為明代所阻，政府既以八股取士，而當時文人如何李七子之徒，又爭以復古為高，於是此千年難遇言文合一之機會，遂中道夭折矣。然以今世歷史進化的眼光觀之，則白話文學之為中國文學之正宗，又為將來文學必用之利器，可斷言也（此「斷言」乃自作者言之，贊成此說者今日未必甚多也）。以此之故，吾主張今日作文作詩，宜採用俗語俗字。與其用三千年前之死字（如「於鑠國會，遵晦時休」之類），不如用二十世紀之活字；與其作不能行遠不能普及之秦漢六朝文字，不如作家喻戶曉之水滸西遊文字也。

結論

上述八事，乃吾年來研思此一大問題之結果。遠在異國，既無讀書之暇晷，又不得就國中先生長者質疑問難，其所主張容有矯枉過正之處。然此八事皆文學上根本問題，一一有研究之價值。故草成此論，以為海內外留心此問題者作一草案。謂之芻議，猶云未定草也，伏惟國人同志有以匡糾是正之。

民國六年一月

論三位一體的張學良將軍

——序傅虹霖女士《張學良的政治生涯》

在五光十色的中國近代史中，在百餘年當國者的公私生活和政治成敗的紀錄上，最多彩多姿的領袖人物，「少帥」張學良將軍，應該是獨占鰲頭了。他那帶有濃厚傳奇性和高度戲劇化的一生，在民國史上老中青三代的領袖中，真沒有第二人可與其相比。尤其是他政治生涯中最後一記煞手鐧的「西安事變」，簡直扭轉了中國歷史，也改寫了世界歷史。只此一項，已足千古，其他各項就不必多提了。

前不久我曾看過一部叫做《少帥傳奇》的電影。那顯然是由於各種客觀條件的限制，使這部電影裏的傳奇故事比起少帥傳記裏的真實故事來，恐怕還要遜色呢。少帥實際生活的傳奇性，似乎要比傳奇電影裏的傳奇更富於傳奇性！

張學良本來就出生於一個富於傳奇性和戲劇化的家庭裏。他父親「老帥」張作霖便已很夠傳奇了。他由一個比小說書上「梁山英雄」更富戲劇性的真實的草莽英雄，在滿清時代由落草翦徑，到抗俄抗日，招安立功，升官發財，而出長方面。他所長的「方面」竟比西歐英、法、德、奧諸列強的聯合版圖還要大得很多。

既有方面之權，作霖乃起而逐鹿中原，終成短期的中華之主，當上了北京政府的「大元帥」——當時中國正統的國家元首。學良便是這樣一位不平凡的草莽英雄的兒子。他也是在草莽中誕生的，嗣後跟隨乃父，水漲船高，竟然做了軍閥時代的中國「末代皇帝」的太子。

張大元帥由於秉性忠烈，不可能做漢奸，因此不為日本帝國主義者所容，終於兵敗之後，為日人所暗算而以身殉國。這一段簡略的老帥傳記，本身便已是夠戲劇化了。那時曾有意侍候老帥、終於變成少帥顧問的顧維鈞博士就曾經告訴我一個真實而富有戲劇性的故事：作霖於一九二六年六月十五日就職中華民國軍政府陸海軍大元帥時，曾舉行一次歷代帝王和歷屆民國總統都循例舉行的祭天大典。當張氏正在天壇之中捧爵而祭並喃喃祝禱之時，孰知一不小心竟把這金爵摔落地上，爵扁酒流，使大元帥驚慌失措，與祭者也都認為是不祥之兆。

其後不久，那批在北京以專才身份待業待詔的博士幫，包括顧氏自己，可能還有王寵惠、顏惠慶、施肇基等一群，日長無事，結伴行街。他們曾戲以張大元帥的生辰，冒為一無名老人的八字，請當時知名北京的一位相士代為算命。這相士把八字一排說：這個命貴則貴矣，只是現在他已是黎明前的「電燈膽」，馬上就要熄滅了。「電燈膽」便是北京土話中的電燈泡。在那電力不足的北京，黎明前的電燈膽是特別明亮的。可是不久張氏這個明亮的電燈膽便在皇姑屯熄滅了。

這一故事是顧氏在海牙做國際法庭法官、返紐約向我口述其《顧維鈞回憶錄》時親口告訴我的。這位國際法庭大法官，那時沒有向我揑造這一故事的必要。我之所以提出這些小故事，也只是幫助說明張作霖、張學良父子的一生是多麼富於傳奇性罷了。

張學良自己在其所撰寫的所謂《懺悔錄》中，也曾說明他昔日從政的缺失是在識蔣之前一輩子未做過「任何人部下，未有過任何長官」。他只跟他的「先大元帥」做了多少年的少帥，而這少帥卻是從一個公子哥兒開始的。

張學良可能是中華民國史上最有名的公子哥兒了。但是，治民國史者也不能否認他是一位統兵治政的幹材。把個花花公子和政治家、軍事家分開來做，則民國史上實是車載斗量，沒啥稀奇；可是把這三種不同的行業，拼在一起，搞得三位一體，如魚得水，則學良之外，也就真的別無分店了。少帥張學良之所以成為歷史性的傳奇人物，其難就難在這個三位一體了。

漢卿、漢卿，我國近百年來的鳳子龍孫達官顯貴子弟，生活放蕩的，也是成隊成群了。若論吃喝玩樂的紀錄，真正有錢有勢有貌有才的鄧通潘岳也不難做到，而難的卻是大廈既傾、樹倒猢猻散之後，仍有紅顏知己，舍命相從，坐通牢底，生死不渝——這一點縱是《紅樓夢》裏情魔情聖的賈二公子，也無此福份，而漢卿你卻生受之，豈不難能可貴？我們寫歷史的、看小說的閱人多矣，書本上有幾個真假情郎比得上你？

一荻、一荻，你這個「趙四」之名，也將永垂千古。在人類可貴的性靈生活史上，長留典範，為後世癡男情女，馨香景慕。睹一荻之癡情，羨漢卿之豔福，讀史者便知，若漢卿只是個酒色之徒而非性情中人，他哪能有這個美麗的下場——公子哥兒不難做，但是古今中外的公子哥兒，有幾個不落個醜惡的、難堪的結局。慢說是像張學良這樣的大人物了，讀者閉目試思，在你所親見親聞的酒色之徒中，有幾個不悽然而逝？紅顏知己、學生戰友云乎哉？

趙一荻，我們歷史家也替你喝彩！

至於張學良將軍是個軍事天才，我們讀史者亦不能反證其非。學良才二十出頭，便指揮數萬大軍，南征西討。年方二十六便官拜北京政府的「良威上將軍」，與吳佩孚等老帥同列——正如他自己所說的，「未足而立之年，即負方面，獨握大權」。當然，學良的大官大位是與他「有個好爸爸」分不開的。但是，我們細閱本書便知他那個好爸爸也幸好有這麼個好兒子。學良是他的「先大元帥」麾下不可或缺的助手、智囊和副指揮。他們的父子檔，正如京戲舞臺上所創造的「楊家將」。沒有這個兒子，則張老令公的光彩也就要遜色多了，沒有這個兒子，老令公於「碰碑」之後，餘眾也就統率無人了。

少帥的崛起，確是由於傳統的宗法關係而扶搖直上的；但是專靠這點血緣關係，便「負方面，獨握大權」，雄據一方，足為西歐各國之共主，也是做不到的。關於這一點，公正的歷史家，尤其是本書的作者，自有清楚的交代，讀者可細玩之。

張學良最難能可貴的，是他在情場、戰場之外，也有其政治家的節操與風範，和青年愛國者的熱血。他在二十來歲的青年期所具有的現代化的政治觀念，已非老帥所能及。「年未而立，即負方面，獨握大權」之時，竟能在日俄兩大帝國主義環伺之中、守舊派元老將領壓力之下，義無反顧，歸順南京，幡然「易幟」。

須知學良於一九二八年底的易幟，與中國內戰史上的「勢窮來歸」或「變節起義」是截然不同的，在三千年的國史上也鮮有先例。東北當局當年處於日俄夾攻之中，據說南京策士曾有「以外交制奉張」的建議。其實反過來說，「奉張」又何嘗不可「挾寇自重」呢？在中國邊患史中，安祿山、石敬瑭、張邦昌、吳三桂和後來的盛世才，不都是好例子嗎？學良何嘗不可依違其間、待機而動呢？但是學良不此之圖，偏要易幟歸順，促成國家統一，最後招致日俄二寇，南北夾攻，終使他獨力難以為繼。再者，張少帥亦未嘗不可效當年李鴻章以夷制夷之故技，聯俄以抗日，亦聯日以抗俄，於二寇均勢中，自圖生存。而學良亦捨此老例不顧，卻（如他自己所說的）「不自量力，擬收回北滿權利」，揮師「抗俄」。做了個希特勒式冒險之前例，對南北二寇，兩面開弓。結果力有不敵，終於棄甲曳兵而走。或問學良當年何以見不及此？答曰無他，一股青年熱血沸騰而已。那時少帥還不過二十九歲，滿腔熱血，他如何能向那老謀深算爐火純青的老官僚李鴻章看齊呢？

關於這一點，我們讀歷史的，月旦人物，就要看當事人的動機，而做其「誅心之論」了。學良當年既拒日又抗俄的幹法，實在是一位少年氣盛、忠肝義膽的民族英雄之所為，與當時那些私心自用、假抗敵之名、行投機之實的軍閥、官僚、文人，實無法相比。古人說，忠臣必出於孝子之門。蓋人之異於禽獸者，便是不同的禽獸，各有其獨特的物性，如虎狼之殘暴、烏鴉之反哺、鴛鴦之愛情等等。這種不同的靈性，人類卻兼而有之，只是人類各個體，偏向發展各有其不同程度罷了。世人之中君子小人之辨、愛情色欲之別、貪婪廉潔之分……也就在此。吳三桂說，父不能為忠臣，兒安能為孝子。事實上一個人在天賦性靈上，不能做情種，又安能做烈士——於此我們也可以看出，張學良青少年時期的那股血性。明乎此，則我們對「趙四」為愛情而生殉的感人故事，便也覺得沒什麼費解了。

顯然的，張學良青年期的血性，和他不願做帝國主義傀儡的骨頭，也是引起「九一八事變」的基因之一。今日史家已完全證實，九一八事變是當年日本朝野蓄謀已久的行動。老實說，那也是「北伐」以後，蔣李馮閻三年內戰的必然後果。事變既發，張學良之「抵抗」與「不抵抗」，是不會改變事變之結果的；而況他的「不抵抗」原是奉命行事。揹了這「不抵抗」三字的黑鍋，在當時真是「國人皆曰可殺」。而張氏為此三字之冤不辯一辭，並從而戒煙去毒，浪子回頭，洗心革面，知恥近乎勇，卻是很難能可貴的。

最後，我們就要談到那震驚中外的「西安事變」了。西安事變，這件歷史事實，今後恐怕要被史家爭辯一千年而終無定論。但是，事變中的若干史實也是無人能夠否認的。

第一，事變之發動是激於張學良對國難家仇的義憤。他反對內戰，主張槍口向外，是絕少、甚至完全沒有考慮到私人利害的。在學良看來，北伐之後，他為謀求國家統一，不惜自棄歷史，毅然「易幟」，歸順中樞。如今外患急於燃眉，蔣公必欲置中共全軍於死地，不滅不休，毋乃太過。學良口勸不動乃貿然實行兵諫，希望蔣公不為已甚，張氏這種心理基礎，蓋亦為史家所不容否認者。

第二，西安事變之發生，建議為楊，主動為張。迨至騎虎難下之時，學良「問計無人」，致使精明而識大體的周恩來變成「謀主」。這點也是不爭之論。

不過話說回來，「西安事變」之受惠者，也不全是中國共產黨，中國國民黨乃至蔣公本人也未嘗不無實惠。蓋西安無變，則蔣氏之剿共戰爭，以蔣之個性，勢必堅持到底。然證諸世界各國近代史之各種實例，這一剿共戰爭，將伊於胡「底」，實無人可以臆測。野火燒不盡，春風吹又生。古人說，揚湯止沸，莫如去薪。共產黨有群眾有理論，不謀釜底抽薪，專求揚湯止沸，是消滅不了的。而專靠槍桿來剿共，就是揚湯止沸；何況外患緊迫，大敵當前，有誰能保證，一把野火就可把共產黨燒得死灰不燃？所以西安事變，未始不是國共之爭的光榮收場。

再者，西安事變之圓滿解決，對當時南京政府也提供了「全國統一，一致對外」的抗日戰爭的必要條件，因而提早了全面抗戰。根據當時國民黨「攘外必先安內」的既定政策，沒有西安事變，則國府對日還得繼續「忍辱」，而忍辱又伊於胡「底」呢？以當年日本侵華的氣燄來推測，南京之抉擇在「抗戰」、在「忍辱」，其結果並無軒輊。所不同的只是：抗戰者「玉碎也」；忍辱者「瓦碎也」，欲求「瓦全」不可得也。如果沒有個「西安事變」，而國民黨一再忍辱而弄出瓦碎的結果，則蔣公與國民黨在中國歷史上，將奚止「身敗名裂」而已哉！所以西安事變對蔣公對國民黨，也是塞翁失馬，安知非福。

總之，抗戰八年，實是我國家民族歷史上最光榮的一頁。兄弟鬩於牆而外禦其侮，這句古訓，在抗戰初期，真表現得刻骨銘心，為後世子孫，永留典範。筆者和一些老輩讀者們，都是有親身體驗的過來人。我們那時親眼見到蔣公和國民黨的聲望，全民仰止，真如日中天。這點史實，任何公正的歷史家都不會否認。如果沒有西安事變，沒有全國的大統一，沒有慘烈的武裝抗戰，則人事全非。一個獨裁專政的領袖，和一個忍辱含羞的政黨，在歷史舞臺上以何種臉譜出現，我們寫歷史的人就很難妄測了。

蔣公和國民黨，當時有此聲望、有此契機，好好搞下去，正是天降大任，民賜良緣，來復興民族、重建國家。誰又想到八年苦戰之後竟落了個派系傾軋、五子登科、關門自殺的局面，這又是誰之過歟!?人必自侮而後人侮之。西安事變提早全民抗戰是真，使反對派的中共因此壯大也不假，但是說它毀滅了國民黨在大陸的政權，那就過甚其辭了。

但是不論我們對「西安事變」的歷史意義是怎麼個看法，這樁嚴重的「事變」和它的多彩多姿的策動者，在我們向以史學炫世的中國，不能沒有一部公正翔實的傳記。今日坊間有關張、楊之作和老帥少帥片斷的傳記，也並不少見；可是由一個職業史學工作者窮根究底的來鑽他個牛角尖，寫篇水落石出的博士論文，則尚不多見。因此傅虹霖博士以她十年之功，寫出了這部《張學良的政治生涯》，似乎還是這位不平凡的歷史人物張學良將軍的第一本全傳，雖然她所寫的還只是限於張氏「政治生涯」這一面，至於其他多彩多姿的眾多方面還有待來者。

本書作者傅虹霖博士，於漢譯本完篇之後，不棄淺薄，曾一再要我為她這本中文版寫篇序文，她的厚意不是因為我對少帥張學良有多少深入的研究。相反的，正是因為我所知道張學良的政治生涯，卻多半得自本書——我是這本傳記英文原稿的第一個忠實讀者。在作者撰寫過程中，從導言到結論不但逐字逐句的細讀，有時還簽註意見、參酌大綱、詳訂細節。何以如此呢？因為本書英文原稿，原是作者在美國紐約的紐約大學歷史系攻讀博士學位時的博士論文。在她撰寫期間，不才適受聘為該校史學系博士班的客座導師。她適是我這位不學導師的博士研究生。這就使我對她這部大作的英文原稿非逐字逐句的細細閱讀和慢慢推敲不可了。

美國名牌大學中有關「博士論文」的撰寫是十分嚴肅的。簡言之，那就是胡適所說的「拿繡花針的功夫」。一幅百尺錦繡，是用小小的繡花針，一絲不苟、一針針地繡出來的。不但要「大膽假設」，更要「小心求證」，有一分證據說一分話，有九分證據不能說十分話。夸夸其談、望文生義等新聞報導式的撰述，是一句不許的。

還有在「方法學」上的選擇也是極其嚴格的。我國寫舊式傳記的程式，也被「社會科學處理」的方式所替代。立言持論都要以社會科學各部門的法則為依歸，不可信口開河。這樣一來，不但難為了學生，也難為了導師。前者的訓練便是後者的責任。這種訓練，在中國舊戲劇界裏叫做「坐科」。經過這種嚴格地坐科訓練的演員，便叫做「科班出身」，否則便是「票友」。但這不是說票友一定不如科班。可是坐科畢竟是一種對「基本功」的訓練，他的底子究非「玩票者」所可比。本書作者傅虹霖女士便是史學界有才華而又有科班訓練的專材。筆者不學，竟曾一度做過這樣有成就的高材生的論文導師。但我對這樣不平凡的博士研究生卻殊感內疚，因為我雖忝居教席，我對有關張學良的政治生涯的知識，大體依賴著傅女士的研究。如果說她是青出於藍，那簡直是我自抬身價了。

我說這種話並非謙虛，而是事實。她這位傑出的研究生也是我所指導過的博士研究生中唯一的例外。筆者在哥倫比亞大學研究院任教十餘年。老實說，那時在我輔導之下的研究生都可以說獲益匪淺。理由是那時我兼長哥大中文圖書館，並且教授一門「中國目錄學」。坐擁書城，二十四小時浸在其中，所以任何艱澀題目和稀奇史料，都可一索即得，迎刃而解。因此諸生問學，往往半日之談，便可省卻他們數週數月甚至數年之功。這不是誇大，實在是漢家典籍浩如煙海，若無師承，則異族學生摸索終生，有時還是足未入戶。今日有些所謂漢學家，難免還是如此。可是我對本書的作者就感到十分歉疚了——我對她沒有盡到一位論文導師所應盡的責任。我反而是在批閱她的論文時向她學習。原因是當她開始撰寫時，我正自哥大轉業至紐約市立大學，而且轉過來擔任的且是一項綜合多種學科的行政工作。我把哥大中文圖書館的鑰匙交還原主之後，對圖書資料的掌握便沒有以前隨時出入那樣方便了。

本書作者傅虹霖博士攻讀的是私立紐約大學，我轉業任教的是紐約市立大學，兩校皆無漢籍收藏。研究漢學師生都倚靠哥大的中文館。我既離哥大，則各校研究生來尋求「指導」者，我都以資料檢閱不便而謝卻。在這種情況之下，傅女士做了我的研究生也就變成了例外。因為她和她的丈夫祖炳民博士和我夫婦早有通家之好，平時論學衡文都如兄若弟，大家治學亦各有高低。如今老友夫人為進修學位，尋師適及下走，我雖自知不學，於情於理，均不得不勉力承乏。今喜見大著問世，我附驥為文，真不勝其慚汗也。

傅虹霖博士是東北的媳婦。她丈夫祖炳民博士原是吉林人氏，畢業於日本東京大學。精通日文，曾主持美國新澤西州「西東大學」亞洲研究院有年，知名漢學界，屬東北世族，與原東北軍將領和老少帥本家都有千絲萬縷的關係。這本書由祖夫人來寫真是得心應手；再加上他二人的才華和博士學位的科班訓練，我想這部傑作也是夠傳世了吧。我是精讀過她的英文原著的，持論公允，文筆流暢，頗得我心。中文譯作我雖尚未寓目，錦上添花自可預卜。不過博士論文畢竟是篇學術著作，自與通俗讀物各異其趣。我想有心讀者自能得其三昧；然書非自譯，偶難達意，也是意料中事。原文撰述本以西文讀者為對象。譯漢以後，以中國文，談中國事，讓中國讀者讀之，自更有分外親切之感。如今發行在即，謹遵作者之囑，匆草蕪篇為序，尚乞海內賢明不吝教之，為幸。

一九八七年十二月二十三日清晨於北美洲

——原載《傳記文學》第五十四卷第一期

【編按】傅虹霖著《張學良的政治生涯》原係英文寫作，在美出版，中文版由王海晨、胥波翻譯，瀋陽遼寧大學出版社出版。

張學良將軍的赤子之心

二次大戰後影響歷史研究最大的一門學科，便是由杜威大師開山的「行為科學」（behavior science）了。這宗新學派的論學主旨則是「個性決定行為」。其「決定」的方式則是通過一種S-R或S-O-R程序，也就是「刺激—生機—反彈」（stimulus-organism-response）連續反應的運作過程。這一過程的發展也是有其等級的。如果這一個性所決定的行為的「行為者」是一介匹夫，則其行為的結果（consequences）就只限於一家之內。如果他是官吏或教師，其影響便及於社會。如果他是個秉國政掌重兵的大人物，那就牽涉到國計民生了。更上層樓，他如做了世界級的偉人。不得了，他底個性所決定的行為，就關係全人類的生死存亡了。

如今天與人歸，由張岳公資政所領導發起、群賢共祝九秩大慶的漢卿張學良將軍，便是這樣一位世界級的歷史偉人。他底個性所決定的行為，就關係到全人類的禍福。事實上，他那顆火熱熱的、老而彌篤的赤子之心所鑄造的「個性」，再通過S-O-R的過程所「反彈」出來的社會行為，就部分的改寫了二十世紀後期的「世界通史」，也通盤的改寫了同一時期的「中國近代史」。我們搞近代史專業的史學家，如今面對這樣一位重量級的歷史製造者，執簡在手，又怎樣去「秉筆直書」呢？

傳統史學中的春秋之義

老實說，上述西方這宗最新的學問，和我們東方最古老的孔孟教義，基本上是殊途同歸的，至少兩者之間並沒有原則上的矛盾。祇是行為科學家只泛論人類社會行為變化之通則；內涵是抽象的，沒有涉及「個性」或「人性」善惡的具體問題。而我國儒法兩家社會哲學的出發點，則基於具體的人性之為善為惡的問題。其實善惡的標準是人類智慧主觀地製訂的，人性因此也是善惡兼具的。君子小人之別，只是兩種「七分天賦、三分環境」，所養成的不同底人品罷了。

可是從實際政治運作的觀點來看，則有為有守的君子之間，亦何嘗沒有誤國之士；無所不為的小人之群　也每有治國用兵之材。那這樣我們觀察歷史人物，又如何落筆呢？所以我們傳統史家乃有所謂「春秋之義」，就是把他們底動機與效果分開，不以成敗論英雄。歷史人物如動機純正、心際光明，則是國之瓌寶、民之聖賢。行事偶有差池，史家亦只「責備賢者」而已，無傷大節。反之，小人當國，則不論成敗都是史家口誅筆伐的對象了。

曹操說：「天下無孤，不知幾人稱帝？幾人稱王？」他對安定漢末那個動亂社會是有其功勛的。但是曹操卻永遠是傳統史家筆下，梟雄小人的代表。重視動機、藐視效果，斯之謂「誅心之論」——其功不可沒，而其心可誅則終不足取也。我國傳統史學上這點臧否人物的道德標準，是值得我們承繼的。

不過傳統史學畢竟落伍了。它那衡量忠臣孝子的尺碼，已嫌陳腐；它那知其然而不知其所以然的研究方法，也不夠科學。這就需要我們用現時新興的社會科學底法則來加以補充了。所以我們要把我國當代具有世界級的民族英雄，在國族歷史上試為定位，那我們就得把古今中外歷史科學的法則與觀念，攤開來比較研究一番。不偏不倚，才能粗得其平。

所以我們如以「春秋大義」來觀察張學良將軍，他實在是一位動機純正、心際光明、敢做敢為、拿得起、放得下、而永不失其「赤子之心」的愛國將領。就憑這一點，當年假抗日之名、行營私之實、其功未必不可沒而其心實可誅的軍人政客黨人學者，在中國近代史上，就不能跟張學良這樣的老英雄平起平坐了。

再從當代行為科學研究的規律著眼，則少帥當年的政治行為和心理狀態，亦無一不可於「刺激—生機—反彈」的通則上找出科學的答案。這是一門社會科學與自然科學（如心理學、生理學等等）交配的新品種，不是歷史家可以胡說八道的。

總之，張學良將軍早歲的顯赫和晚歲的恬淡，都發生於一個「最後之因」。這個「因」便是他個性上有顆「赤子之心」。這顆赤子之心，經過S-O-R的反彈化為行為，是可以翻天覆地的。那是少帥當年道德上的長處，但它可能也是少帥職業上的短處啊。

永不褪色的「赤子之心」

朋友們或許要問，張學良有顆永不褪色的「赤子之心」，何所見而云然呢？答曰，正是有所見而云然！

事實上是，赤子之心，人皆有之。祇是基於上帝安排，人各有其多寡罷了。張漢公可能要比一般人更多一些。這是上帝恩賜，不可強求。

事實上，赤子之心，也是人皆失之。只是失去者有早晚之別罷了。而張漢公則保留它至九十高齡而未褪色，這或許就是環境的關係了。赤子之心為何物也？想讀者群中善男信女都能詳道之，不多贅了。只是失去赤子之心的人，應以「政客」為最早。蓋政治最複雜、最詭譎，吃那行飯的人，童心就不易保留了。可是張學良也是吃那行飯的大頭頭。他竟然年躋九十而有其赤子之心，豈不怪哉？

其實細細推敲一下就沒有什麼費解了。「行為科學」的S-O-R就足為我們詳述之：張漢公雖然「年未而立，便長方面，獨握大權」，儼然一位政界大頭目。但是他卻沒有學會「怎樣做政客」！他沒有做政客的「必要」嘛。因此他在這個 S-O-R 的連鎖上就缺少了這個做政客的「S」，自然就沒有「O-R」了。且看他生為「衙內」，幼為「王子」（東北王之子），稍長「便長方面」。當行伍出身的老「奉系」搞不下去了，在現代化了的新「奉系」中，少帥就是事實上的一「系」之主，何待於老帥殉國之後呢？他上無其心難測的上司，中缺爭權奪位的同僚，下面多的是忠心耿耿的死士部屬。日常行政處事，一切為國、為民、為公、為「系」，也就是為著自己。他沒有搞「勾心鬥角」之必要，因此他也就沒有做小政客的歷史磨練了。

漢公真正的捲入政治漩渦，蓋在「九一八」之後，而他的對手方又是三位當時中國政壇的第一等高手，所以少帥就開始吃虧了。「西安事變」之後，張副司令親送蔣中正總司令返京。馮玉祥聞之嘆曰：「少不更事！」這位姓馮的「把兄」（馮張原有金蘭之盟）就不知道他那年輕的「把弟」原不是個官僚政客嘛。

人生短短百年，總應留得清白在人間！

唯大英雄能本色，是真名士自風流！吾為張學良將軍作期頤之祝。

一九七九年五月二十八日匆草於臺北

——原載《傳記文學》第五十六卷第六期

民國史「每兩月一章」

紹唐兄：

拜讀五月號貴刊「編者按語」，真不勝惶汗。兄之期許，誠為弟數十年之私願。每希於衣食無虞、而又可長期目不窺園之條件下，為「民國史」做一有系統之整理，庶足以一家之言，就正於史學同文，及社會上之一般讀者。鄙意拙作將區分為兩部門。其「正文」當務求其通俗，庶幾非史學界讀者，偶一閱之亦不致「昏昏然入睡」。其「學報」性文字，則繫諸「註釋」。必要時重要小註腳，均可獨立成篇，自成一小專題，以就正於象牙塔內之賢師益友，雖不能至，數稔以來，心嚮往之矣。

唯弟此次留臺數月，實完全出諸偶然。初來時除一把牙刷之外，真是身無長物。數十年舊稿與筆記等物，竟未攜來片紙。最近雖承蔣慰堂前輩之提挈，及「國立中央圖書館」中諸友好之鼎助，重入寶山，殊可安居樂業；然目前亦有一二專題，必須於留臺期間全力以赴。期能略有所成，以補國史之書闕有間。以故兄之盛意囑「每月一章」，實在是捉襟見肘，力有不足。

加以海峽兩岸，近史專材，何只數百人，弟何人兮，敢於班門弄斧、草草落筆哉?!如兄寬限為「每兩月一章」，則拖破車、牛馬走，或可勉強應命。弟自知不學，以故一拖再拖，始終不敢執筆。然弟亦深知，醜媳婦，終得見公婆。如無畏友如兄者，執鞭策勵於後，將永遠不敢「洗手作羹湯」也。

拙作次一篇，姑命題為〈論「帝國主義」與晚清外患〉。兄如不棄，當於六月中旬繳卷也。匆上。叩

編安

弟德剛　頓首

一九七九年五月二十五日

——原載《傳記文學》第五十六卷第六期

廣陵散從此絕矣

——敬悼顧維鈞先生

一九八五年十一月十五日上午，我正拿著粉筆走向教室，系秘書忽傳有「臺北電話」，那原來是金恆煒先生打來要我寫一篇「悼念顧維鈞先生的文章」。「顧先生去世了⁉」心頭為之一怔。臺北已知道了，而我近在咫尺，卻未見消息，所以感到愕然也。

顧先生自民國元年（一九一二）他二十五歲在哥倫比亞取得博士學位回國，出任外交部和袁世凱大總統的機要秘書始，至一九六七年近八十高齡，自海牙國際法庭退休止，盤旋於中國政壇底最高階層，先後五十餘年，未嘗間斷。直是一生顯赫、福壽全歸，不特是中國近代史中所未有，即在世界近代史中，除邱吉爾一人之外，恐怕也難找到第二人了。

先生今以九九高齡，無疾而終，這在傳統中國，原叫做「白喜事」。親友晚輩，本無悲傷之必要。祇是顧公的門生故吏、晚輩親友，近數月來，正準備明年為老人慶祝「百齡嵩壽」，孰知餘時不過數月，老人卻「避壽」而去，終不能不使晚輩感其哀悼也。

筆者之認識顧先生，進而成為顧氏的助手，還是由我那老本行「口述歷史」開始的。在五十年代之末，哥倫比亞大學「中國口述歷史學部」一共只有兩個「全時」研究員，那便是已故的夏連蔭（蓮英，英文名 Julie How）女士和我。但是這時正在大陸變色之後不久，寓居紐約附近、頭一號的中國政治難民，真是一列地道車，如何載得起！這對我們搞中國近代史的來說，也真是多彩多姿、美不勝收——只要這批歷史製造者，紆尊降貴，有意與我們合作，那我們無不歡迎，工作再繁重，也得撐持下去。

顧維鈞先生在一九六〇年初有意參加我們「口述歷史學部」之後，校方原是指定 Julie 擔任訪問。Julie 工作本就相當重，加以她又是位美而多財的千金小姐，家資萬貫，不靠薪金過日子。搞歷史本是她底「消遣」，弄得做工如救火，她是不肯幹的——這也是完全可以理解的。所以連蔭在訪問了顧少川先生童年事蹟以後，她嫌太忙太累，就輟工不幹了。

我那時比連蔭還要忙。但是「顧維鈞」這個名字，對我的誘惑力太大了。搞中國近代史怎能和「顧維鈞」失之交臂呢？加以在「北洋」時代，顧總長、顧總理和黃蕙蘭夫人，還住在「鐵獅子胡同」、「陳圓圓的故居」時，我家的一些長輩，包括我那在法國留學的姑母和姑丈，都認識他們。自我家長輩口中，不知聽了多少顧總長的「傳奇」——那時的「顧總長」這三個字，對個小孩子是多麼遙遠啊!?

如今這位「鐵獅子胡同的顧總長」就近在眼前，這項傳奇，何能放過？我自連蔭處取過錄音帶，就和「顧總長」攀談起來了。顧總長對我的接班，也大為高興——因為我對「民國史演義」也大有研究。搞起「直系」、「皖系」，尤其是後者，也能如數家珍。顧總長提到吳景濂，我就說「吳大頭」；他說「國會議員」，我就說「八百羅漢」；他說「張嘉璈使他過不了中秋節」，我就把《張公權回憶錄》拿給他看，並告以張公權先生親口對我所說的，關於「中秋節」事件的經過；他提到馮玉祥「倒戈」——此事當時傳說是「顧維鈞假扮婦人，逃往天津」，我便告訴他黃郛是主謀，黃沈亦雲夫人則躲在北京公館做「內應」。

「黃沈亦雲夫人告訴我，這件事是『首都革命』呢？」我以英語向當年的總長、攝閣，提出如上情報。

「黃太太那時也在北京？」顧公始終以英語問我。

「怎麼不在呢？」我說，「黃夫人徹夜不眠，還不時把電燈開關扭動，看看北京是否斷電呢？」

「啊！原來黃太太也是叛徒的『共犯』！」他說了也笑起來。總之，顧總長對我這位助手，對稗官野史之熟悉，足使他大為欣賞——他底故事，也找到了如響斯應的傳人。

一次顧氏把「金佛郎案」當中一段故事張冠李戴了。我更正了他的錯誤，顧公不服，並說「事如昨日」也。我取出「顧總長」當年自己簽署的文件，來再次反證，顧公才服輸。

「唐博士，」顧總長安慰我說，「這一章是錯了。下禮拜，我倆重行寫過。」

顧總長和胡適大使及李代總統不同。胡、李二公遇我如晚輩、如子姪，親如家人。顧公可能是久做外交官的關係，對任何人都文質彬彬地，保持一段禮貌上的距離。我隨顧公三年有奇，他未叫過我一聲「德剛」或「ＴＫ」。每次我往謁見，他總是站起來和我握手，叫我 Dr. Tong，顧公告我，當年他的上司陸徵祥對他總是如此。做職業外交官的人多半是如此吧。

不過顧先生對我這個助手，則顯然頗為賞識。他那時在海牙，每年回紐約三數月至半年不等。每次回紐之前，他總是寫信告訴哥大當軸，盼能調我這位「唐博士」繼續做他的「助手」。一次他還把我向宋子文先生推薦呢。退休之後他和哥大的狄百瑞和國際銀行總裁 Eugene Black 等，圖重整美洲最老的華美組織 China Society，我還在他這位會長之下，又做了四年的「執行副會長」的苦工呢。

我替顧先生當助手，搞「口述自傳」是他自哥大博士那一段開始的。他那時是哥大的真正底超級高材生。老師們一致認為他是位了不起的人才。辛亥革命一旦成功，「老朋友」孫逸仙博士做了總統，古老的中國現代化了，需才孔亟。老師們乃勸「威靈頓」（顧氏的洋名字）立刻回國報效。

「我的博士論文才寫了一半呢？」威靈頓認為他還未「學成」，應暫緩「歸國」。

「夠了！夠了！」老師們說。

其實這篇論文實是「不夠、不夠」的，有待補充。據說幾位老師大家分工，補充補充，就由哥大出版部出版了。胡適之老師和在下，都是哥大的「博士」，都知道顧氏所得的是一份殊榮。

顧君回國時翩翩一表，給「宰相」唐紹儀看中了，以女妻之，他就在相府招親，做了國務總理的女婿，出任外交部秘書，旋升參贊。那時雖是民國，然帝制還是去年的事，官儀官箴，仍從舊習。

「每次梅蘭芳見到我，都『打千』呢。」顧氏說得很平淡，而我這位〈梅蘭芳傳〉的作者卻心裏有數——我知道我的「英雄」、可愛的「梅郎」，那時對這位「相府女婿」的新貴，是怎樣「打千」請安的。

顧氏在外交部工作不及數月，「大總統府」出事了。

原來那時日本正在「洋化」。新天皇（裕仁的爸爸）搞洋規矩，新年期間向全世界各國元首發出「恭賀新禧」的通電，各國元首亦電覆新年發財。這個天大的新聞裏卻獨缺北京，袁大總統不安了，內閣和外交部更感惶惑，又不便去電東京質問——不知如何是好。

這時顧秘書想出政府裏郵電放發可能有誤。外交部、國務院既未收此電，則此電可能逕發「大總統府」——顧秘書乃奉命往總統府「查卷」。這一查，不得了。此電赫然在焉。只是電報上有大總統府秘書的批註說：「東京來電，姓名地址不詳，免覆。」

原來這位秘書不知道英文電報裏的「YOSHIHITO」即是日本大正天皇也——一個天大的烏

龍！

「這位秘書怎能如此粗心！」筆者也曾幹過短期小型的「機要秘書」，知道吃這行飯是既「機」又「要」，大意不得的。

「他是哈佛畢業的。」顧氏微笑。

「是誰？」我追問。

「不必說名字吧。」顧先生是外交官，是忠厚的人，更是聰明人，他知道他這位「助手」是會自己知道的。

哈佛畢業，回國任「大總統機要秘書」，是比哥倫比亞畢業，任「外交部秘書」，要「機要」得多啊！

「袁大總統如何處理這一過失？」我問。

「罰薪一月，」顧微笑地說，「不久就調職了。」

「哈佛畢業的」調了職；這位「哥倫比亞畢業的」，就奉大總統手諭，兼任雙重秘書了。

袁大總統和蔣老總統不同。蔣公選擇「幕僚」，尤其是管「機要」一類的人，務求其謹小慎微、鞠躬盡瘁，像陳布雷先生那樣的謙謙君子。袁世凱則反是，他取其精明強幹，遇有要事，拿出主張，任其艱鉅——這一來，這位精明強幹、才大心細的顧少川，登高而招，順風而呼，不久便錐處囊中、脫穎而出了。年方二十七，一位翩翩美少年、渾世佳公子便被大總統逾格超升，以「頭品頂戴、三眼花翎、賞穿黃馬褂，欽差大臣」的同等官階和榮譽，出使美利堅合眾國的「全權公使」。

顧少川那時在冠蓋如雲的華盛頓外交圈中，是一位最年輕、最漂亮，可能也是最有風度、最有才華、最有學問的外交官，更是白宮主人早期的忘年之交、英雄識英雄的「老朋友」——真是出盡鋒頭，雖然他所代表的國家卻是當時列強的一個最老大、最腐朽、最貧困、最愚弱的「次殖民地」。

在此三數年前，一位哥大的東方學生威靈頓・顧曾率領了一個哥大辯論團，遠征普林斯頓大學，擊敗該校的辯論團之後，由普林斯頓校長烏德奴・威爾遜，在官邸歡宴，賓主盡歡，相約「再見」。又有誰知道，數年之後，彼此真的「再見」了。「再見」之時，彼此都穿上大禮服，一位是美國的大總統，另一位則是古老中國的「欽差大臣」呢。

呈遞國書之後，這兩位忘年老友，握手一笑——這是外交史上的國際佳話呢!?還是英雄識英雄、「使君與操」的煮酒話舊呢!?這件事，為以前史書上所未有，今後的外交史恐怕也難得五百年一遇了。

「現在的國民政府外交部，對我們外交使節行文，總是叫『訓令』，」顧先生偶爾也同我講幾句不上紀錄的華語，說，「在滿清時代的總理衙門和外務部，只能用『咨文』——因為外交使節是代表國家的，代表皇帝的，是欽命官、欽差大臣——是和六部尚書『平等』的……」

顧先生向我說這話，並無感嘆之意，他只是說明一件歷史事實，和行政制度上的變革而已。

顧少川先生自二十七歲時，從「欽差大臣」做起，兩度入閣「拜相」，一直做到八十歲退休為止。

他是世界上的第一流外交幹才、舉世聞名的國際政治家。但是他搞的卻是個「弱國外交」——他個人在外交界所代表的份量，往往超過他所代表的政府。檢討起來顧氏一生的成就，讀歷史的人，或許會惋惜他「事非其主」，為其才華抱不平。

「辦外交，不比打仗，」顧氏心平氣和的告訴我這位後輩，「打仗有百分之百的勝利，也有無條件投降。辦外交能辦到百分之七十的成功，就是最大的勝利了……，哪有百分之百的勝利!?」

這是顧先生辦五十年弱國外交的肺腑之言。五十年中凡他所經辦的外交事件，多半可說是百分之七十的成功吧——至少他沒有喪權辱國，在國際上丟人現眼。

他曾替「軍閥政府」服務，遭到國民政府的「通緝」（這點顧氏一直向我否認）。他也替國民政府當過外交部長、當過大使，而被共產黨宣佈為「戰犯」。但據我所知，他老人家晚年卻有好幾位北京駐外大使的訪客，他老人家也是他們的非正式的顧問和教師呢。

顧先生的才華真是國內國外，一時無兩。他是位功不可沒的愛國外交官。他本身傳記便是現代中國的一部外交史。筆者不學而有幸，竟能襄贊長者，留下他一生最光輝的階段，自一九一二到一九三七年中，最光輝的紀錄，和最豐富的史料。我曾替他那三十七大箱個人文件，和三十五年的英文日記，做過「引得」，在哥大圖書館闢專室保管之。

緬念先賢，我想像顧先生這樣的才華和功業的巨人，他一死只可說是「廣陵散從此絕矣！」對一個教外交史的教師來說，顧先生在現代外交史上，實在是前無古人、後無來者的。

寫顧先生，筆者可文不加點，一下便寫出三二十萬字來——他的故事太豐富了，也太有傳奇性了。姑且應金恆煒兄之囑，暫時就寫到此處吧。

一九八五年十一月十六日晨八時匆草

——原載《傳記文學》第四十七卷第六期

《顧維鈞回憶錄》的撰寫秘史

唐德剛口述
王書君整理

王書君君為唐德剛於一九八一在濟南山東大學當「交換教授」時美國史班上的學生。其作業為「太平洋海空戰」，嗣發展為一長逾三十萬言之鉅著，暢銷大陸與海外，為紀念珍珠港事變五十週年難得之鉅構佳作。王君現任青島市社會科學院副教授。本篇為唐氏於一九八七年講學青島時，王君的訪問紀錄。

《顧維鈞回憶錄》一書是中國著名職業外交家顧維鈞先生的一部長篇回憶錄。這部書在大陸出版已有數年，可是，關於這部回憶錄撰寫的秘史，卻鮮為人知。最近，美國哥倫比亞大學哲學博士、紐約市立大學亞洲學系主任唐德剛教授應邀赴青島講學訪問，我就此問題採訪了他。唐教授是參與撰寫《顧維鈞回憶錄》的「五位學者」中最主要的一位。他談了撰寫這部回憶錄的曲折過程，其詳情如下。

關於撰寫《顧維鈞回憶錄》的情況，不妨從頭說起。

在海外，撰寫回憶錄一向被視為理所當然的事情。第二次世界大戰之後，英國的邱吉爾、美國的艾森豪威爾、麥克阿瑟將軍等都有自己的回憶錄，美國現代名人幾乎人人都寫，如近幾年來，《季辛吉回憶錄》、《尼克森回憶錄》等都已先後問世。

但是，撰寫回憶錄並非易事，個人寫起來相當麻煩，須花費很大的氣力。鑒於此種情況，歷史學家們採用了一種比較簡便的方法——口述歷史。

這一方法最先是由美國學者列文斯在第二次世界大戰期間搞起來的。那時，錄音機剛剛發明，這就為口述歷史的進行創造了條件。列文斯的口述歷史計畫的對象首先是美國要人，同時也包括一些在二次大戰中跑到美國去的歐洲知名人士——高級難民。當時，口述歷史的工作由哥倫比亞大學出面集資組織，結果搞得非常成功。後來，這一方法也被一些研究中國歷史的學者採納了。五十年代初，中國共產黨革命成功，國民黨中的大批要人紛紛移居美國，其中包括胡適之、李宗仁、孔祥熙、陳立夫等。於是，哥倫比亞大學便擬就了一個「中國口述歷史」的計畫，並組建了一個研究室，然而，全室的人員僅僅才兩名，一名是我，一名是夏連蔭小姐。夏小姐是哥倫比亞大學的一名碩士，她的英文很好，但中文差一些。起初，校方指派她去訪問孔祥熙，採訪工作結束後，她又去訪問陳立夫。而我最初訪問的是胡適之博士，工作完畢之後，我又去採訪李宗仁先生。

就採訪計畫的規模而言，哥倫比亞大學當然希望越龐大越好，可是，由於人手太少，我們也不可能把戰線拉得太長。在我與李宗仁先生合作搞他的回憶錄時，哥大也意欲訪問顧維鈞先生。

顧維鈞先生在中國政治舞台上的時間很長，在許多重大的歷史事件中，他都是一位很有資格的歷史見證人。他一九一二年做袁世凱的秘書時不過二十五歲，二十七歲時任駐美公使。在巴黎和會時，他才三十歲出頭。後來，他出任北京政府的外交總長，並曾擔任過代理國務總理。國民黨政府時期，他又任外交部長，又做大使，個人收藏的資料相當豐富，這便是哥大「中國口述歷史學部」意欲訪問他的主要原因，而顧維鈞本人也非常願意加入這一「口述歷史」的計畫。但當時顧維鈞正在海牙國際法庭裏做大法官，每年在紐約的家中僅有三個多月的休假時間，於是，哥大就與我們商量，希望我們能抽空在顧維鈞回到紐約度假的時候訪問他，當顧維鈞假滿返回海牙之後，採訪工作就告暫停。那時，我正忙於訪問李宗仁先生，實在擠不出時間。因而最初訪問顧維鈞的是那位夏連蔭小姐。

夏小姐訪問顧維鈞是從顧的少年時期搞起的，她先後採訪了顧維鈞的家庭背景、兒童生活、到美國留學的情況、最初的婚姻問題等等。可是，當她剛剛開了個頭，寫到辛亥革命的時候，她便不想幹了。因為夏小姐感到工作量太大、太忙碌，這時，校方就問我能不能接著做下去。其實，那時我比夏小姐更忙，正忙著訪問李宗仁先生。但我感到顧維鈞的名氣很大，這個題目對我很有吸引力，便一口答應下來。經過五個月對顧維鈞的初訪後，我將稿子整理出來交顧維鈞一閱，沒想到他竟大為滿意。原來，顧維鈞從政生涯持續時間很長，特別是早年他在袁世凱手下做事，時間久了，他對自己的所作所為也無法記得一清二楚，而我是學歷史的，凡涉及到的歷史事件，我就想方設法將有關的史料查找出來，加以補充和核對，顧維鈞對此非常滿意。首次訪問之後，顧維鈞便又回到海牙任職去了，並從那裏寫信給哥倫比亞大學，表示仍希望由唐德剛博士來替他寫回憶錄，從此以後，訪問顧維鈞的工作就全部由我承擔下來了。每當顧維鈞回紐約度假一次，我就前往採訪他一次，每次採訪的時間為三至五月不等。

我為顧維鈞撰寫的回憶錄，從時間上講，是從民國元年（一九一二年）顧維鈞任袁世凱的秘書起，那以後不久他又被晉升為外交部參事，一九一五年出任駐外公使。當時，北京政府考慮到顧維鈞年紀太輕，一下子到美國做公使有點過分，遂擬定了一個新方案，將顧維鈞任命為駐墨西哥公使，以這個身份赴墨西哥盡快呈遞國書，然後改派他赴華盛頓任中國駐美公使，這是北京政府原始的計畫，事實上顧氏一到美國，政府的任命便改變了。不久，第一次世界大戰結束，北京政府又指派顧維鈞做為中國代表團成員之一參加巴黎和會。現在回顧一下，全世界只有兩個人同時參加了第一次和第二次世界大戰之後的「和會」，一位是南非的一個首腦人物斯考特將軍，另一位便是顧維鈞。和會之後，顧維鈞又參加了一九二二年的華盛頓會議。之後，中國方面將山東膠州灣的主權爭了回來，顧維鈞也因之名聲赫赫，那時他三十四歲，年富力強。回國後不久，一九二二年，顧維鈞就當上了外交總長。一九二六年十月，由於銀行界和軍界對待內閣的行徑使北京政府總理杜錫珪感到憤慨，遂於十月二日辭職。那時，北京政府的外交部是內閣裏的第一部，國務總理不幹了，外交總長便代理國務總理。於是，十月六日，顧維鈞即組閣做了代理總理，接管了政府。不久，又正式就任內閣總理一職。北伐之後，顧維鈞跑掉了，他到歐洲去旅行，觀察世界政治趨勢，後又抵達加拿大。不久，他接到張學良的電報，離開加拿大回國到達瀋陽，做了張學良的智囊人物。

「九一八事變」後，國民黨政府請求國聯出面調解，但國民黨政府當時沒有合適的外交人選參與這一國際性的外交調解工作，顧維鈞遂成了中選角色。於是，這位本是國民黨通緝令上的人物，於一九三一年十一月二十三日搖身一變，竟成為國民黨政府的代理外交部長。不久，顧維鈞就做為中國代表抵達國際聯盟總部當時所在地日內瓦。後來，他又擔任駐法公使，不久，中法外交升級，他就成了中國第一任駐法大使，一直做到第二次世界大戰開始。一九四〇年六月，法國被德國佔領，成立了維琪政府，顧維鈞又在維琪政府裏擔任了一段時間的中國大使，後調任駐英國大使。當時，法西斯德國從空中對英國實施狂轟濫炸，顧大使像其他人一樣，也領到了一頂鋼盔。顧維鈞當年的這頂鋼盔，現在還在我家裏。它怎麼會跑到我這兒來的呢？這是因為顧維鈞有數十箱檔案材料，我勸他將這批材料捐獻給哥倫比亞大學，由哥大加以保存。顧維鈞對此是求之不得，因為他的這批資料放在一家商業公司的保管科裏，他每月要為此付出七十多美元的保管費。這批檔案材料共三十七箱，內容非常豐富，是一批珍貴的歷史資料。我將其安置在哥大的珍貴資料室裏，取其名曰「顧維鈞室」，由我來負責。我又請了一批研究生將這批資料做了索引。在將資料裝車運往哥大時，我那九歲的兒子從資料堆中撿出了這頂鋼盔，戴上後蹦蹦跳跳高興得很，顧維鈞在旁一看，便說道：「拿去吧，拿去玩去吧。」這樣，我的兒子就把鋼盔拿回家去了，一直到現在。

就這樣，我所撰寫的《顧維鈞回憶錄》從一九一二年一直寫到顧維鈞就任駐英大使。這二十幾年實際上是顧維鈞一生中最精采最重要的時期。撰寫這一段時，他口述，我執筆，並查閱了相當多的資料，這三十七箱的資料都查了，三十七箱之外的資料我也查了不少。

當我整理完顧維鈞上述這一段回憶錄之後，大約在一九六二年，我就離開了口述歷史室，因我不能老是幹此工作，這都是研究生幹的項目。那時，我已是哥倫比亞大學的副教授了。後續的訪問工作便由兩位博士研究生來接手，所以有人說，《顧維鈞回憶錄》是由四個博士寫的。其實只有三位博士，那夏小姐不是博士。而這三位博士中，顧維鈞一生中最重要的時期便是我寫的。後面接手的兩位博士，一位姓曹，也是哥倫比亞大學的博士，他僅僅寫了很短的一部分就被哥大辭掉了；另一位是美國人，叫喬治・西蒙爾，他接著做了剩餘的訪問工作。後面顧維鈞的許多經歷，在他個人一生中都不是很重要。回憶錄的結尾是到顧先生做完海牙大法官。

我們四人搞的這一大堆材料，後來由一位美國小姐整理，因為這位女孩子不是一位作家，所以她在整理中，把我從前寫得很生動很精采的一些情節，刪掉了不少，最後撰寫成一萬餘頁，搞成縮微膠片，放在哥倫比亞大學。

一九七二年，中美關係正常化，外交活動日益增多，大約在一九七九年前後，一批中國學者訪問美國，並曾同中國駐美外交人員一起與顧維鈞共進晚餐。席間，顧維鈞說他有一本英文稿的回憶錄，中國社科院的幾位學者就說，能不能拿來讓我們回國翻譯一下出版呢？顧維鈞就這樣答應下來了（這件事是顧維鈞於事後親口告訴我的）。隨後，九十一歲的顧維鈞就將回憶錄的稿子交給了中國學者，而哥倫比亞大學還不知此事。當時，撰寫《顧維鈞回憶錄》的目的是為了保存史料，不是為了出書，所以，該回憶錄是以英文用縮微膠片的形式出的，是專為學者們進行研究用的。再說，他的書部頭太大了，誰能出得起呢？據說國內組織了不少人翻譯這部書稿，已經出了好幾卷，可是關於這部書稿成書的坎坷過程以及我們撰稿者披膽瀝血的情形，國內卻一點不知道，我們也都成了「無名英雄」。我自己在這其中的遭遇就如同《李宗仁回憶錄》一書最初在國內出版時的情形一樣（註）。

——原載《青島研究》

註：該書初次在大陸印刷發行時，未署名，後來由廣西人民出版社發行時，才署名為：「李宗仁口述　唐德剛撰寫」。

「西安事變」、「六一事變」五十週年

——兼談劉廷芳「說服蔣介石先生的一段內幕」

一九三六年六月一日所爆發的「六一事變」（亦稱「兩廣事變」）和同年十二月十二日至二十五日所發生的「西安事變」，屈指算來，距今已整整五十週年了。這兩個事變，前者不足二月，後者不足兩週，它們不特改變了我們中華民族每一個人的命運，它甚至改變了今日世界整個人類歷史運行的軌跡。「西安事變」既然比較出名，今且顛倒其順序而論之。

「西安事變」的後果

「西安事變」為什麼引起如此嚴重的後果？這倒可以屈指而計之：

一，它把當時的蔣委員長——也可說是整個國民黨吧——「安內而後攘外」的政策（參見蔣夫人最近在臺北發表的悼夫文）臨時叫停；把一個四面楚歌、危急萬分的「紅軍」，解救了出來。

我有一位在當今中國史學界頗有聲望的朋友就曾向我說過：「沒有西安事變，我不相信那一點點共軍就消滅不了。」

歷史學家雖然不能臆斷歷史上有可能、而實際上並未發生之事，但是一個有深度學者的話，也不是只憑意氣出口的。因為蔣氏那時的政策，雖願保留共黨，以為將來「聯蘇抗日」留個餘地，但他卻是要「徹底消滅」共軍的。可是當時共軍之存在亦有其一定的歷史和社會的條件（宋慶齡語）。野火燒不盡、春風吹又生，要「徹底消滅」亦屬不易。不能徹底消滅，就變成「零星打鬥」，那也會糾纏不已的。「內」既不能「安」，「外」也就不能「攘」了。恰於此時張、楊二人搞出個兵諫，使雙方都保存了面子。國民黨停止「剿共」；共產黨不但「紅軍」接受「改編」，共產黨人且願再度加入國民黨（見蔣著《蘇俄在中國》）。國民黨不願共產黨再度加入，蔣委員長和夫人卻接受了共軍半獨立式的「改編」，並由南京中央補充彈藥、接濟糧餉（這時南京派往延安的代表是中委邵華。邵先生是筆者的中學老師，這故事是他親口告我的）。終使共軍由半獨立而獨立發展，由茁壯而成長。楚河漢界，平分天下，最後竟然取而代之。

二，「西安事變」把抗日戰爭提前了。「抗戰」是拿全民族的命運做孤注之一擲，豈是搞著玩的！我們的抗戰是否可以避免，無人可以臆斷。但是史家可以認定的，則是那時日本侵華並無固定政策。戰前那些所謂「事件」，都是一批「魯莽滅裂」而目光如豆的日本「少壯軍人」搞起來的。他們原無「鯨吞中國」之大志；而我們地大物博，加上個老謀深算的蔣委員長，和他們再打它一兩年太極拳，不是不可能的（參見戰後日本公開出來的彼方秘檔）。

試想抗戰如推遲一二年，世界局勢又是什麼個樣子？一九三九年歐戰既發之後，日本人是要和一個窮光蛋蔣介石繼續糾纏呢？還是南征南洋、北伐蘇俄，收其實利呢？那就很難說了。

有人或許會說，那時全國民氣沸騰，愛國人士都痛恨「南京中央」的「親日賣國」政策。所以你不打，全國人民也要打；你不打，日本人也會逼著你打。這些話，在五十年後的今天看來，均屬似是而非之論。筆者昔年在哥大，即曾撰長文（原著為英語）辯正之。我認為抗戰固然非打不可，但是它在一九三七年的七月七日開打，卻是西安事變的直接後果。

須知蔣氏那時的太極拳政策，在當時國內軍政商學各界，也有其一定底「群眾基礎」的。「親日賣國」原是「欲加之罪」。可是蔣公的太極拳卻被「西安事變」結束了。

事變之後，蔣在國內聲望之隆、「盛德」（毛澤東恭維語）之高，真是史所寡有。他被倭奴欺侮太甚、輿論逼得太緊，全國上下又一致擁護，內戰結束、全國一統又提供了對外戰爭的必要條件——「內」既不必再「安」，「外」就不得不「攘」。蔣公被內外一致逼上梁山，心一橫，知其不可而為之，就「抗戰到底」了。

今日讀者和作者的生活狀況，都是這個抗戰到底的後果；而抗戰到底者，西安事變實促成之；而「西安事變」者，當年張少帥和楊老總一時衝動之下幹出的，也是當年蔣委員長一時「大意失荊州」、單刀赴會、誤入虎穴的意外小事也，其影響於我輩命運若此！

當今中國史學界當然還有人認為「西安事變」是全民敵愾之氣激成的，也有人認為是中共和第三國際「統戰」政策的成功。但是五十年來還沒人敢說，「西安事變」在一九三六年的西安「非爆發不可」！

所以「西安事變」者，歷史上「偶然」發生的一件小事也。它改變了人類歷史運行的軌道，也可說是歷史本來就具有一定的「偶然性」吧。

蔣氏何以「單刀赴會」？

但是中國近代史上何以發生這個「偶然事件」呢？關於張、楊二人當年受激成變的心理我們不難理解。我們所想不通的，則是那位「一生惟謹慎」的蔣委員長，何以於「剿共」前線，在兩支軍心不穩的「雜牌部隊」之間，來個「單刀赴會」，結果連人帶馬，加上半朝文武，於一夜之間被兩位叛將，一網成擒？

事實上用現代「行為科學」，尤其是「心理學」的基本學理來分析蔣之行為，也不太難於理解。

須知我國抗戰期間，在大後方山區公路上，卡車屍骸累累的所謂「翻車地區」，往往都不是所謂一級「險區」。司機翻車或「打山洞」（車頭撞山的戰時司機俚語）的處所，往往都在「

履險如夷」之後的次級險區。

據美國當前「車禍」的統計，亦以「離家不遠」的地區為最多——何也？無他，大意失荊州也。蔣委員長在西安出了事，也正和卡車司機駛過最險區才「打山洞」，有其異曲同工之處——蔣公在「西安事變」之前的六個月，剛剛「履險如夷」地駛過最險區；駛過之後，他老人家卻在次級險區的西安，打了山洞。

西安事變之前，委員長駛過一個什麼樣的高級險區而履險如夷呢？那便是同年六月在兩廣發生的「六一事變」。

「六一事變」的危機

「六一事變」是怎麼回事？

長話短說，它是和西安事變一樣，都是以「抗日救國」的號召、而反對「南京中央」的「兵諫」；只是——且讓我用個當今的時髦名詞——西安事變是一件「陰謀」，六一事變則是件「陽謀」而已。

搞起這個「陽謀」的首腦是虎踞兩廣、擁兵數十萬、飛機數十架、械精餉足的「南天王」陳濟棠和廣西首腦、桂系領袖李宗仁、白崇禧是也。論造反實力，則後來搞「陰謀」的張、楊，和他們簡直無法相比。

陳、李、白這三位老哥何以忽於此時要起兵「北上抗日」與南京中央為難呢？說穿了，這只是當時國民黨實力派內鬨之一環罷了。兩廣這兩支久與中央「嫡系」不睦的「雜牌軍」，在派系鬥爭中，屢佔下風。但是經過五年生聚、五年教訓之後，自覺三人合伙，實力不在蔣氏所控制的「南京中央」之下。如今眼見蔣某外迫於強寇、內困於紅軍、中窘於學生救亡運動，已經焦頭爛額、進退維谷。就在這所有蔣氏政敵都幸災樂禍之際，他們遂決定以「抗日」為號召，造反有理，來報一箭之仇；與南京抗衡爭霸，逐鹿中原。形勢看好，萬事俱備，陳、李二人乃於一九三六年六月一日領銜發出「通電」，要率兩廣健兒，「北上抗日」。宣言既出，桂系精銳隨即於六月五日強渡黃沙河，侵入永州；粵軍亦直迫衡陽，向湖南「假道北上」。一時刀光劍影，一個「二次北伐」已箭在弦上。

兩廣有什麼把握，能於此時對中央用兵呢？這就因為他們那時估計——也是李宗仁一再向我說的——「中央政令不出五省！」換言之，在兩廣領袖眼光之中，當時的蔣介石，亦不過是國民革命軍「北伐」前之「五省聯軍總司令」孫傳芳耳。北伐之前，虎踞金陵的孫傳芳可以被以兩廣為根據地的革命軍一舉打垮，今日佔據南京的蔣某，為何不可照樣驅除呢？——這便是他們三位搞「六一事變」的思想體系吧。

孰知他們這一件「陽謀」，事未疊月，兵未血刃，便一敗塗地。陳濟棠賠了夫人又折兵，弄得眾叛親離，與李宗仁分金散伙，逃之夭夭，到香港做寓公去了（見《李宗仁回憶錄》第四十八章）。

這位「南天王」為什麼弄得如此狼狽呢？原來這便是中國近代史上那件有名的迷信故事：在事變之前，陳濟棠曾「扶乩」問吉凶，而乩仙則鼓勵他說「機不可失」。果然於七月四日，粵方空軍駕駛員四十餘人，忽然駕「機」投奔中央，「報效黨國」去了；接著便是粵軍第一軍軍長余漢謀陣前起義，反陳擁蔣；粵軍另一主將李漢魂也認為陳氏「所謂抗日救國云者，直是公開騙人」，因而「掛印封金」、單騎歸漢去了（見《李漢魂將軍日記》上集第一冊。李將軍亦親口告我甚詳）。這一來，六一運動弄巧成拙。軍民眼睛是雪亮的，以「抗日」口號投機造反，豈可騙人？

「南天王」一倒，廣西李、白二人孤掌難鳴；中央大軍四合，討伐就在旦夕。白崇禧這時只好藏身避禍，讓李宗仁單機飛穗，謁蔣表態，重獻忠誠。委員長不為已甚，才寬慰而恕之，結束了這場陽謀鬧劇（見所引的二李前書）。

劉廷芳的「內幕」故事

以上所述的「六一事變」的始末，是事變以後五十年來的公開歷史。李宗仁先生在五十年代也親口告訴我，六一事變中，他底桂系是「被拖下水」，他是和其他「元老」一樣，到廣州去替陳伯南「抬轎子」的。整齣滑稽劇是陳濟棠一人「迷信」和「糊塗」搞起來的。但是這種驚天動地的大陽謀，牽涉精兵數十萬，真是那麼簡單嗎？我當年將信將疑，手邊雖有若干線索，然旁證無多，不敢遽持異議。孰知事隔數十年，竟於紐約這個藏龍臥虎之地遇見了一位八六高齡的劉廷芳先生，才使這一謎團豁然開朗；使這一「六一事變」有信史可循；也使我對蔣公在西安事變前的自信心態，更多一層了解；更使「西安事變」的「偶然性」多一件佐證。

原來這個「六一事變」不是陳濟棠一人獨幹的，李宗仁也不是被拖落水。這件「陽謀」原是他們陳、李、白三公精心策劃的。他們三人之外還有個今日健在臺北、當年榮任桂軍「總參謀長」的李品仙將軍——雖然李鶴公（品仙字鶴齡）在他底《李品仙回憶錄》上竟然也隻字未提！

事緣兩廣當局在發動「二次北伐」、「搗蔣抗日」之前，他們知道成敗的關鍵是落在當年湖南省主席何鍵的身上。湖南地居要衝，「無湘不成軍」，民性強悍，省富兵精。當年蔣公所領導的「北伐」，就是由湘軍唐生智部「附義」，並親任「前敵總指揮」打起來的。

當時的何鍵亦有健卒十萬，餉械充足。他如依附粵、桂，則陳、李「二次北伐」，兵不血刃，便可直取武漢，重演其「寧漢分立」；甚或如王濬樓船、洪楊江艘，長驅而直下金陵。但是何鍵如聽命中央，力阻粵、桂之師北上，則陳、李二人縱加上個「小諸葛」，想搞個「六出體之後，返桂依附李、白，累官至「總參謀長」要職。何則挾眾趕走前湘主席魯滌平而自代之，由南京事後追認加委。何與粵、桂諸將同屬「雜牌」，臨深履薄，時畏「中央」併吞，難安枕蓆。

所以兩廣此次舉事，重點便在裹脅何氏。其手段則是：逼之以威，桂軍精銳於六月五日即已侵入永州，粵軍則於十日逼近衡陽，其勢洶洶；再誘之以利，如搗蔣事成，則從龍有功，不難三分天下；復動之以情，這一點則鶴齡舊侶便是最適當的人選了。

在陳、李諸人心目中，何氏如加入以「抗日」為號召的搗蔣陣營，則全國各省勢將紛起響應（西安事變時，張、楊顯然亦作如是想），亦如當年武昌起義，在一呼百諾之下，則金陵王氣黯然收，可預卜矣。

為負荷此一「內交」重任，李品仙乃於一九三六年初夏為桂使湘。使蹤至為詭秘，真是人不知、鬼不覺，而湖南方面親自接待他並與之密談的正是何鍵自己。何之外，就只有一個劉廷芳了（另外只有個記錄秘書）。

這一樁民國史上有關鍵性的三人密談，想不到五十年後的今日，竟然還有兩位耄耋老人健在人間——李品老在臺北，劉廷老在紐約——尚可為歷史挺身作證也。

難為了何芸樵

在這場湘桂密議之中，處境最難的當然是何鍵了。他如參加兩廣造反，則中央興師討伐時，他便首當其衝。兩廣一毛未拔，他自己可能已身首異處。他如服從中央，則兩廣北伐的第一個目標也是他。南京可以乘勢一石雙鳥；何氏則以一人而敵兩省，勝負可知。他如鼠首兩端，拒不表態，則南北夾攻之中，就更無完卵矣。

這個密議可難為了何芸樵（何鍵字芸樵）。但他原始性的反應，還是兩面磕頭——一面親自接待兩廣密使；另一面又公開派遣省府秘書長易書竹往南京請示。他這種兩邊表態又兩邊都不表態的幹法，兩廣雖在繼續勸駕，「假道」並揮軍繼續北上；中央可就強硬了——蔣委員長拒絕接見何鍵專派的官方代表易書竹！意味著何鍵有附逆企圖。

在這種南京中央強迫表態之下，何氏權衡輕重，不得已只有向中央「一邊倒」。據劉君回憶，何氏事變之前便有「月圓必缺、水滿則溢」的心態，屢屢問計於廷芳，欲以所部湘軍十餘萬撥還歸中央直接指揮，而劉氏則以自己年歲太輕、經驗太淺，不敢借箸代籌，妄言可否。今日面此「六一」危局，他這「一邊倒」的決策，雖迫於形勢，然亦原為何氏之夙願。他之歸順中央，亦頗具當年日本明治維新時期，各地方幕府，深明大義，歸政中樞之氣度。劉自云為何之至交，相知殊深。五十年後，何君墓木已拱，只是根據史實，為何氏之本性，略敘所知。上節所述，今日尚健在之何芸樵夫人亦深知之，唯當時國民黨中樞之黨方負責人則對芸樵有諸多誤解而加以歧視，實有欠公允云云。劉氏言之，至今仍頗為之欷歔不置，希望治國民黨史者執筆亦應以事實為根據才好。

何鍵既已決定摒棄兩廣，完全服從中央，但是在中國傳統政治中「辦理內交」，則相對實力派之間的「私人往還」，和各派「心腹」人員彼此之間的密議，實非各派「官方代表」之間的公事公辦所能及其萬一。因而何鍵這項「向中央秘密表態」的「內交」重任，便落到劉廷芳的身上了——這是何氏在兩大之間，自求生存的高明手法。

時至五十年後的今日，還有當年當事人健在，這也是治史者之幸；能聽到有關當時政治實況的口述歷史，來對公開而不全面的歷史來加以修正。

劉廷芳其人

劉廷芳，湘人。北伐之後自美國哥倫比亞大學（與胡適之、朱經農等人同學）畢業，回湘辦實業，並主持湖南省銀行。那時湘籍海外留學生不多，還湘服務者尤少。劉之新式的企業又辦得成績斐然，是個新時代人物，因此在一群舊式軍政人員圍繞之下的何將軍麾下，很快就脫穎而出。一九三一年委員長因公訪長沙，無意之中竟與劉相識。劉在胡南所辦企業金融也頗為蔣所稱許。據劉回憶，渠曾向蔣條陳，將西南諸省尤其是湖南所特有的「銻鎢錫」三種珍貴礦藏，收歸國家統一開採，以免地方軍人或土劣據以自肥。此一建議尤為蔣所激賞。為進一步了解情況，蔣竟偕夫人親臨劉氏為渠所設之私宴。斯時蔣公威震華夏，旰食宵衣，竟能撥冗親臨一位年方三十一歲之地方小企業家之私宴，亦可謂知遇至隆、不平常之甚矣！

戰前的蔣氏也和許多當國者早期一樣，乍理國政、虛懷若谷而禮賢下士，在四方挖掘其治國用兵之才；借此既可了解「下情」，亦可於地方預佈政治棋子，貯材備用。以前曾一度被蔣羅致的青年黨領袖左舜生先生就和我談過蔣氏在這方面的許多軼事，為此左氏對蔣早年作風亦深具好評。劉廷芳之見重於蔣，便是當年發生在湖南地區的一個實例。

五年之後，「六一事變」發生之時，劉既是何之心腹，亦頗見重於蔣；而劉又年輕，無籍籍之名，秘密代表身份不易外洩，這樣他就成為替何向蔣做秘密表態底最佳人選了。

當劉氏啣何之命，乘私租水上飛機專程自漢口飛南京謁蔣時，蔣竟派時任行政院秘書長（蔣時自任院長）最信任之心腹要員翁文灝，秘迎於江干；直駛至「地質調查所」密議後，旋即謁蔣，由劉替何向蔣，披肝瀝膽，私訴衷情。這一秘密表態，那就遠非易秘書長上訪、公事公辦的情況所可比了。

劉之私謁蔣氏意味著什麼呢？它底真正意義是：兩廣裹脅何氏之毒計從此完結！何鍵對蔣

以子侄自居，表示了向南京的絕對忠誠、絕對服從的「一邊倒」。絕對掌握了湖南，中央才能對兩廣叛將做該和該戰的決策。終使劉某這個小小的密使，參與了扭轉了四萬萬人命運底大大的密勿——秘密一沉五十年，不為人知！

據劉氏告我，他既是何之密使，又取得蔣之寵信，他乃乘便向蔣代陳何氏之「願望」。蓋何「黨齡」太淺，在「以黨治國」時代，黨位太低，希望在黨裏有個「中委」的位置，蔣亦立時首肯。而何鍵後來身兼「兩湖綏靖主任」的軍事要職，亦由於密使無意中之一言——蔣或誤為何鍵的「要求」，而何實未有此奢望也。他時來運轉，竟於無意中得之（德剛復按：何鍵出任中委為一九三五年事。劉廷芳代表何鍵謁蔣似不止一次。中委事可能在此次之前。再者何似未嘗任「兩湖綏靖主任」之職，可能係「長沙綏靖主任」之誤。事隔五十年可能記憶不清）。

劉氏既變成兩邊信任的人物，也接受了兩邊的差遣，竟乘著「美齡號」專機，僕僕於南京武漢之間，為和平解決「六一事變」而努力。他這項替何向中央表態這一著，顯然地（雖然我們尚未掌握到充分證據）就影響粵軍第一軍軍長余漢謀倒戈反陳的決定。余蔣之間，那時也有密使往還；然何鍵的態度如不明朗化，那位蝸處粵北、介乎陳濟棠、何鍵之間的余漢謀便很難異動了；而粵軍「第六師師長兼廣東東區綏靖委員、負責地方綏靖及督導指揮粵東軍政」的李漢魂之「掛印封金」反陳，則是余漢謀倒戈的連鎖影響——其中樞紐，還繫於何鍵態度之轉移。何鍵效忠中央之明朗化，劉廷芳密使，與「美齡號」專「機」，功莫大焉。「乩仙」先生所開玩笑的「不可失」之「機」，並沒有決定性影響，做神仙也會吹牛的。

劉廷芳這段故事，我想在蔣公日記裏、國民黨中央如今尚未開放的秘密檔案裏，將來一定是可以印證的。在當時劉廷芳這青年「神秘客」，乘著「美齡號」專機為兩方奔波，據說連「美齡」本人，和後來代陳濟棠坐鎮廣州、威懾西南的何應欽將軍，亦不知底細呢？

由於劉氏的健在，他為我們口述歷史留下有關「六一事變」五十年來不為人知的另一半更重要的史實。不流於偏聽偏信，史家執筆，可不慎哉！（參見劉廷芳著〈我說服蔣介石先生化解一場內戰危機——記兩廣事變未曾公開的一段內幕〉，載一九八六年二月號《中報月刊》）

「六一事變」和「西安事變」的因果關係

兩廣事變之和平解決——尤其是兵不血刃，便使當時叛逆性最強、實力最大而位居國內半獨立的諸省之首的粵桂湘三省俯首聽命，這使蔣委員長當時聲望之提高，也真是如日中天了。叛方空軍駕駛員與陸軍將領之表現，也足使蔣公深信人民眼睛是雪亮的。亂罵他「親日賣國」的政敵是不得人心的——這客觀情勢，顯然也使他對「安內而後攘外」政策的正確性，益發堅信不移，務必於最短期間，促其實現。兩廣事變如不勝利和平解決，蔣是不能到西安去的。

兩廣事變之真正解決，是在一九三六年九、十月之間。南方既然安如磐石，蔣氏乃把原先南調預備解決兩廣的三十師精銳的中央軍，悉數北移，擬對朱毛殘部的數千「紅軍」，做其「徹底消滅」之最後一擊。

當時張、楊兩部「雜牌軍」雖因內戰無功而士氣低落，而「中央」之三十師精銳，則正因兩廣事變之解決而士氣偏高。張、楊部隊既不堪再戰，調而去之可也。張、楊既調，則以中央之三十師，對紅軍之一小撮，則勝負之數，豈待蓍龜!?

一九三六年十二月中，蔣氏顯然為此種過分自信心所驅策，率領成批中央文武大員集會西安，而對本身安全措施，初未經心。吾友名言說得好：「我不相信那一點點紅軍就消滅不了！」殊不知「天子之怒」，伏屍百萬，流血千里，固然可怕；但是正如作者的老本家唐雎大使所說的，布衣一怒，只要「伏屍二人，流血五步」，也可解決問題。西安事變就是在這個「伏屍二人，流血五步」的威脅之下，和平解決的。

換言之，我們的蔣委員長，這位偉大的司機，就是在駛過這一可能「伏屍百萬」的「六一」險區，而履險如夷之後，卻在「雙十二」這一平坦公路上打了山洞。命也運也，夫復何言！

一個德國版的「西安事變」

天下事，縱使是偶然發生的，往往也無獨有偶：

就在西安事變發生的後兩年，一九三八，德國也發生了一樁類似的德國版西安事變。事源一九三八年間，希特勒正在中歐準備入侵捷克，製造歐洲大戰的危機。那時有見識、有謀略的德意志第三共和中的政治家和高級將領們，很多都想對這個失去理智、四面為敵的「瘋人」希特勒，加以抑制。由於希氏及其一小撮納粹黨徒不可以理喻，他們乃企圖逮捕希特勒，另組軍政府，然後執行比較有理性而合乎實際的政策。

這一群陰謀綁架領袖的德國張、楊，竟包括當時德國陸軍總司令溫伯魯奇澤（Gen. von Brauchitsch）將軍、前任參謀總長溫貝克（Gen. von Beck）將軍、現任參謀總長赫爾達（Gen. Halder）將軍、柏林衛戍司令韋茲里本（Gen. Witzleben）將軍、波茨坦衛戍司令伯魯克道夫（Gen. Brockdorff）將軍及軍需總監和柏林警察局長等人，真是將星雲集。他們已約定於一九三八年九月十四日下午八時，乘希特勒返抵柏林時舉事，逮捕希氏。

在他們萬事俱備之後，忽於計畫逮捕前四小時得報，英、法兩方領袖已對德國侵捷要求做出重大讓步。一時德意志萬民歡騰，希特勒已變成民族英雄，諸張、楊不願重違民意、綁架領袖，乃把這個德國版西安事變臨時叫停。嗣後希特勒就益發肆無忌憚，執行其侵捷計畫；九月二十八日乃與英、法、意簽訂了「慕尼黑協定」；接著便併吞捷克，燃起戰火；翌年更侵入波蘭，二次大戰在歐洲就不可收拾了。數年血戰，死人千萬，它終於改變了人類歷史發展的軌道，也毀滅了德意志第三共和，使德國分裂至今未能復原。

二次大戰過去了，邱吉爾回憶起這樁胎死腹中的德國版西安事變，不禁喟然嘆曰：嗚呼，「這是歷史上偶然發生的小事，而使全人類命運隨之打滾的又一例證！」（見邱吉爾《二次大戰回憶錄》第一集〈暴風雨的來臨〉第十七章）

吾人讀原始的中國版的「六一事變」和連續發生的「西安事變」，能不也廢卷興嘆——與邱翁有同感焉⁉

一九八六年十二月十二日於北美洲

——原載《傳記文學》第五十卷第二期

錢昌照與劉廷芳

——「口述歷史」側記

劉廷芳先生所撰有關兩廣「六一事變」的長文，在《傳記文學》發表之後，曾引起史學界一些熱烈的反應。但是劉氏今已八九高齡，當年和他共事的前輩和同輩，十九均已作古，以致劉氏在事變中所扮演的絕密信使的角色，除他本人在五十年後的口述，和朱文長教授所轉述其尊翁朱經農先生的故事之外，幾乎已找不出第一手的傍證了。事實上這也是我們搞「口述歷史」底最大困難之所在——民國史上該有幾千百宗類似的事件，使史家難以掌握。筆者當年為顧維鈞、李宗仁諸先生執筆撰寫其回憶錄，就不知碰到多少類似的難題。

當劉氏之文年前引起史學界注意時，我便想到，當年與劉同參密議、而今仍健在人間，實在只有錢昌照一人。錢氏早年留英，三十年代初期便榮任國民政府教育部次長，後累遷至資源委員會委員長，協辦當年國府政策中最重要的財經資源；可說是才華洋溢、少年得志，甚至黑頭開府、參與密勿，允為當年蔣委員長所最親信的內幕人物之一。因此劉廷芳於六一事變期中，啣何鍵之密令，專機飛京謁蔣，在政院秘書長翁文灝親迎於江干之後，他第一個晉謁的竟然是錢昌照——這也可看出錢氏當年在蔣的幕中的重要性。錢氏的回憶應當可算是劉文第一手的傍證了。

說來也巧，在「六一事變」的五十年後，我因參加在大陸舉行的「孫中山先生誕辰一百二十週年紀念會」，於一九八六年秋在北京參加了全國政協的招待餐會，不意竟與錢公同席。斯時劉文尚未引入注目，而錢公年屆耄耋，宴會場上亂哄哄，因此除向錢先生致敬之外，就未敢與老輩亂扯學問了。後來劉文變成史界注目文獻，我真大呼負負——與錢公失之交臂，未能請他即席印證一下。所幸我那時看到錢氏精神矍鑠，竊思他日返國，仍可專訪請益也。不意這一小小心願的「口述歷史」，近日竟然有人代勞了，真是喜出望外。

事情是這樣的。近月錢先生因小恙住入醫院。他有一位忘年小友姜昆，前去專程探病。在病房中閒聊時，竟觸及此一歷史問題。

姜昆是一位近年享有國際盛名的大陸上新派畫家，他居然也是劉老的朋友。他與錢的話題既涉及劉氏，姜昆乃把他二人所談的內容，寫了封信轉告了劉老。劉老和我是近鄰，乃把姜函轉我一讀。

姜昆這封信，雖也只是一般朋友往還的普通信件，但在一個寫歷史的人看來，卻有其史料上的重要性，因為錢、劉二人當年都受知於蔣，直接參加了應付「六一事變」的幕後活動。而當年所有的當事人中，也只剩他二人還健在人間，做白頭宮女，話玄宗往事。其吉光片羽，都可讓史學工作者來細細咀嚼，因為這事實上也是可靠的「口述歷史」之一部嘛。

今得劉氏面許，我特把姜函抄出若干節寄劉傳記。其他對「六一事變」史料有興趣之同文，或對這段小史料，亦有若干興趣也。姜函節抄如下：

劉老：您好！

我在遙遠的北京向您問候。前幾日聽說您貴體欠佳，電話去問候您，不想您近九十高齡，仍然思維敏捷，反映迅速，精神矍鑠，電話中的聲音裏漾著一般年輕人的活力。真讓我們晚輩又高興、又欣佩。

昨天（八月十三日）我去看望了我們的前輩錢昌照先生。他由於身體感覺不適，住在了北京醫院。我聞訊而去，一見面，我看精神還滿不錯，早上還參加了人大常委會。只是由於年老，身體虛弱一些。我一去錢老非常高興。自然而然地也就提及了先生您。我提到劉老每次到北京來，都怕打擾錢先生，並且告知我們也不要給錢老添什麼麻煩。錢老說：「劉先生太客氣了。我和劉先生認識，是蔣介石先生的信介紹的。蔣介石先生到湖南看到有個國貨公司，非常感興趣，當何鍵先生告之，此公司是劉廷芳先生開的時，蔣先生無論如何要一見，於是在他家中宴請了蔣先生夫婦。」（中略）……錢老也講您管的銻、鎢、錫礦，一直在他領導下的工作。

在提及您勸說蔣介石避免了內戰的「兩廣事件」時，錄昌照先生講：「劉廷芳先生在避免全國的內戰時是起了作用的！正是在劉先生的游說下，蔣先生採取了一些措施，包括用金錢收買了空軍將領這件事，翁文灝先生知道的最清楚！」

（下略一段）

劉老，錢先生的長公子錢教授讓我捎信給您，無論如何，有機會要再來北京看看錢老，錢老也很惦念您。

匆匆忙忙寫信給你，望您保重身體。

謹祝

大安

姜昆　九月十四日於北京

德剛按：當年南京中央付與兩廣空軍的總數據說是法幣三百萬元，約合當時美金一百萬元。此項史實，將來史料出現當不難查出。

——原載《傳記文學》第五十三卷第五期

關於朱經農與劉廷芳兩函

其一

紹唐兄：

週前接到我的師兄朱文長教授囑轉劉廷芳先生一文，訴說當年何鍵派劉謁蔣，原與湖南教育廳長、文長的尊翁朱經農先生同機飛去南京的。經農先生是當年蔣公出任中央大學校長時的中大「教育長」，也是我的老師，我所以長時叫文長為師兄，因此對朱師之行亦頗感興趣。然據劉老言，他與朱師並未同機，他是先朱一日去京。因軍情緊急，他在南京未停，便攜了蔣公兩封親筆信（分致在漢口的楊永泰和何成濬），乘「美齡號」匆匆飛漢。經農老師是次日始抵京，委員長曾設宴款待，劉則未及在京候朱一晤。

據劉言，當桂軍渡過黃沙河時，何鍵甚為緊張，乃急召劉，囑其立刻啟程赴京謁蔣。劉甚至未及返家更衣攜款，匆忙取一小毛毯便乘粵漢路專車直馳漢口，向友人借些零用錢，乃搭預訂水上飛機，隻身飛京。下機時見政院秘書長翁文灝親迎於江干。劉並先赴「地質調查所」見錢昌照略議，隨即與翁馳車謁蔣後，即日飛回漢口云。錢昌照仍健在大陸，弟去年訪大陸曾一度與其同席午餐，錢或亦撰有回憶錄，亦未可知。

文長言劉、朱之行曾有新聞媒體報導，亦出劉之意外。他當時以為啣命謁蔣為極高軍事機密也。

史實愈找愈多愈明。文長與弟通電話亦言拙作對「西安事變」之判斷，甚為正確。海外亦有史家已根據劉文與拙作重寫其著述矣。吾兄對貴刊所付二十五年之心血，自有其永恆價值也，至以為賀。承囑於二十四小時內趕出小文一篇，今以特快郵奉上。文成倉卒，務乞斧正之也。

敬賀

貴刊華誕，兼祝

貴體康寧！

弟德剛匆上

一九八七、五、十四深夜

其二

紹唐兄：

前函計達左右。函去後，文長兄曾與劉廷芳先生通長途電話，敘舊交甚歡。

劉公又與弟通電話，說及當年在湘之美國留學生朱經農、胡庶華、何浩若、周鯁生四人分掌各廳處，均為渠向何鍵力薦任用，再經南京中央批准者，而朱、胡、何三人嗣均經中央核准，只周君一人之任命，未經中央通過云云。此段交代亦可補湘省地方史之不足，故專書向兄補報。何之於劉既如此親信，則劉之秘訪南京，當亦為蔣所信任非虛也。

劉文又言他當年所攜蔣公親筆信共有三封，一致楊永泰、一致何成濬，另封則為覆何鍵之函，語多嘉勉。何鍵向南京中央效忠，既經肯定，則胡宗南等大軍乃得迅速南下，兩廣六一之變乃消敉於無形矣。

謹再上數語，以補前函未盡之意。

匆候

編安

弟德剛上　一九八七、五、十五

——原載《傳記文學》第五十卷第六期

代劉廷芳先生說幾句話

紹唐兄：

在貴刊前期所發表有關兩廣「六一事變」拙作，及劉廷芳老先生原文，讀者反應頗多，深受鼓勵。惟拜讀吳相湘兄之評話，弟曾再訪劉公長談。相湘為劉之湘中晚輩，劉氏讀其文，莞爾之餘，本無意作答。只是吳文中所言劉之通訊處為「湖南省政府轉」，深易惹起誤會，故囑弟告兄暨相湘兄「絕無比事」，乞為更正。

劉氏以八七高齡（非吳文所說之八十），雖仍兼「廷興公司」董事長，然該公司貿易遍及全球，中國大陸自亦在其中也。劉自云並非畢業於「楚怡小學」，相湘或聞於誤傳。至劉為何鍵說蔣，只是一段千真萬確的歷史事實而已。承友好鼓勵，略書始末向歷史交賬。耄耋高齡，僑居海外已四十四載，與政治早已絕緣。受友好之力勸，偶敘往事無他意也。劉公囑弟轉兄暨吳教授垂察之云。謹代轉陳，順叩

編安

弟德剛頓首

一九八七、四、四　紐約

——原載《傳記文學》第五十卷第五期

泰山頽矣

——敬悼岳丈吳開先先生

我個人是不信宗教的，但是生平卻碰到些，除冥冥中注定之外便無法解釋的巧合事件。這次我岳丈吳開先先生之死，我竟能親自參加了他的葬禮；並且在他老人家辭世之前，將近一個月的時間，每天都到他病榻前去看望他，直到看到他底心電圖由快而慢，終於變成一條直線而最後熄滅。我們翁婿之間的感情不薄，但是在他離開人世時，我竟有此緣分，在其病榻前送終，則是出乎我意料之外的。開公享高壽，棄養時已九十有二。但是近年來他已很衰邁，在醫院病房進進出出也已好幾次。每次重病時，總是他的一子二女輪流飛返侍疾，病減則去。一般是輪不到我這位女婿專程飛來侍候的。

老實說，我是個忙人。平時教書作文做研究工作已經忙不開交。我還抱奮勇的與一些臭味相投的朋友們，搞了一些興之所好的什麼「文藝協會」、「歷史學會」；開他什麼「座談會」、什麼「國際會議」，往往弄得半年不見天日。更要緊則是我還要為著餬口、為著職業，幹了些性所不好的美國大學系主任，在洋機關裏做小官僚、當小幹部，終日為著吵課程、吵預算，吵個沒完沒了，前後竟然吵了十餘年，沒有「倦勤」。

除此之外，還有些未便為「外人道」之事，便是我是個窮文人。俗語云，「吃不窮、穿不窮，計算不到就是窮。」小子樣樣都會，就是不會「計算」，所以窮了一輩子。在捉襟見肘的客觀條件限制之下，對遠隔重洋底至親好友的探病賀壽，老伴之間，有一人能飛來飛去，已屬勉強。二人結伴同行就難乎其難了。

記得十年來前開公八秩雙慶。在我們婿女二人之間，女婿是比較歡喜熱鬧的。想到筵開百席，猜拳行令，好不歡樂人也。說良心話，我心頭是癢癢的，想飛來臺北，磕頭拜壽，也好大吃大喝一番。但是形勢比人強，「半子」究竟比不上「全女」，我就只好留下了。留下了，對泰山又何以為壽呢？本是個不吃長齋的呆秀才嘛。二人一議，以全數祝期頤，就做他「十」首詩吧。因而就做了十首歪詩。最後一首曰：

> 婦自裁箋我潤毫，呼兒適市備香醪。
> 好隨季子乘風便，為獻新詩代壽桃！

他們姊弟三人，攜了滿箱新衣歡樂而去，我這個 in-law 就只有獨守空閨、坐想壽酒口流涎了。

其後不久，可憐的岳母，久病床褥，失智數年，終於撒手人寰。這次又是他們三人，淚流滿面，結伴而行，返臺奔喪。昭文登機前夕語我說，他們殯儀館都有預備好的輓聯，我看你還是作一副罷。我說你拿筆來嘛。我便寫了一副弔岳母的輓聯曰：

鬼子尋仇，漢奸謀命，愛夫愛國，
金玉堅貞，姆媽原為烈女。
梁孟難比，阿爹真是聖人。
暮晚獨處，兒孫遠離，換藥換湯。

我這副急就章大致只化了十分鐘就作好了。老婆看了甚為滿意。我寫這副輓聯，不是如胡適之先生所說的，「我作詩、快來兮。」而是有感而發，上下聯都是事實，不是寫一般應酬文字的陳腔濫調。

事緣一九三九年（民國二十八年）抗戰第二年汪精衛投敵叛國，正在南京上海一帶組織偽政府，一時群丑登台，抗戰已入最艱難階段。為與日偽做生死存亡的鬥爭，重慶蔣公乃密令吳開先化裝潛入敵後，組織「統一委員會」與敵偽搏鬥。這是一樁最危險的敵後鬥爭。開公見危受命的節操，是值得我們寫歷史的人大書特書的。在開公活動的前期還有租界可做掩護。到一九四一年「珍珠港事變」之後，日軍衝入租界就藩籬盡失了。經過一番搜尋之後，開公終於夜半被捕了。這一幕「捉放吳開先」（見漢奸汪曼雲在大陸中共獄中所寫之自白）是十分驚心動魄的——開公已決心「做第一個為抗戰捐軀的中央委員」，曾數度自殺未遂。朋友，這種在日寇死囚牢中一再自殺，不是可以做作「表演」的啊。而這些驚心動魄的過程，都是他老婆孩子所親眼看到的。做這樣一位準烈士的夫人，應該也可稱為烈女罷。

我作的下聯底情節，也是十分真實的。岳母晚年患了腦萎縮症，臥床失智數載，簡直是個植物人。他們的兒女全在美國，對她可說是絲毫未盡到應有的孝道。因此親臨床褥、換湯換藥，就全靠她老伴一人了。在此期間，我亦嘗因公過臺北數次，見他老人家服侍夫人，數年如一日，未嘗有絲毫倦怠之容！語云，「久病床上無孝子。」我目擊開公對夫人的心意，老實說，我為之感動不已——真有古聖人所不能也之感。忠臣孝子，烈士情癡，蓋源於同一種人性罷。

今番開公最後一次住院而我適在臺北，完全是一樁巧合事件。去年年底承兩位老友，「政治大學」前後任校長歐陽勛、張京育二博士盛情邀請，使我有個難得機緣再次「因公返國」參加為期三天的「中國民運研討會」。便道向老岳丈請安之外，我也預定乘機一訪未嘗涉足的臺中臺南。年來迭承佛光山星雲大師，和東海大學梅可望校長盛約，此次也想乘機報聘。

南遊歸來後，我看開公身體雖弱而興致甚好，禮佛尤勤，我乃和老人約好，訂期同訪臺北普門寺，因普門住持慧明法師，原為老友，志行高潔，禪理精深。老人如按時禮佛甚或皈依，普門近在咫尺，實在是個理想的去處。開公子女均在重洋之外，老人暮年孤寂，心裏有個信仰，體外有個去處，則身心當兩受其益也。老人對我的建議也甚為嘉許。誰知言未離耳，音容宛在，而老人竟遽歸道山呢。余住岳家不及三兩日，然我們翁婿相處甚得，國事家事天下事，談笑殊歡。迨老人住入宏恩醫院加護病房之後，我每日去醫院探視歸來，見雜物如舊，而老人恐將永不歸來矣。思念及此，亦竟為之拭淚。男兒有淚不輕彈，但是人類畢竟是有感情的動物。在你想到一位愛重你的老輩，遽然失去，十分傷心是免不了的。以前胡適之先生的驟然逝世，當昭文告我這一消息時，我不覺兩淚一湧而下。後來昭文寫信告訴她爸爸時，也說我「如喪考妣」呢。人總是有感情的嘛。

這次老人病篤時，十分痛苦，但他每次見到我的出現，都面露歡愉之色，執手喜不自勝，在宏恩醫院孟院長親臨床側，率同譚、繆二大夫會診做搶救醫療時，有時需要「家屬簽字」時，我也只好婿代子職，以電話報告開公六十年以上的老友陳立夫、陶百川、蕭錚、王鐵漢、胡健中、梁永章諸前輩會商之；並與開公的小友劉紹唐先生細議之，乃遵醫囑簽字。但在醫師們嚴肅的氣氛之中，我也知是泰山既頹之下的盡人事而已，乃連電昭文告急，促其率弟妹速歸。三人聞訊始匆忙飛回，抵病榻時，老人已神智不清入於彌留狀態矣。

老人總算有福，在他走完九十二年的人世風雨飄搖的艱難道路時，終於有子女婿媳五人，親侍床側，看他咽下最後一口氣。

「親喪」按我國「固有道德」應該是「無聞」的。但是舊禮在南渡之後，也有了「修正」。臺灣式的喪禮，兒女必須掛輓聯弔父母。為遵臺式新禮，昭文又要我為他們姊弟三人撰一副哭父的輓聯，我遵命寫了。並把開公最後的官銜「總統府國策顧問」也嵌了進去，以遵古禮。聯曰：

三萬里遠隔重洋，難省晨昏，臨簣

泣對慈容，慚為兒女。

榮參顧命，澤及黎元。

九十年鞠躬盡瘁，無負黨國，晚歲

我撰了輓聯，他們姊弟看了上聯，三人皆哭。這不是我這位癲文人在舞文弄墨。我只是根據實情，寫了二十字一句、忠實的報導文學而已。這也是我們這一代的時代悲劇罷。

逝者畢竟是黨國元老。葬禮是十分隆重，極盡哀榮。但是祭之豐，終不如養之薄也。我想到岳丈晚年的孤寂生活，真為之感慨無限。時代使然，夫復何言呢？

承紹唐兄盛情硬要我在「泰山頹矣」之後，寫一篇三千字的紀念文字。遵命之餘，也可以說為後世社會史家，留點我們這一代的時代痕跡吧。

一九九〇年二月二十五日於新店中央新村開公故廬

——原載《傳記文學》第五十六卷第三期

《滬上往事細說從頭》遲來的導論

——珊瑚壩迎候吳開先感賦詩史釋

我的岳丈吳開先先生是國府主政大陸時期的一位重臣、高幹和抗日陷敵未死的倖存烈士。他在民國二十八年（一九三九）秋，正當我民族抗戰最艱苦的歲月，汪精衛在南京組織偽政府、密鑼緊鼓之際，奉蔣委員長之命，自重慶經南洋，潛返上海；借租界掩護，領導淪陷區抗日活動，並破壞汪偽組府工作。

蓋斯時我軍新敗，敵後人心動搖。汪、陳（璧君）諸逆乃詭稱漢奸主和乃汪、蔣之「雙簧」；汪氏之「國府還都南京」，有「渝方」蔣公之默契。一時頗能蠱惑人心，動搖抗戰信念。因此吳開先返滬之主要目的，便是向敵後人民，尤其是上海金融鉅子，重申抗戰要旨，揭穿此「雙簧」之煙幕。吳氏並冒險公宴滬上金融界諸領袖人物，於宴會上以中央大員身份，直斥汪、陳諸逆為漢奸、「雙簧」為謬論。一時忠奸有別、涇渭分流，汪氏組府，幾至一籌莫展。其原因便是汪氏組府之最重要「閣員」，厥為偽「財政部長」，而開公望重春申，與滬上金融界原有膠漆之誼。今又啣蔣公之命，挾孔祥熙氏之密函，足可阻止汪偽向金融界之滲透。汪偽之「

財政部長」，勢必選自上海金融界，而金融界諸賢拒不附逆，則汪偽之窘可知矣。

汪精衛當然也不是省油燈。他原是國府元老、黨中副總裁，在上海一帶自有其龐大的潛勢力。如今組織偽府既受吳開先之阻擾，乃欲以得吳氏之頭而甘心。重賞之下，必有勇夫。汪偽竟懸十萬現洋重賞，以購吳氏頭顱。以那時十萬元的購買力來折算，也可說是書生頭顱有價！

這時吳、汪之間，雖忠奸有別，在實力上倒是旗鼓相當的。開公那時是重慶國府駐滬的最高級幹部——以國民黨中央執行委員，兼該黨組織部副部長。因此國府留滬各系統、各機關，在體制上都悉聽調度；再加上各級幹部同仇敵愾之心，則開公所掌握的實力亦自可觀。

據開公告我，他那時匿居滬上，是不管「行動」的。那種披堅執銳、與敵偽在街頭火併，自有那些經特殊訓練的中下級忠貞之士去赴湯蹈火。他自己的職務則是抑制汪政權之擴展，做曲突徙薪之謀。敵偽雙方當然深知他底重要性，然格於當時租界上的英美勢力的阻撓，他們對吳氏這位上海社區的地下領袖，也無法加以有效的報復。可是這一形勢，在「珍珠港事變」爆發後，瞬息之間，便大局逆轉了。

太平洋戰爭一起，美、日立刻宣戰，日軍乃衝入租界。他們那時要搜捕我方的第一「要犯」，自然就是「吳開先」了。處此緊急情況之下，開老理應呈報中央，撤入安全地帶，無奈他藝高膽大，自恃為「老上海」，在數百萬市民之間化裝隱匿，敵偽雙方都是不易尋獲的。這一點，他雖保持了他底愛國心和責任感，並表現出他吃老虎的個人膽量，但是他也低估了敵偽的搜捕能力——重慶方面派來如此重要人物，在區區上海一市之內，他們竟然搜捕不著，則敵偽特工的這「機關」、那「機關」，豈不通統都要關門了!?

他們終於掌握了吳家匿居的線索，偵騎密佈，便把「吳開先」這個「渝方」派來的地下總指揮，於民國三十一年（一九四二）三月十八日午夜，一網成擒！

日軍殺人之殘酷，遠在德國納粹之上。抗戰初起，他們在南京一地，三天之內就屠殺了三十餘萬軍民老幼；而其殺人手段之野蠻殘酷，是史無前例的——吳開先這位在上海地區領導抗日的第一號人物，現在是落在日本屠夫手裏了。

汪偽特工殺人之殘酷，亦不在日寇之下。懸十萬重賞、死活不拘的頭顱，現在就在刀下——身首異處，一秒鐘內就可決定！

我們讀歷史的人、看電視劇的人，對烈士、對受難者、對屠夫、暴君、劊子手……，看得何等輕鬆！

「自古艱難唯一死！」身臨生死邊緣的仁人志士的感覺，可不一樣啊！

被捕後的生死抉擇

開公被補之後，有幾種可能的下場：

以他個人在敵偽眼光中的「罪大惡極」，他可以被「立刻處決」。

以他在國民黨內的身份和內幕知識，他可被「嚴刑逼供」，終於「瘐死獄中」。

以敵偽之間乃至敵偽本身各派系間的爭功、嫉忌與傾軋，他也可隨時被害。

可是在這種錯綜複雜的情況之下，他們如果對他另有用途，不要他死；那末，他想做個「抗戰期間，第一個為國捐軀的國民黨中央委」(見汪曼雲文)，這個光榮的烈士頭銜，可也不易取得。吳氏決心服毒、跳樓、吞迴紋針、絕食……，在現代的醫療條件之下，要死也死不了。

「烈士」並不是人人可做的。有做烈士節操的仁人志士，往往也是「慷慨成仁易，從容就義難」。

一個戰敗不屈的將領，激於義憤，拔槍自殺，這在國共內戰中，有很多國軍高級將領如張靈甫、黃百韜……等等都是如此捐軀的。可是被俘之後，自裁不死，其後又頗受禮遇，甚至「上馬一提金，下馬一提銀……」但是你還是志立不屈，終於「從容就義」，那就很難了。縱是基於民族大義，而真能從容就義者，中華五千年歷史上，恐怕也只有文天祥相國一人了。洪承疇被俘之後，原先不也是決心殉國的嘛。

汪精衛這個大漢奸，他在中國歷史上的罪惡是道德大於政治的。汪氏組織了一個偽政權，其實他底偽政權並未做太多的壞事。貪污腐化，國共兩黨皆不能免，豈只汪氏？其實，他抗拒日寇在中國大陸「徵兵」往南洋作戰，且不無可紀者。

汪氏之劣跡，是他破壞了民族道德——他不該以國民黨「副總裁」之尊，於抗戰最艱苦階段，血流成河、屍骨堆山之時，謬聽老婆之言，反身投敵。

我民族八年抗戰，在道德上說，是黑白分明的。汪、陳夫婦一旦投敵，乃把我們這個黑白分明的民族道德弄得一片模糊——使當時拋頭顱、灑熱血的愛國志士，在道德上莫知所適；而人類渣滓的漢奸，則個個手舞足蹈、理直氣壯起來。汪氏在歷史上的罪惡，莫有大於此者。

汪精衛本是吳開先的「長輩」——老上司、副總裁。黨齡、事功、道德……，都是吳開先的榜樣，汪的左右也是吳開先的知交好友，如今忽然天旋地轉，吳開先竟然做了汪精衛階下的「待決死囚」！在這生死交關的情況下，汪氏如溫語招降，甚至三日一小宴、五日一大宴，你叫吳開先在精神上何以自處？

為最低限度的保全性命著想，吳氏最簡單的辦法，便是「接受汪副總裁的領導」，寫一本「CC內幕」的暢銷書，加入老友周佛海、陳公博的行列。如此不但生命可保，高官厚祿也接踵而來——哪裏做不得呢？

或者有人要問，如此做法，將來豈不是落個漢奸下場？但是那時日寇正席捲東南亞，「大東亞共榮圈」之建立就在目前，重慶岌岌可危，全國精華均已在「汪主席」控制之下，中國即將是汪家王朝的天下——有誰會想到日本會無條件投降呢？

在那種情況之下，捨汪記新朝的高官厚祿不要，偏要待在死囚牢內，做個朝不保夕——汪副總裁政權下的文天祥——那真是「愚不可及」了。

在那種生死交關、廟堂溝壑的強烈對比之下，吳開先竟然毫不猶豫地選擇了那條「愚不可及」的道路，是十分難能可貴的。

「內稱不避親！」我們搞歷史的，是應有啥說啥的——絕不因為他是我的丈人！

何以能越獄脫險？

但是吳開先這位死囚犯，為何在抗戰末期竟能越獄潛逃，堂而皇之跑回重慶呢？這一點就不能不歸功於盟軍作戰之英勇，和正直的上帝之保佑了。

原來日軍在一九四一年十二月八日偷襲珍珠港之後，不數月便席捲東南亞，囊括了整個西太平洋，一時氣焰之盛，真是拿破崙當年亦不過如此。美軍在新敗之後，在海軍上原屬劣勢。我有位學生王書君教授曾用中文寫過一本大書曰《太平洋海空戰》，便敘之甚明。但是美國海軍何以於短短兩年之內，反敗為勝，節節反攻，終使日本海軍一敗塗地，不得不退守本島呢？在史家參查無數種因素之後，也不得不嗟嘆天意勝於人力——日寇這個侵略者，實受天譴！在「珊瑚海」、「中途島」諸海戰中，美國海軍的勝利，很多方面都是很「偶然」的——美方並無「必勝」的條件和信念。

總之，在一九四三年初，美方一連串的勝仗之後，日寇敗徵已見。乃想在東亞大陸減輕壓力，以便全力在海上與美軍搏鬥，以防其在日本本土登陸。在這項新決策之下，彼方深知汪偽政權不值一顧，乃轉向重慶乞和了。

但是如何向重慶表示友善、求和罷兵呢？利用漢奸向重慶示意，斷無此可能；利用唐生明等偽降之士，亦嫌分量不足。這樣他們便想到在押的待決死囚、重慶方面的第一號大俘虜的吳開先了。開釋吳開先以表示倭方覓和誠意，而吳氏又是重慶方面地位足以「通天」（面謁蔣公）的高幹——用目前的術語來說，他們要利用吳開先做為對蔣通話的「熱線」（hot line），吳是他們掌握中的唯一具備此「熱線」資格的人物。

可是，這時我全民族浴血抗戰已苦撐六年，六年艱苦歲月中，日方一再誘降，我方迄未動搖。如今勝利已成定局，日寇屈膝有期，反而與敗寇謀和，是不需常識即可判斷取捨的。日方此舉，也只是出於絕境，勉存夢想，知其不可而為之罷了。

至於吳氏呢？他正可利用此一資格，乘機脫離日寇魔掌，豈不也是僥天之倖？

歷史事實告訴我們，在日軍魔掌之下，莫說做死囚犯，甚至做「順民」，其生命也是旦夕不保的。君不見詩人郁達夫乎，郁君通日語，在中日文壇均享盛名，並曾為日軍做翻譯。可是郁君卻於日本正式投降之後，為日軍所捕殺！日軍殺郁達夫究為何事——滅口歟？洩憤歟？吾人不知也。但是郁君死後，有誰替他喊過一聲冤？緝過一天兇？倭兒兇手還不是逍遙法外！吳開先招敵偽之忌遠大於郁達夫呢！吳氏如不於一九四三年春乘機脫逃，其後生命如何，縱延至日寇投降之後，亦未可知呢！

生還後的是非

吳開先於一九四三年四月，被日軍以專機運送至廣州灣釋放，輾轉逃還重慶。這一幕「捉放吳開先」（參見汪曼雲獄中口述）的歷史故事，對吳氏來說，真是歷經險劫、得慶生還了。所以他在重慶珊瑚壩機場一下飛機，真是親朋雲集，歡聲載道。黨內外詩人墨客自于右任以次，並聯席慶功酬唱，佳作集至數十首，復由沈尹默書家專抄，刊集成卷，實是中國近代史上不朽的文學佳構。十餘年前，開老乃把此軸歷史文獻，交其長女昭文保管，由於開老不喜自我標榜，素不以此手卷示人，故見之者絕少。唯昭文讀汪曼雲〈捉放吳開先〉一文後，對其最後一章謂開老返渝，往接者僅三人；又謂有開老出席之宴會，友朋裹足之說，大起反感，以其與事實適得其反。乃請示老父，決定將此手卷公佈，不僅為駁汪文之不實亦以饗文史界之同好，兼為歷史文獻存其真跡。

開老是倖存了他九死一生的活烈士的生命；但是他卻不能擺脫當時國際、黨際，甚至國民黨黨內的風雲詭譎的政治。因為吳氏在離開淪陷區之前，汪精衛曾親約午餐，日軍最高將領岡村寧次亦曾約見懇談；其後又搭日軍專機去廣州灣，重返自由祖國——這些事原是身為階下囚的吳開先所無法掌握之事。他是一任敵偽擺佈、無法做主的，但是這些事件的本身卻有其極敏感的國際政治、黨際政治和黨內鬥爭的超級意義。吳氏處此夾縫中，遂成為各方各取所需任意蹴踢的政治皮球。

敵偽之想利用吳開先做「熱線」，固無論矣。重慶的「最高當局」蔣公的反應又如何呢？那就微妙了。蔣公的個性，和歷史家所知道的史實，都是絕對「抗戰到底」的。在勝利在望的曙光中，絕無與日寇妥協之可能。但是這一「絕無可能」，那時在國際政治中有決定影響的憨直的美國佬不知也——這也是美國的「中國通」的不通之處罷。

當時美國佬對華情報所得，卻把這個「絕無可能」的情勢，變成了「絕大的可能」。美國佬這項無常識的情報，中共的周恩來和國民黨黨內的反蔣集團，實是最主要的來源（見美國已公開的戰時秘檔），這也是玩政治的各取所需吧——他們要糟蹋蔣介石來討好史迪威。

微妙的是，蔣公對此項誣衊，卻笑而不言，始終不肯表態。

為什麼如此呢？理由極簡單：這一著棋是美國參謀本部馬歇爾這一干人所最怕的。

須知那時中美之間的關鍵人物是史迪威。史可說是馬歇爾的「私人」，而馬歇爾則是羅斯福言聽計從的智囊。

史迪威此人是個志大才疏、毫無政治頭腦的老粗，與威風凜凜的蔣委長積不相能。他竟公然呼蔣為「花生米」（Peanut，這原是國際密電中的代號而史公開之）。偏偏他掌握了美援「租借物資」的分配權。他和蔣、何（應欽）打交道，最常用的口頭禪則是「QUID PRO QUO」（有來始有往）。他底最高目標是把蔣介石擠得靠邊站，由他取蔣而代之，出任「中國戰區陸空軍總司令」這一最高職位，他是幾乎到手了！

史迪威與蔣公雖成水火，但與蔣公和孔祥熙院長的枕邊人，卻往還得十分投契。精明的周恩來輩異黨人士，和心懷夙怨的李濟琛輩黨內領袖，又都看穿史老大的弱點和實力，把他馬屁拍得團團轉……。在這種黨內外微妙情況之下，老史那時在重慶真是炙手可熱。他有的是美援。他和蔣某打交道，一定要有來才有往。重慶當時一窮二白，拿什麼來「往」呢？

因此蔣公那時對美國壓力唯一反擊的武器，也是他們最怕的武器，便是：「老子不打了！」事實上那時外交部長宋子文在華府商談美援，也動不動把蔣公這一「老子不打了」的態度暗示給羅斯福；羅斯福在驚恐之餘，往往也就拿出大把大把銀子來維持老子去打。

在一九四三年四月吳開先驀地飄然而返。並由日軍專機送回，究竟葫蘆裏賣的什麼藥？蔣公就故弄玄虛，讓敏感的老美慢慢去猜吧！這事實，只是告訴一向欺人太甚的美國文武，「老子不打了」，不只是一句空話！

吳開先何人？他只是一位九死一生的、被日軍釋放回來的俘虜。論功行賞，理應盛大歡迎、加薪晉爵才對。可是這位活烈士在中美對壘的國際政治上發生作用了。他是中美圍棋大賽中的一顆棋子。用存取捨之間，全看下棋者的需要和意志了。至於這棋子本身的是非榮辱，那就不在下棋者的考慮之列了。

再看看國共兩黨這盤棋吧。

抗戰初期以後，國共摩擦加劇，共產黨的宣傳，口口聲聲國民黨是「消極抗日」，甚至不抗日，或與日、偽陰謀聯合反共的，他們能舉出無數個例子來。一九四三年春，吳開先脫險歸來，在共產黨方面說來，自然又多了個例子。

最可嘆的是，國民黨為對付美國，既故意不做公開否認；對共黨和黨內的反側分子，亦僅暗示並未與敵偽有任何往還。在這個錯綜複雜的微妙情況之下——吳開先便成了個犧牲者。他被冷藏了，國民黨組織部副部長的官也丟了。百劫歸來，無官一身輕的來龍去脈，我們根據史料的分析，大致不會太錯罷。

政治是殘酷而齷齪的。它對國共兩黨之內，所謂「忠黨愛國」、「捨身赴義」的黨員，迺至黨外為抗日救國、拋頭顱、灑熱血的仁人志士是太不公平了。抗戰八年，我愛國軍民，伏屍三千萬——多少可歌可泣的壯烈故事！五十年來，有多少人懷念他們，甚至提到他們呢？他們不都是白死了嗎？而貪贓枉法、鼠竊狗偷之輩，在他們底血跡上，享其榮華、受其富貴，有什麼天理可講呢？

司馬遷嘆曰：「天道無親，常與善人，是耶？非耶？」

太史公這一個永恒的問題，是千年長存、於今為烈啊。吳開先這位準烈士，抗戰期間，沒有隨諸先烈而去。如今以九秩高齡，身心兩健，瞻望期頤，真是應該慶賀了。

開公自大陸易手之後，萬人如海一身藏，隱於臺北市廛已四十年。介之推不言祿，祿亦弗及，而老人倒頗能澹泊自甘，對過去風雲往事，亦不願提及。僅兒女勸索之下，始親筆自述十餘萬言，交德剛整理付梓。竊思開公事業牽涉中、日、美三國，暨國共二黨，兼及汪偽政權史料。我國國史館、黨史會、日本「防衛廳」，乃至美國國務院、國防部，與夫今日上海各界汪偽史料，均連篇累牘，未細加查閱，便倉促校勘付印，未免過分草率，辜負正史，故迄未動筆。所幸海峽兩岸言論如今均同時開放；日、美兩國秘檔，近日亦不難探求。今後有餘時餘錢，當再細細推敲之，務期為民國正史留一頁也。

今且將開公當年脫險返渝，陪都高層文化界于右任、程滄波、汪東、汪辟畺……，諸先哲對開老慰勞、慶功感賦詩先期發表；為抗戰詩文之一章，以饗同文。

十年前（一九七八）開公八十雙慶時，我個人因課忙未能親飛臺北參加祝賀，乃亦效顰匆匆草賀詩十首託內弟纘文攜獻老人，聊代跪拜。今亦附驥刊出，以博親朋大雅一粲。前賢傑作暨匆草拙詩，多涉及開老當年嚼舌抗倭功在國史之往事，如不稍加說明，則年輕一代讀者，或不知所指何事。因稍作「史釋」如上。乞高明惠正焉。

一九八八年十一月五日於北美洲

岳丈吳開先先生嵩慶獻辭

一，江東元老　北伐少年

萬戶桃符佐壽筵，期頤預祝玉堂仙
江東父老尊元老，北伐當年一少年

二，春申江上　往日繁華

車滿前庭酒滿樽，春申江上月黃昏
攀轅貂錦三千客，珠履黃郎豈足論

三，身陷敵牢　矢志成仁

未見衣冠淪上國，孰從肝膽識孤貞
應知散幘斜簪客，原是黃花岡上人

四，嘔唾倭酋　佯狂卻敵

歇浦星沉一島孤，書生咳唾卻匈奴
滿城宮錦皆狐鼠，嚼舌常山一丈夫

五，勝利還鄉　內戰去國

黎元喜見凱歌旋，重續齊民百二篇
衽席蒼生成幻夢，漁陽烽火照無眠

六，退隱臺北　從不言祿

策杖街頭蹒蹒行，豈因介祿感逢迎
尚書真向市曹隱，翁是臨安第一人

七，文桂承歡　子孝孫賢

雲外莫嫌夷夏殊，朝暾長照子孫賢
桂自飄香文自秀，相隨已是十分圓

八，布衣婿女　差報平安

堂前乳燕漫天飛，飛向淮南一布衣
卻喜歸來雙剪在，依然笑語報春暉

九，筆戲雕蟲　心存黎庶

每嘆山東無足問，竊憐海甸有相濡
著書為探生民術，忍共胡郎辨爾吾

十，親率兒女　獻詩祝壽

婦自裁箋我潤毫，呼兒適市備香醪
且隨季子乘風便，好獻新詩作壽桃

——原載《傳記文學》第五十三卷第六期

「以一人而敵一國」

——為劉紹唐先生創辦《傳記文學》二十年而作

在我國汗牛充棟的傳統史學裏，所謂「紀傳體」——也就是那部頭最大、撰修時間最長的「正史」（二十五史）所採用的體裁——實是史學的主流。其實「紀」即是「傳」。司馬遷原是這一體裁的創始者，而司馬遷所寫的〈項羽本紀〉、〈高祖本紀〉，事實上便是「項羽傳」和「劉邦傳」。所以換言之，我們也可以說，中國傳統史學是以傳記為主體的。「傳記」寫的是「人」的故事。把一個人或一群人的「社會行為」忠實而有趣味地記錄下來，讓人百讀不厭，那就是傳記文學了。

論傳記文學，推上去，司馬遷當然是這一行的「鼻祖」。我國古代各行各業照例都供奉他們的「祖師爺」——例如木匠的是魯班；唱戲的供的唐明皇；藥店供的神農；醫生供的是華佗等等。所以劉紹唐先生如果也要在「傳記文學社」供一位祖師爺，那末司馬遷也就該當仁不讓了。

不過「傳記」這項「文學」，在「二十五史」的頭「四史」——《史記》、《前後漢書》

、《三國志》之中，都寫得很好，其後便愈來愈糟。形式主義化的結果，到《清史列傳》和《清史稿》上的「列傳」，簡直就令人不忍卒讀了。

由於「正史」的形式主義化，它也就影響了私家傳記作者的寫作。所以在中國的「傳記文學」裏，「四史」而後，簡直沒有幾篇可以說是膾炙人口的作品。

司馬遷不但傳記文學寫得好，他底自傳文也照樣寫得好。他那篇〈太史公自序〉，便是第一流的「文學」作品。不幸的這個自傳文學的傳統，和傳記一樣，也流於形式化。以後大家乾脆就不寫傳記和自傳了，索興來他個「流水賬」——所謂「年譜」。一位老先生自知快要蒙主寵召了，想自我留名後世，便來他個「某翁自訂年譜」。筆者昔年管圖書，浪費人家的錢，把這類「年譜」買了不知道多少筐、多少簍。有時偶爾也去翻看翻看，看得生氣，不覺便投書於簍——哼！我又不是你的兒子、你的孫子，看你這種書幹嘛！

可是這個僵化了的「傳統」，在西風東漸的近百年中，漸漸又顯出復甦的跡象。縱是最枯燥的年譜，在「現代化」了的寫作之下，也有極多可看之書。老同學竇宗一先生所寫的《李鴻章年（日）譜》（一九六八年香港友聯書報發行公司出版）便是一本不朽的佳作。在全書中，作者自己幾乎未寫一句主觀的評語。他只是自多如牛毛的有關李鴻章的史料中，選其菁華，按時序排比，讓李鴻章去說他自己的話。在這本小書中，李鴻章真是栩栩如生，令人百讀不厭。

欣羨之餘，筆者於一九六二年，《李宗仁回憶錄》（哥倫比亞大學口述歷史之一）中英二稿同時完工之後，心目中的「第二部」書，便是想向宗一效顰，來一部《蔣中正先生年（日）譜》。並想在蔣公百年之前，於關節處所，以「口述錄音」方式，請「老師」「自訂」。

「蔣中正先生」是我的「老師」。

一九四三年春初，蔣公接長國立中央大學校長時，我正是該校歷史系畢業班的學生。事緣前校長顧孟餘先生被迫辭職，而教育部派來的繼任人又不見經傳，這未免小視了我們「國立中央大學」的「大學生」了，所以我們拒絕接受這新校長，鬧了個偌大的學潮。教育部收不了這個爛攤子，乃呈報行政院解決，而行政院下來的批示，則是：「本院長自兼！」

這一來不但教育部不敢擋駕，我們「大學生」也不敢「鬧」了。我們貼出一張偉大的「大字報」（當時叫「壁報」吧）：「歡迎校長早日蒞校辦公。」

接著我們又收到「校長室」執事人員的「傳話」，說，「校長不許歡迎。」抹了我們「大學生」一鼻子灰。

校長雖不許我們「歡迎」，我們還是歡迎了他。自此以後校長每週來校辦公兩小時，這時我們全校師生也就按時輟工兩小時去「看校長」。後來我畢業了，畢業證書上的署名，也是「校長蔣中正」，所以我就變成不折不扣的「蔣中正先生」的「學生」。

二十七年過去了。一九七〇年冬我們在臺北開會，一天早晨蔣公點名召見我們「留美四學人」。當他老人家問起我的「學歷」時，我開玩笑的說：「我是『天子門生』啊？」

蔣公也微微地笑了笑，卻說，「你是『中央大學』畢業的？」

「是呀！」我說，「我是『三二級』，歷史系。我的畢業證書就是你簽名蓋章的啊！」

「那末你年紀……」

「老師不要問我的年紀了，」我說，「我現在的年紀，正是那時您在南京，我們向你『獻機祝壽』時，你的年紀。」

我沒有稱他「校長」，因為「校長」是黃埔等軍事學校畢業生稱呼他的專用名題，我未便亂用，所以我稱他「老師」。

當我靠在沙發上和我的「老師」嬉皮笑臉的一問一答之時，我看那沙發上只坐了半個屁股的某學人，臉上一紅一白，似乎有點侷促不安起來。蔣公身邊的兩位侍從，似乎也有點驚異。

可是，我倒有點奇怪。我覺得坐在我們前面的「我的老師」是那樣慈祥、和善、笑容滿面的一位老人，其他人等幹嘛那麼緊張？

「老師」，我笑著說，「您沒有老呀，你和我們在重慶看到你時，還差不了太多……」

「時間過的真快呀！」老師感歎的說。

「你很好！」老師又慰勉地說，「你以後寫歷史有什麼需要的話，告訴我，我可以支持你！」

這樣便結束了輪在我名下的簡短談話。我想我們這次奉召謁見，臺北官方可能還留有正式紀錄，亦未可知。

我那時的幻想是提著個錄音機去找我「老師」談話，以補充我那時已經著手的新著《蔣中正先生年（日）譜》。等到這部「資料書」完成之後，再來「筆則筆、削則削」，一部忠實無欺的《蔣中正先生全傳》就不難下筆了。

以上便是我個人心目中想寫的「第二部」傳記兼自傳的幻想。可是不久我就覺得，我這個「計畫」（project）太不切實際了。我想要把「我的老師蔣中正」，當成「我的『老同事』李宗仁」，那如何辦得到呢？

李宗仁先生是抗戰時期的「第五戰區司令長官」，我也在第五戰區當過兵，所以李「德公」總喜歡說他是我的「老同事」。其實我在紐約和他合作寫書時，也真像個「老同事」。有時郭德潔夫人不在家，李德公就替我燒個「安徽火鍋」（李公是個好廚司，但他說這「火鍋」是他從安徽六安學來的）、「四碟小菜」，我二人就「煮酒論英雄」了；有時「論」到深夜，他還不讓我走。也有時我回家後乘妻兒熟睡之時，憑著三分酒意，在書房之內也就寫個通宵，翌晨萬餘言的「英雄掌故」就出來了；再過兩天英文稿也跟著脫稿，一窩等著看的洋人，也就唸得搖頭擺尾。

這是「李宗仁的故事」。只要他沒錯，我就「秉筆直書」。他弄錯、他胡吹，對不起，我筆則筆之，削則削之——大段刪除。有時這位「四星上將」的「代總統」不服氣了，嘰嘰咕咕。但是他也知道，秀才遇到兵，固然有理講不清；相反的兵遇到秀才，那穿二尺五的，也有理說不出——他一個人的腦袋，總敵不過我圖書館內三十萬卷圖書。

但是縱使一件史實是忠實無欺的，可是「解釋」起來，必然會有其「一面之辭」——這不但是個歷史家對一位歷史製造者，所無法阻止的，同時也應該鼓勵他說的。是所謂「公說公有理，婆說婆有理」。讀史者欲知真相，則聽了公的，再去聽婆的，那自然真相大白。

所以在李宗仁的中英兩稿「定稿」之後，我這位執筆人，便一再嚴重的警告我的讀書，說，這本書是「桂系的一面之辭」，偏聽、偏信、不聽、不信，都是不對的——誰又料到這個「一面之辭」，二十年後竟會在中國大陸上擁有千萬以上的讀者!?

就我個人來說，我那時的心理是：「聽過『桂系』的了，再聽聽『中央』的。」由於這一心理的驅策，在我的「老同事」不幸死亡之後，我就想找「我的老師」來反證一下，如此則一部信史便可以動筆了。

回到紐約之後，我又把我的「計畫」仔細的想了一想。我發現我自己太幼稚——我怎能和「我的老師」一道，吃「安徽火鍋」、「煮酒論英雄」呢!?這也使我理解到孔門弟子——（蘇格拉底、柏拉圖也是如此說的）——夫子「在位」和「不在位」的問題。

還有使我聯想到的便是我國傳統史學上所謂「官修」和「私修」的問題。官、私兩家雖各有短長，但是傳統著述之內，好的史書幾乎都是「私修」的。另外一個實際問題便是，如果搞「官修」，則左史記言、右史記事，海內人才濟濟，哪裏又需要一個「遠地和尚」搞歷史的「華

僑」來幫閒呢⁉

此外還有個職業轉移的問題。我回紐約之後，發現哥大有一批洋人和日本人正在多方策動把我哄出哥大。區區在哥大，一未貪污，二未瀆職——那些哄我的人也是有良心的，他們口口聲聲說我對哥大有「重大貢獻」（這話承情他們到現在還在繼續說下去），而我又位卑名低，向不構成對任何白人和日本人的爭名爭位的任何威脅，哄我作甚⁉殊不知天下事之不知道理由的卻正多著呢？我再也未想到當年領頭哄我的人，十年後自己也被哄掉了。如今哥大全校也同樣張口結舌——不知道什麼原因！

這段小插曲使我想到孔仲尼先生有時也有「誤人子弟」的地方，什麼「言忠信，行篤敬，雖蠻貊之邦行矣。」我想提醒孔夫子，「言忠信，行篤敬」在任何社會裏都可使你變成個「可敬可愛」的「好人」，但是「好人」在「蠻貊之邦」是「行」不得的。

在哥大既然不舒服，則哥大除了三十萬卷的漢文典籍之外，還有什麼值得戀棧的呢？一九七二年初我就轉業到紐約市大去做亞洲學系第一任的系主任去了——這一下忽然從「牛後」變成「雞口」，而這個小「雞口」，與我以前所搞的「計畫」，又風馬牛不相及，因而我那一心一意所搞的「私修」「資料書」便無形中斷了。

但我個人畢竟是學歷史的。一有空，我還是要搞我的「私修」。可是想想近二十年來，個人搞歷史——尤其親見親聞的「民國史」斷爛的情形，和個人在哥大一無是處的「茶壺裏的風波」，我不由得想起和我同時、搞同樣東西的劉紹唐是多麼崇高偉大了！

閉目沉思，我想想過去二十年的《傳記文學》對治「民國史」的貢獻，真是史所未有、駭人聽聞！

今日我們可以說，沒有劉紹唐，就沒有《傳記文學》；沒有《傳記文學》，則治「民國史」者，光靠些「官方資料」，和少許雞零狗碎的私人著述，則將來的「民國史」又可寫出些什麼東西來？這是不難想像的。

恭維劉紹唐，並不是說他的《傳記文學》是篇篇珠玉。相反的，二百四十二本的《傳記文學》可能是個「金礦」，也可能是個大「雜貨棧」。但縱使是個雜貨棧，然而雜貨（如筆者本人的作品）之外，正不知有多少珠玉琳瑯。會揀的人，自會取之不盡。足使「民國史」接近它原有的事實。

就以筆者個人讀《傳記文學》的心得來說吧，不讀《傳記文學》，我就不知道「翠亨村」的原名叫「菜坑村」；不知道「復興社」是啥回事；不知道誰在盧溝橋「開第一槍」；不知道「何梅協定」，原不是什麼「協定」；不知道……還多著呢！

劉紹唐還有一個貢獻：他開了個「風氣」。五四以來鼓吹寫自傳最力的是胡適之先生。但是胡適沒有搞出個氣候來。在劉紹唐攘臂跳火坑之初，胡適還在打破鑼，說怕他「難以為繼」呢。想不到「劉傳記」就有此魄力、毅力、精力，一「繼」二十年，一期不脫，爛污不拆，愈搞愈有勁，居然在史學界搞出個「劉紹唐時代」來。胡適如泉下有知，也應自愧不如！

天下事往往有巧合。

筆者去歲應邀去大陸教書六個月。我教的是「美國史」，但我留心觀察的則是「民國史」；因為大陸史學界近幾年最大的熱門也是「民國史」，而且吹得震天價響。同時我也發現，不管意識型態如何不同，兵爭政爭是如何熾烈，所謂「中國知識分子」還是有其「共同語言」（common language）和共同「次文化」（subculture）的。六月交遊，我可說識遍治「民國史」的錚錚鉅擘。毋庸諱言，我們治史的方法與原則，確有不同，但這原是學界的正常現象。我國傳統「經學」還有今、古文之爭；而今、古文本身，又各有「家法」。他們搞「社會主義」，孫中山先生還不是說「社會主義有五十六種」！

我們不能以「學術原則」影響「個人友誼」，更不應以「個人友誼」，改變「學術原則」。這是中國讀書人的共同語言，大家都瞭解，所以我在大陸承史界同文友好不棄，他們也提供我應有的研究方便。

在我遍覽民國史料時，最使我震驚的是全國和各省市「政協」所編輯出版的「文史資料」，這文史資料事實上便是當年國民政府在大陸遺留下來的黨、政、軍、財、商、學……各界高層分子的「回憶錄」。

回憶錄的作者則包括「被俘的」、「靠攏的」、「起義的」、「志願留下的」、「回歸的」、「為人民立過功的」、「想跑而沒有跑掉的」……各式各樣的人物。他們之間地位較高而受優待的——包括宣統皇帝溥儀——則被安插在各階層「政協」，拿乾薪，做點可有可無的「文史資料」工作，換言之也就寫點自己的「回憶錄」，或寫寫自己所知道的別人別事。據說為此事周恩來當時曾有指示，叫各人「據實寫來，不必隱諱」。

文成之後，再由各地「政協」的「文史資料委員會」編纂成書出版，專為「內部參考」，不許向「外」（國）發行，是謂之「內部資料」。這種「內部資料」，凡是住在國「內」和獄外的中國人都可以看。「新華書店」也公開發售。只是這些書都陳列在「內」室，或二樓、三樓。這些內室凡是穿人民裝的華僑也可進進出出，要買兩本也可以；只是「出境」通過海關時可能被扣掉。如果海關老爺高抬貴手，你也可以正正堂堂的帶出來。拙著《李宗仁回憶錄》第一版，便是「廣西人民政協」於一九八〇年，把我的名字刮掉出版的，也是「內部資料」。第二版我的名字被復原，改由「廣西人民出版社」發行，才是公開的書籍。

「傳記文學社」出版的另一拙著《胡適口述自傳》（哥倫比亞大學口述歷史之一，《傳記文學》自一九七八年起連載一年，一九八一年初編印成書），一九八〇年也被列為「胡適資料」之一種。改名《胡適的自傳》，由上海「華東師範學院出版部」重印發行，也被列為「內部資料」，因為胡適還沒有被「平反」。

本書之重印是「胡適資料」的主編、山東大學歷史系主任葛懋春教授在紐約向我親自說明的。我認為胡適的書，不管哪一種，如在大陸出版，對求知若渴的大陸青年都是有好處的，所以我就片面負責任的答應了，以免紹唐兄為難。

這些就是所謂「內部資料」。最近引起問題的那位美國小姐韋瑟（Lisa Wichers），據說是看這類資料出事的。

筆者在大陸承同業之助，也看了些這種「內部資料」。其中令我最感興趣的，當然就是上述各「政協」所編纂的「文史資料」了。這種資料看起來（如不看各書封面），你幾乎就會把它當成劉紹唐的《傳記文學》，真是趣味盎然。但你如稍一留心，你又會覺得他們之間，截然不同。

不同在何處呢？

不同之處，便是：《傳記文學》裏，作者的撰述態度，多少有點「唱戲抱屁股，自捧自」。而「文史資料」裏，作者撰述的態度，則是千篇一律的「對著鏡子喊王八，自罵自」。

不過不管「自捧」也好、「自罵」也好，對近代史有修養的讀者，都可看出些「門道」來，所以治「民國史」的學者，對這兩部大書，都是非讀不可的。

我沒時間多看，在瀏覽之間，最引我注意力的，當然是我母省「安徽政協」的出版品，可惜它一共只出了兩本——這兩本我倒細讀過的。筆者在戰時和戰後安徽教過書，也做過低級公務員，自信對當時「桂系」治下安徽政情瞭如指掌，可是讀過這兩本小書，我才自慚淺薄無知。

舉個例子來說吧。書中有一篇當年安徽政要、社會處處長、以「尖刻」出名的蘇民（春伯）的自敘。在文裏他說他自己是個「兩面派」——一面為「桂系李品仙」出力，一面又替「ＣＣ系」暗中幫忙。他原意是想拉攏兩系合作，結果卻是增加兩系矛盾，而從中漁利！

這篇如段克文所說的「倒竹筒」的自敘，倒真的嚇我半天吐不出氣來！那時我們在立煌和合肥，誰不知道蘇君是「桂系」的「死黨」，「疾ＣＣ如仇」!?哪個又逆料到他是「桂系」和「ＣＣ」之間的「兩面派」（double agent）呢？

據此我對「ＣＣ系」在各派系之間的「統戰」策略，又多了一層了解。那只會耍槍桿、跳木馬的李宗仁將軍哪裏知道？但是寫「民國史」的人，豈可不知!?豈可不知!?

另外還有一篇，某仁兄奉李品仙之命「盜楚王墓」的絕妙文章。因為此事就發生在我的家鄉，當時眾口紛紜，不知究竟挖出些什麼來，現在這仁兄把「竹筒」一倒，讀之始恍然大悟，真為之噴飯。

這些「文史資料」真把我這個學歷史的讀者讀得如醉如癡。本想窮一暑假之力，把它全部讀掉。可是我後來一看部頭，才覺得我自不量力，還是老命要緊。

真是無巧不成書，我撿點我想讀的「文史資料」，數數正是二百四十二本——也正是劉紹唐《傳記文學》二十年發行量的總和！

且把兩方再比一比：

一個是「官修」的「自罵之書」；另一個是「私修」的「自捧之作」。

一個是「雜貨棧」兼「大金礦」；另一個是「大金礦」兼「雜貨棧」。

但是二者都是今後治「民國史」者的必讀之書；中國史上永垂不朽之作。

不過，一個是傾「全國」之力纂修的；另一個則是劉紹唐一個人獨幹的！

以前梁啟超為李鴻章作傳，提到「甲午之戰」那一段，任公說鴻章是「以一人而敵一國」。我們試將《傳記文學》和「文史資料」對比，我們大致也可說，「壯哉紹唐！以一人而敵一國」罷！

——原載《傳記文學》第四十一卷第一期

最大的阿Q，最兇的閻王！

——試論《傳記文學》的責任

（《傳記文學》創刊二十週年紀念學術討論會講題之七）

我個人這次可說只是「路過臺北」，恰逢劉紹唐先生《傳記文學》二十週年大慶，也真是「巧遇」。我既然是《傳記文學》的長期投稿人之一，是劉司令長官麾下的一個「過河卒子」，在道義上、興趣上和職業上，我都自覺有參與盛會的必要，所以我就提前兩天自紐約動身到臺北來了，但是我未想到紹唐居然也要拉我的伕，強迫我上臺說十五分鐘的話——這在當前大陸上史學界的術語裏，便叫做「做學術報告」，十五分鐘的「學術報告」。

記得遠在二十八年前，那時美國的哥倫比亞大學也舉行了一個創校兩百週年的紀念會。他們也拉伕拉了胡適之先生，要他以中國校友身份，到電臺上去做十五分鐘的講演。哥大在講演之前一年便通知了胡先生。據說胡先生為這篇十五分鐘的講稿足足的預備了三個月，易稿十數次，最後才上臺亮相的，這篇講演最後當然講的十分精采。

講演和寫文章一樣，是愈短愈難的。據說在中國古代，只有王安石最會寫短文章——所謂「

半山之文，愈短愈妙」。但是一般平庸的作家，像我自己一樣，就只會寫「王大娘裹腳布」，又臭又長。要寫短文章、做短報告，則非得有長時間，充分準備不可。為十五分鐘的講演，胡適要花三個月，那我至少也得花十個月八個月——雖然《傳記文學》只是二十週年紀念，而哥大則是二百週年。可是我收到紹唐兄的通知至今還不到三十小時。同時由於中美飛行的時差還未校正過來，三十小時有一半都給我睡掉了；另一半時間則和一些老友和新交，吹牛吹掉了。所以我這次上臺，可說是毫無準備——而這個大會，又是專家如雲的大聚會。我這樣冒失登臺也實在太不自量、太大膽了。但是紹唐先生老友之命不敢違，只好硬撐著上臺，耽誤諸位的寶貴時間，來「土法煉鋼」一番，實在抱歉之至。

我個人既然在「學術」上，「報告」不出什麼東西。但我自己畢竟是學歷史的，尤其是傳記方面的歷史，所以我想講點我這行職業上的感想，請諸位指教：

我第一個感想便是我覺得我們學歷史的都是一群「阿Q」。阿Q是個弱者。他被人打了一頓而無法還手，他便說今天「老子被兒子打了」。這樣一想，他就勝利了。他雖然打了我，哼！我是他的「老子」、他的「爸爸」，也就值得了。

阿Q有時也要欺侮一下比他更「弱」的「弱者」——他要去「摸一摸」小尼姑。小尼姑嘰咕他一下。阿Q說：「哼，和尚摸得我摸不得!?」

我們學歷史，便是一群這樣的阿Q！

且看我國第一個——也是最偉大的一個歷史家孔仲尼先生。孔子自命為「儒」。儒者柔也，凡事不抵抗，逆來順受。他老人家受人一輩子閒氣。被人撤職，被人查辦，被人「絕糧」，被人圍攻，最後被人趕出國門去流亡十四年。但是他還是口口聲聲的「不報無道」——換言之，便是任憑人家如何欺侮我虐待我，老子絕不以牙還牙。縱使不「報怨以德」，也要「報怨以直」——相信公理一定勝過強權。

但是這個「直」（公理）始終無法伸張，又如何是好呢？那末孔子就著書、寫歷史、作《春秋》；可是作《春秋》，又不敢破口大罵——只在字裏行間，隱隱約約的罵人「混蛋」，是謂之「微言大義」。但是人類歷史上的事實，卻是「槍桿出政權」。試問自古以來哪些「槍桿出政權」的壞蛋真正怕你吭都不敢吭出聲來的「微言大義」呢？歷史家對此也有解釋，他們說，哼！兒子不聽老子話，又有什麼辦法呢？老子想想，也就罷了。

可是阿Q卻要作弄好人——像「小尼姑」一樣的好人，所謂「責備賢者」。只有像小尼姑一樣「賢者」，才怕孔子的「微言大義」呢。小尼姑要維持貞操，「賢者」愛惜羽毛，好身後之名，所以才怕人在死後罵他、鞭他的屍。「亂臣賊子」才不怕什麼鞭屍呢！所以「孔子作春秋，而亂臣賊子懼」這句話要改成「孔子作春秋而賢者懼——小尼姑懼」才比較接近歷史事實呢！

我國的歷史家，自聖人而後至司馬遷、司馬光、班固、陳壽……到胡適之、沈雲龍、黎東方、李國祁、蔣永敬、李雲漢、張玉法，到黎東方的學生劉紹唐、唐德剛……，都是一群阿Q。阿Q教授，教出阿Q學生來——大阿Q教小阿Q。

從可憐的阿Q，我又發生了第二個感想——那就是別看阿Q可憐，他有時也十分兇狠，狠得像「最兇的閻王」。他在喜怒之間，有時也可把有罪或無罪的小鬼，推下油鍋、丟上刀山。五殿閻羅的審判過程是十分不民主的——他那兒沒有「陪審制」。只要他硃筆一劃，你投人胎、投狗胎、投豬胎……、上刀山、下油鍋，悉憑尊便！

就拿我們的中國古代史來說罷。孔子言必稱堯舜，所謂「祖述堯舜，憲章文武」。堯舜是否有其人，任何現在歷史家都不敢亂說。至於文王、武王則確有其人。可是所謂「文、武、周公」真可跟我們的真聖人孔子相比？恐怕就很難說了！

我們讀古代史，夏桀、商紂究竟壞至什麼程度？文王、武王、周公是否真是聖人、完人，我個人讀古書，就不敢盲從。夏桀、商紂可能是耍槍桿、運用國家機器來鎮壓老百姓的「獨夫」。但是文、武、周公也顯然是「槍桿出政權主義者」。和他們同時的兩位賢者，大學教授的伯夷、叔齊，就分明說他們之間內戰是「以暴易暴」！再看我們現代中國洋化了，有什麼國旗、國歌、國花……，古代中國則有一種國樹，以這種樹來代表一國政權的性質。且看他們夏商周三代的國樹又是些什麼植物呢？有一次魯哀公問孔子的大門徒宰我，在國家祭壇邊應該種什麼種類的樹。宰我回答說：「夏后氏以松，殷人以柏，周人以栗。曰，『使民戰栗（慄）』。」

把這句話譯成白話文，大意便是：「夏后氏以松樹為國家政權的象徵，殷商則用柏樹，周朝人則用栗樹。用栗樹的意思是要老百姓看到這樹，就感覺戰慄！」

宰我是孔門「十哲」之一，他底道德文章，至少不在黎東方、沈雲龍諸教授之下。他的話不是胡說八道的，是有根據的。我們不能因為他歡喜睡午睡，便不相信他深厚的史學訓練，否則魯哀公也不會聘他做「國策顧問」的。

根據宰我的考證，周初的「革命政權」原來是個「使民戰慄」的恐怖政權，那他在叛亂成功之後，一連串的「鎮反」、「肅反」之可怕，也就可想而知了！

但是在六百年穩坐江山之後，鎮反、肅反的結果，公正的史家被殺的被殺、該餓死的都餓死，大家六百年都不敢放個屁，暴君變成了聖賢，歷史就被歪曲了。連一個「殷遺民」的孔聖人也信以為真了！

我們如把一部「二十五史」從頭讀起，「不疑處有疑」，恐怕一整部中華民族史都要重寫了。

重寫歷史，我們今日當然大可不必。將錯就錯，又何傷大雅呢？我個人今天來懷疑聖賢，只是想幫助說明，歷史家一枝筆是多麼可怕就是了，他可顛倒黑白、混淆是非。

司馬遷出言不慎，被皇帝把生殖機構破壞了。他有氣沒處出，便「微言大義」一番，把「今上」的祖宗大罵一通，說他是流氓地痞，不慈不孝……甚至是個同性戀患者——下流無恥至極。其實嘛，劉邦就不一定那麼壞。壞就壞在他的子孫，不該把個偉大的歷史家「下蠶室」就是了。

司馬遷是個大阿Q，但是司馬遷也是個最兇狠的閻王。他把劉邦這小鬼，戴高帽、遊街、打入牛欄，讓他兩千年不能翻身、平反。

這種以恩怨執筆的複雜心理，不但正式史家如此，「野史家」比「正史家」更可怕。就說魏武帝曹操罷。曹操也不一定是個「白鼻子」，他說：「天下無孤，不知幾人稱帝？幾人稱王？」他對阻止內戰、恢復文教是有大功勞的。但是他被一些「野史家」——一些劉紹唐領導下的野史家們，糟蹋得不成樣子。你看他在《捉放曹》中的表演多麼可惡。

曹操在中國文學史上是有崇高地位的人，我不相信他會說「寧我負人，毋人負我！」這句話顯然是劉紹唐的「野史館」中傳出來的。其力量與影響，是遠大於「正史館」。

以上所說的只是「貶」的一面。其實「褒」的一面，也是一樣的。就拿諸葛亮來說吧。論古今用兵，在我們心目中，諸葛亮算是第一人了。白崇禧將軍綽號就叫小諸葛。以前湘軍有個將領（是左宗棠吧）即常常以「諸葛」自命。一次他打了個勝仗，不覺得意洋洋的說：「此『諸葛』之所以為『亮』也！」又一次，他又打了個敗仗，弄得垂頭喪氣，他一個幕僚就取笑他說：「此『葛亮』之所以為『諸』（豬）也！」左氏大怒，據說後來便藉故把這個幕僚修理了。

其實諸葛亮用兵遠不如曹操。陳壽在《三國志》上便說「用兵非其所長！」但是我們野史館的劉紹唐，硬說他用兵是古今一人，他也就浪得虛名了。

再看我們所身歷的「民國史」吧。我們的「官史家」、「野史家」——尤其是野史家，對一些頗有幹才、頗有政績的民國豪傑如袁世凱、曹錕、張作霖、劉湘、韓復榘……，都有欠公平，尤其是韓二哥韓青天，簡直就被人糟蹋得不成樣子。其實韓青天並不就那麼壞。所以我們如翻翻這部擁有二百四十二卷的大類書——《傳記文學》，我真覺得劉紹唐不只是當今最大的阿Q，他也是一字定天下的大法官和活閻羅呢！謝謝諸位。

——原載《傳記文學》第四十一卷第二期

楊振寧・傳記文學・瓦礫壩

——賀《傳記文學》創刊二十五週年

去年一九八六年六月初，一次我正擠入「北京飯店」擁擠的電梯，自上而下時，忽然背後人叢中有一乘客，伸手在我肩上敲了兩下。我回頭一看，發現竟是楊振寧教授。他住在五樓，我在三樓，他先入為主，便被擠在電梯的後面了。老友「異域」（！）重逢，「他鄉」（！）遇故知，十分高興。

振寧告我他是在「人民大會堂」做七次學術講演，那一天是第七次。晚間無事，咱們可以聊聊。

這次正好我的幼妹德絹亦在北京。德絹是學「汽車製造」的，她和她丈夫朱子智都是大陸上自製的最神氣的「紅旗牌」轎車的骨幹設計師，二人都是高級工程師，子智更是長春第一汽車廠深圳分廠的總工程師，二人也都曾分別「領隊」出國訪問，到過日本和美國。

德絹聽說我與楊振寧這位大名人有約，大為高興，一定要我也帶她去「看看楊振寧」，她除去要瞻仰這位「諾貝爾獎金」得主的丰采之外，還有另一個目的，要去「問問道」，因為她的兒子朱工今次高中畢業，在吉林省會考，考了個「解元」——物理第一名；全國統考，也名列第七。在全國大學聯考中，免試升入「北大」或「清華」物理系，他選擇了北大。這在今日大陸統考那種瘋狂的競爭之下，簡直是不可想像的。兒子既然也學物理，那麼媽媽要向楊振寧請教，當然是順理成章的——在約定時間，我們就一起晤面了。

振寧兄不棄，對德縜兒子將來學習的方向頗多指點。他們都是搞科學的，德縜的專業是「電子工程」，俗名「電腦」的科學就是其中的一部分吧。據她美國同行對她的推許，認為她那點點「電腦知識」在美國相等級工程師的薪金至少是十萬美金一年，雖然她在長春的每月工資只有「人民幣」九十元（約合美金二十五元）。所以我這位女工程師的妹妹似乎學的也還不錯。

楊兄和我這位幼妹究竟談了些什麼物理學，我已全部忘了。不忘了，那也是牛聽彈琴——雖然我這位老哥自己在當年考大學時，據朋友們替我在「教育部」所查原卷，物理也曾考他個一百分。但是被一些不講理的大主考硬把我扣成「八十」。理由是我在湖南區考的統考，湖南區閱卷員的「分數鬆」，所以被扣了百分之二十。這一點我至今不服，還要繼續向陳立夫老伯抗議！英漢史地，您扣掉我「二十分」，小子何敢吭一聲？但是數學、物理硬邦邦，怎可胡亂地打我折扣呢？

可是陳公今日縱使對我加倍發還，我對他二人那晚的對話，仍然是一竅不通。

不過那晚振寧兄和我也談了很多——我二人談的卻是《傳記文學》。

楊振寧和我一樣，也是一位「合肥老母雞」，雖然他能講一口「京腔」的國語。在他得諾貝爾獎金之前，我們在普林斯敦便認識了。認識的原因，大概是我那口鄉音未改的「合肥話」吸引他的好奇。我二人一敘竟是抗戰初期的中學同班。為戰火所迫，他自北平、我從南京先後轉學故鄉。但是他父親是清華大學的名教授，所以他在合肥盤桓不久，便轉學到昆明去了。後來由統考，考入西南聯大。我是個鄉巴佬，逃難時只好死守著學堂；在敵人的機槍聲中，穿著草鞋，翻山越嶺，逃到武漢。由所謂臨時中學改編成「國立安徽中學」，再次改成「國立第八中學」落戶湘西。後來我在湘西參加統考，考入中央大學。

我們那次逃難是舉校搬家的，全校老師和數千男女青年都穿著草鞋，踢踢躂躂的跑到後方去，十分羅曼蒂克。這些當年的草鞋青年，今都垂垂老矣。前不久還有老同學女詩人闞家蓂（匹茲堡大學名教授謝覺民的夫人）填詞憶往事，並寄我要我狗尾續貂，「和」她一番。我「和」她些什麼歪詩，記不得了（據說家蓂還保存有原稿），但其中有兩句我還記得是「三千小兒女，結伴到湘西」。這三千小兒女中，就包括了楊振寧當年的整個老同班。

振寧在校時間太短，沒有參加逃亡，所有老師和同學的名字他都忘了，只記得「學生程度很整齊，老師陣容也很傑出」。我自己受惠極深而念念不忘的一些老師的名字如沈沅湘（數學）、沈蘭渠（化學，綽號「老猛」，合肥城關話「某」字說成「猛」字。沈師城關人，故有此雅號）、鮑哲文、張汝舟（國文）、施伯章（英文）、劉毓璜（歷史，現在還在南京大學教授歷史）……諸先生他已記不清了。

後來楊兄一舉成名，得了諾貝爾獎，成了個聞名世界的大偉人，交際圈一下擴大百十倍，應接不暇。這一來我們反而疏遠了。不是他貴易交，而是我這位小老鄉、老同學，不想去找他了。理由很簡單：「不想殺入重圍」。像楊兄這樣的名人，到任何地方，圍他的人都是一圈一圈的。你想「一親芳澤」和他握個手，就得勇往直前去「殺入重圍」。化了這麼大的氣力，殺入重圍，如果去和漂亮女明星接個吻，那還值得；殺入重圍去和楊振寧拉一下手，那我就不幹了。不幹，就疏遠了。

前年大陸的名作家、其後出任文化部「尚書」的王蒙，也曾問我他四訪紐約，為何難得一晤，我也告訴他相同的故事。這是人際關係，活生生的事實嘛。社會學家如有興趣，把這現象概念化一下，也可得出某種某種的「定律」來。

不過近三十年來，承振寧兄不棄，在不需殺入重圍的場合下，我們還是不時往還的。一次他身懷大批獎學金，代表「紐約州大」來招兵買馬，我代表「紐約市大」來接待這位施主。並多少求點情，還把我一個學生送入州大研究院去讀史學博士學位。

前不久我們又在一位朋友家見面了，那也是我第一次拜見他的老太太，楊伯母。我見她老人家，她老人家見我，真備感親切，因為這老人所說的話和我母親所說的，幾乎一模一樣。這在故鄉三萬里之外，是不易聽到的。

去歲我們北京之會，振寧還學他母親用合肥話說：「啊唐德剛，唐德剛，唐家圩的。」（圩，土音讀「圍」）

與振寧兄一夕之談，使我覺得這位諾貝爾桂冠，平時我們雖往來無多，但他對我這位小同鄉、老同學並不陌生——他知道二、三十年我在幹些啥子——我寫的那些破銅爛鐵，他居然也看過，而多半都出自《傳記文學》。

楊振寧這個物理學泰斗居然也是《傳記文學》的長期讀者，這倒使我大驚失色。在《傳記文學》二十五週年紀念之時，我得向劉傳記報告這個好消息。下次楊公蒞臺，劉傳記對這位不平凡的讀者，應大請其客才對。

我們北京之會，振寧兄對「我的朋友」胡適之、李宗仁雖很熟悉，但他對他老太太口中的「唐家圩、唐家圩」是什麼回事，則不甚了了，問我是什麼回事？

「唐家圩」這個古老而神秘的東西現在是在地球上消失了，也永遠不會回來。前幾年臺北有位讀書寫信問我「家在何處」？我回她說，「……家在吳頭楚尾，欲飛還，怕繞空樑……」那時我還是估計得太樂觀了點，其實我這個「家」被挖土三尺，夷為平地，哪還有什麼「空樑」好繞呢？

「唐家圩」是個什麼東西呢？我原先是在其中度過童年的小主人之一，卻不知其所以然。等到進了大學，學了歷史，抗戰末期返皖，步行通過黃淮大平原——尤其是通過一個據說是穆桂英掛帥的地方的穆家寨（後因穆氏式微，寨已換了主人，也換了名字）——我這個對社會史有興趣的「歷史系畢業生」，才頗有所悟。

這種東西在河南叫「寨」，在陝西或許叫「圍」——毛澤東在其「長征」途中，就曾打過這種「土圍子」，把它夷為平地——在我們江淮之間則叫「圩子」。

它是黃淮一帶平原之上，動亂歲月裏（中國歷史上，有幾年無「動亂」？），農民聚族而居、紮寨自保的一種東西。某年「穆柯寨」裏出了女寨主桂英。她看中了鄰寨裏一個漂亮兒子楊宗保，一時芳心大動，乃帶領嘍囉一下把宗保擄來，強迫他做「午夜牛郎」，和一個又老又醜的女寨主結婚，那可能就是穆桂英招親這齣戲的本事了。

我們姓唐的這群貧下中農，又怎麼紮了個「唐家圩」呢？這是中國社會史學上一個有趣的題目，說來話長，足夠寫篇博士論文。

其實在我們那一帶紮圩子的也不只我們姓唐的一家。沈從文的丈人家的「張家」也是一個。另外還有個「劉家」（出了個麻子寨主劉六郎，在臺灣還有個銅像的劉銘傳）。另外還有個「周家圩」。合肥東鄉還有個「李家圩」出了個李鴻章……真是歆歟盛哉。

華裔人類學家許琅光教授曾寫過一本書叫《氏族、階級、社團》（Francis L. K. Hsu, *Clan, Caste & Club*. Princeton , N.J., 1963.）來比較中印美三個社會結構之不同，而說明中國社會結構是以宗族為重心，不像印度人之側重宗教階級，和美國人之著重「俱樂部」。

我們那些「寨」和「圍」在以前也都是一種宗族組織。不特此也，我們合肥那些所謂大族還有個總根，這個總根據說發源於江西省的一個小鎮叫「瓦礫壩」（「礫」字合肥土音讀「折」）。

筆者在美國參加了「旅美加安徽同鄉會」。會友中凡屬祖籍合肥而知道祖宗背景的，幾乎都說遠祖來自江西「瓦礫壩」。前年訪台承現國防部長鄭為元將軍和鄭曹蕙玲夫人召宴，嗣又與「旅台合肥同鄉會」鄉賢王秀春先生等十餘人，歡敘於國防部前部長郭寄嶠前輩家，一時，風雨如晦，雞鳴不已，歡樂無比。

郭寄老在合肥祖居距舍下才三英里（紐約市上只六十個街口），我早年便聽說郭府也是「瓦礫壩」老移民。至於鄭將軍和曹夫人遠祖是否亦來自瓦礫壩，我未及一問。但據我按比例推測，那天我們在郭府歡敘的十多隻「老母雞」，可能有一半為瓦礫壩之苗裔也。

「瓦礫壩」才是我們大多數合肥人遠祖之所自。至於我們族譜上那些什麼唐堯虞舜、老始祖、大名賢，都是修譜時撰譜序的文人胡吹的。在下的始祖不是什麼「周成王、小弱弟、封於唐」的皇族。我唐某人真正可考的老祖宗，原是在「瓦礫壩」耕田種地的老農民。這才是可靠的「信史」。

「瓦礫壩」在咱合肥前賢中被懷念了三百餘年。很快的，他老人家就要在我們子孫的記憶中消失了。

嗚呼，「瓦礫壩」究竟在江西的什麼地方，吾合肥佬不知也。但是傳聞異辭，故事卻多著呢。

今乘《傳記文學》四分之一世紀大慶，來「尋根」一番，倒不失為「民族學」（ethnology）上一宗有趣的研究。

話說大明帝國末年，由於政治窳劣、民不聊生——恕我用句時髦話——發生了「農民大起義」。這次大起義的頭頭之一便是個有變態心理的殺人魔王、陝西延安府人張獻忠（一六〇六—一六四六）。這位張大王嗜殺成性，他於崇禎十一年（一六三八）率軍攻入皖北，焚明皇陵於鳳陽，然後從鳳陽南下，自合肥、舒城、桐城、懷寧……，一路殺向湖北江西而去。沿途被他殺得赤地千里、天日無光。

張獻忠殺人不是像今天左翼史學家所說那麼可敬可愛——只殺地主，不殺農民。他是逢人便殺，不分貧富的。殺到後來無人可殺時，便宰殺自己的小兵以洩其殺人之慾。他從我們敝省過了一下，一路上便把老百姓殺得精光。

我們那個「唐家圩」，那時便已存在，因為地居要衝，居民住戶被「張主席」殺得一個不留。原主人姓啥名誰，誰也不知道——縱使他們或有姓名文件留下，但是那些自瓦礫壩逃來的難民貧農可能也是一個大字不識。他們搬進去暫住之時，只見死屍遍地，他們搬走死屍，拿起人家留下的鋤頭，幹起老活，就當起「中農」來了。

他們一直在等候原屋主歸來，以便物還原主。可是原屋主顯然是在「變相土改」中死完了，永不歸來；他們乃在新朝註冊，取得產權，一住便住了兩百多年。直到十九世紀五十年代，他們又碰上了一次農民大起義。可是這次起義的新領袖，沒有張故主席那麼兇。這些貧下中農乃自己組織起來，來個反起義，和起義北上的貧下中農，火併起來。結果起義的被反起義的打垮了。反起義的頭頭們，從一字不識的貧下中農，數年之內，都變成「淮軍將領」、「同治中興」的高幹；並把那些「敗則為寇」底王侯們的金銀財寶瓜分了，納入私囊，搬回老家，大修府第，猖獗一時。

可是在傳統的農業經濟盛衰規律範疇之內，人無三代富。正當這批高幹子弟的子弟，一代做官、三代打磚，正要全面崩潰之時，又碰到第三次農民大起義。這個農民領袖，比三百年前的「字秉如」、「號敬軒」的張故主席，還要厲害百倍，這一來，他們就只得「掃地出門」做鳥獸散了。

以上便是當年「瓦礫壩」難民子孫的一支，也是代表性相當強的一支，三百年來興亡的簡史。其他各支的遭遇應是大同小異的。

所以從各種史跡來推測，當年從一個不知何處的「瓦礫壩」集體逃亡，和到合肥集體定居的難民，一定是為數可觀的——從幾百人，到幾千人之多。其逃亡故事很有點像三千年前，摩西教主率領猶太難民逃亡的「出埃及記」。當他們前有大海、後有追兵，正在絕境之時，忽然上帝指點，一海中分，現出條康莊大道來，才把他們渡了過去。

「瓦礫壩」難民不信上帝，上帝也不救急。所幸他們人多，人定勝天。當他們碰到一河難渡之時，他們乃每人找了一塊瓦礫，結果「投瓦斷流」，便造出個「瓦礫壩」來，才使他們自江西安抵合肥。

他們集體在合肥定居之時，也頗像美國摩門（Mormon）教徒在教主普里翰．楊（Brigham Young, 1801-1877）率領他們在鹽湖城（Salt Lake City）定居的故事一樣。他們數百人漂泊經年，楊教主忽然找到了鹽湖城，乃大呼一聲：「就是這個地方！」（This is the place.）他們就住下了。一住到今天，傳為歷史佳話、人世傳奇。

「瓦礫壩」難民，填河築壩，終於找到了「這個地方」，也太富於傳奇性了。可惜他們沒有教主，也沒有個上帝，否則他們一定也會有「感恩節」（Thanksgiving Day）、「受難節」（Passover）一類的宗教儀式出現——難民原不是好當的嘛。事過境遷，回首當年，感慨繫之，便有種種的心靈反應出現了。

我們的合肥佬，既然很多都是集體逃亡、集體定居難民的後裔，他們難免也保留些當年難民祖宗的遺風。這遺風所表現的一面，便是合肥佬一般都氣度甚大，不計較小節。這一點往往是其他地區的朋友們所不能及。

據說李鴻章做兩廣總督新上任時，他屬下的司道知事等循例都得親來衙門遞「手本」「請訓」。這些請訓小官中居然有個小知縣是李的同鄉合肥人。李乃以鄉音向他開玩笑說：「你在這裏做縣官做了這麼久，地皮刮了不少了吧！」誰知這個小知縣不太懂林語堂的幽默，竟然頂撞說：「你當總督刮了多少大地皮，就不能讓我小知縣刮點小地皮呀！」

這句話慢說是那個專制時代，就在今日國共兩黨治下，十三級以下的小幹部也是說不得的啊！他二人你一句我一句的撞了半天，那個小知縣火了，竟然拂袖而去，抹了李中堂一鼻子灰。

這種幹法，在大清帝國裏是有腦袋搬家的可能性啊！相反的，我們李中堂卻慌了起來，趕快請客賠禮，才終使誤會冰釋。

在這段小故事裏，這個小知縣的無禮，和這個總督大人的風度，都不是一般人所能做的。但是你如果知道他二人都是「瓦礫壩」難民的後裔，那也就沒什麼好奇怪的了。

一九八七年五月十四日於紐約

——原載《傳記文學》第五十一卷第一期

陳其寬畫學看記

——兼論國畫現代化

那已是五十年代的舊事了。

一次我和鹿橋一起在紐約的「米舟畫廊」看畫。那兒掛著幾張陳其寬的現代山水。當我二人走到這幾幅畫的前面時，鹿橋忽然轉過身來，很嚴肅地告訴我說，「陳其寬是三百年來第一人！」鹿橋這句評語，使我愣了半天，吐不出氣來。

鹿橋是位百分之百的恂恂儒者、謹言慎行的謙謙君子，一位極有分寸的畫評家。藝術作品經其評題，言出於口，文發於筆，都是一字千鈞的。

他為什麼對陳其寬有如此崇高的評價，當時對我確是個小小的震撼。

鹿橋其人

鹿橋（吳訥孫）是我的摯友。他修身齊家的德性，都是我最為佩服的。相交數十年，他一直都是我「見賢思齊」的標準。

鹿橋底中英文都比我好。那時我正在讀他那尚未出版的《未央歌》，而自愧弗如。鹿橋底英文尤其使我折服，在五十年代底中期，中國知識分子在美國尚不敢做太多教書的夢。他們最企慕而又有可能得到的「金飯碗」，便是「進『聯合國』」。

「聯合國」裏面眾人皆想的工作，分兩個階層。一個是「主管級」（directorate）的工作。那是要走政治後門的，常人不敢想也。另一種是「專家級」（professionals），如普通的翻譯工作，那是要憑硬功夫，參加考試的。筆者愚不安愚，也曾參加過這種考試。同科三百餘人。真是博士如雲、專材如雨，洋洋大觀焉。結果，生而有幸，竟和三百餘名學者名宦，於孫山之外，同科落第；而鹿橋卻與小貓三、四，同登金榜。

鹿橋不但考取了，他考取的還是最難的一項——立刻傳譯的「口譯」。他那時是位「新科進士」，在我這位「鄉試不售」的老秀才看起來，真是心服口服。

他那座「延陵乙園」

鹿橋在藝術創作上也是位天才和雅士——也可說是個怪傑吧。他在耶魯讀書之時，結了婚而沒有新房。他和他那聽話的「新娘」乃決定自己動手，在地價甚低的山地來蓋它一座小房子。二人餐風宿露、搬磚搬瓦，蓋了六年，居然蓋成了。

其後他又租了堆土機和怪手機，自己駕著機器，引清流至屋角，又挖了一個不小的人工湖。湖畔古木陰森、怪石嵯峨，湖內游魚浮沉，雲影蕩漾，儼然別有洞天。

他二人又沿清流、運巨石，築了個小型西式音樂臺。後來因勢又添了些野餐桌、情人椅……。

佈置粗具規模，鹿橋乃把他這個小園起個名字，叫「延陵乙園」，因為他姓吳嘛。

記得有一年初冬，我們小組織「白馬社」裏十來位男女社友應邀來訪。那時天正微雪，木葉黃落，氣象肅颯；但是我們那位領隊入園的陶塑藝人蔡寶瑜，興致甚好。她說她最喜歡此時此刻來訪「乙園」，因為此時此刻，這花園內，沒有花，也沒有人。

她說過這話之後，我竟為之「雅興大發」，自衣袋裏取出拍紙簿，當場「口占一絕」。後來寶瑜死了，我的「詩」也丟了，但是我還記得開頭的那幾句：

領隊的姑娘說，
她最喜歡這花園，因為
這花園內沒有花，也
沒有人。

……

……

其實冬天一過，鹿橋這座小園之內，是既有花，也有人。

鹿橋是位怕鬧也怕名的人。卻想不到他無意之間搞出的這所「三間東倒西歪屋」底「東方情調」，很快地便把這個「乙園」變成了山陰道上。鹿橋和他底夫人，這「兩個南腔北調人」，也被弄得名滿紐約。

原來戰後的紐約此時已逐漸地取代了維也納和巴黎，而成為世界的音樂和藝術中心，是名藝人聚居之所，也是成長期中的小輩，過五關、斬六將的必經之道。可是這批名滿天下的藝人們，在廣廈連雲的紐約住膩了，忽然發現在耶魯大學附近的原始叢林裏，卻有這樣一座清幽脫俗的「摩耶精舍」。這一下可把這批誤把「髒」和「臭」都當成了「雅」的大鬍子們提醒了。大家相率過訪，終至傾城而來——這一下也就把鹿橋發掘出來了。

是「過譽」還是「知音」

就當鹿橋在耶魯漸次出山之時，「東方書畫」在紐約藝壇也逐漸抬頭。大家在玩弄四王八怪之外，才知道這種藝術的背後，還有「延陵乙園」這一類底生活情調。臨流自照，大鬍子們自覺其俗，那不長鬍子的鹿橋也就益發雅起來了。有些「芥千金而不盼」的畫家琴師們，平時連洛克菲勒也不易請到的，這時竟不時到「乙園」裏來，畫點山水，賦點新詩，拉他幾曲新舊調門。他們評起東方書畫來，以鹿橋之博雅，很快地也變成紐約地區同行公認的盟主——雖然他在耶魯還只是個畫史系的助教授。

聲名大了，鹿橋便益發謹言慎行，加以當時我們那一夥原來是個吃吃喝喝、無事時吹吹文學藝術的小浪人團體，從來未想到相互標榜。彼此之間的鼓勵和批評，都是極其真誠的。「知音」的鼓舞之情雖隨時可見，而失當的「過譽」之評則絕未曾有。

正因其如此，上文所引鹿橋這句嚴肅的評語，對我才構成不小的震撼。最近我為草擬此篇，曾在長途電話中與鹿橋重提此事，鹿橋似乎對他那三十年前的「舊話」，初無「修正」之意。

事實上，也只有鹿橋這樣，能在中西文化衝擊中，發生「協調作用」（acculturational function）的學者，才是那融匯中西於一紙的陳其寬底真正「知音」。

敗家子的玩賞癖

筆者不學，對他們藝人之間的相互討論，本不應置一詞。但我個人也是個未能全脫傳統習氣的中國知識分子。中國的傳統文人——除掉一段很短「漏夜趕科場」的階段之外——他們如果想搞點學術，大半都是以興趣為依歸的。而興趣又因人而異。歡喜「專」的，則不惜「白首窮一經」；興趣廣泛的，則歡喜炒雜碎，樣樣都碰碰。胡適之先生的了不起之處，便是他能二者兼而有之。

余小子一經未學、百事欠通，但「興趣」之雜，倒不在胡老師之下。在下是美國領有專利的「發明家協會」中，未繳會費的會員。在下玩賞起音樂藝術來，也每每廢寢忘餐。所學別無專精，何至沉溺若此呢？無他，興趣使然也；業餘嗜好而已。這本是中國舊文人，一種「任性」、「貪玩」、「不務正業」和「不為稻粱謀」底劣根性、老傳統；也是舊社會中，有「小聰明」而「不成大器」的「敗家子」之通病。如今年屆二毛，一事無成。反躬自省，倒頗有自知之明。

陳其寬的「泥菩薩」

由於興趣和好奇心的驅使，我對陳其寬的畫，早就有極誠摯底玩賞之心，認為他那種新嘗試是對我國畫壇千年模式的一種突破。也可說是一種解放和藝術現代化罷。

但是其寬所搞的並不是單純的「華人畫西畫」，那種百分之百的「橫的移植」。他沒有背棄中國傳統，可是也不是「中西合璧」底藝術大拼盤。其寬所致力的則是中國青年情侶所最嚮往的「泥菩薩」，打破兩個泥菩薩攪成一塊泥，再做兩個泥菩薩——你身上有我，我身上有你。這一程序在教育學、民俗學上，叫做「文化協調」（acculturational）。

這種融匯中西、不著痕跡、兩得其美的本事，他們搞建築而專攻「室內設計」（interior design）的高手就最為擅長。君不見一座瓷製「光頭老壽星」，如經一位高手，安放一座全部超現代化的洋房客廳之內，這位東方老丈真是神態瀟灑、鬚眉欲動。但是如由我輩，把他老人家自唐人街的雜貨舖中請回，放於起居室香案之上，求他保佑，這老頭便顯得面目猙獰、俗不可耐。蓋中西藝術之水乳交融，端看藝術家去如何處理——運用之妙，存乎一心。真正的高手運用起來，初無中西、古今、縱橫之別也。

貝聿銘在八十年代所設計的「香山飯店」就是這一手法在現階段的最高表現——當然還可以提高。

在三十多年前，我便覺得陳其寬是這項高手之一，但我自知不學，不敢枉顧輕重，在行家之前，妄言妄語。及聞鹿橋之言，驚喜之餘，真有「夫子言之」的感覺。

我同意鹿橋的評語，只是覺得自己不在此行，不夠資格說出罷了。

古董字畫的「從販」

我認識陳其寬比鹿橋還要早。其寬是我大學時代防空洞中躲警報的難友，也是我在飯堂內搶稀飯的勁敵。他在重慶已漸有脫穎而出的趨勢，但是我把他看得高我一頭，卻在五十年代的紐約。

五十年代是中國藝術品打入西方市場的更始期；五十年代的紐約也是中國藝術品進入西方的第一號通商口岸。那時不管什麼中國來的破銅爛鐵，在紐約市的麥迪生大道，都可向白皮膚的富翁富婆，敲他幾文。其時中國來的高級難民也麇居紐約，因此市場上的破銅爛鐵也所在多有。

筆者本人是個最歡喜看熱鬧的人。光棍一條，無牽無掛，便養成有熱鬧便看的壞習慣。在我當年擠看這些古董交易之熱鬧時，心中真有說不盡的「阿Q情懷」。

為什麼呢？

因為不過在短短的數年之前，我本人在一九四七年的上海，也曾做過一陣子出售古董字畫的「從販」——賣古董的不是我，我只是幫忙兜售而已，故曰「從販」（阿Q當年在戀愛失敗之後，不是也做過一陣子出售舊衣服的「從販」？）

那位「主販」原是我的一位遠方姑丈，大我三五歲。我二人各提筐籃一隻，裏面裝滿了官窯、汝窯、宣德、康熙……還有三兩件四王、八怪的卷軸。擠上電車，到「老霞飛路」一帶、猶太人開的禮品店前，沿街叫賣。我便是我那位志在國際貿易的土姑丈底英文翻譯。姑丈答應我的報酬則是，「賣掉貨，便去吃『豐澤樓』、看『梅蘭芳』！」

可恨的則是那些老猶太對我們兩個土阿Q，看也不看一眼——我二人一件也未賣掉。

現在回想起來，真連我自己也不相信有過這麼回事。以八十年代紐約的時價來估計，俺那一筐籃雜貨，今日至少也值他美金千把幾百萬，而我們留存在閣樓上的，還有十來個大件呢！但是這些大小各件，不特老猶太不要，連電車上的扒手也不看我們一眼，可恨不可恨呢？

「豐澤樓」吃不成了，但是姑丈還是要酬勞我，要我在「大小各件中，隨意選擇」！可是我對他那些罎罎罐罐也失去了興趣。

後來我拿到留學護照，無錢出國。我的老爸爸也翻箱倒篋，撿出六張「四王冊葉」，要我拿到上海去賣。由於姑丈和我沿街叫賣的慘痛經驗，我只選擇我窮爸爸底一百塊袁大頭，「四王」我是不要了。

我老爸那幾張四王才是真的呢。不像五十年代紐約市場上叫價十萬而問題重重的王這、王那呢！

在紐約我是一王也不王了。但畢竟是做過販子的，對老行道不能忘情，一聞有古董交易，我總是趕去，與一二真假專家坐在後排，品頭論足一番。後來臺北「故宮博物院」的精品，經美國佬攝製完畢，我并力逼老婆聽話，撥「鉅款」購藏一整套。我們那時是在「清寒線」（poverty line）之下掙扎啊。何以挨餓而為之？無他，敗家子老病發了。年輕時受了老輩敗家子的影響，染上不良嗜好，一時未能戒除而已。

洋畫梳耙

未能免俗，筆者個人在諸老友之間，雖偶爾附庸風雅，不過在下於留學期中所學的，畢竟是「全盤西化」——由「歐洲中古史」轉「歐洲近代史」轉「美國史」。由於個人興趣，也由於朋友關係，那時我也是紐約四大博物館之間的常客。各館之間，相隔雖僅數分鐘，可是各館藏畫——從中古到現代——可就有霄壤之別了。

後來余遊歐洲，再一看各國所藏名畫，便覺得自文藝復興時代到現在，他們底繪畫，簡直變得驢頭不對馬嘴。甚至某一畫家個人（如畢卡索），一生短短數十寒暑，也無時不在變動之中。我們底傳統國畫，在同一時期和西畫相比，那簡直就靜如止水了。

談西畫流變，非關本題。不過要回看西畫流變對我們國畫所發生的「挑戰作用」（challenge），以及我國畫家如徐悲鴻、張大千、陳其寬諸先生對它底「反應」（response），則我們對近期西畫風格之演變，也不能不略事梳耙。

請從十九世紀說起。

十九世紀初年由於工業革命及法國革命的影響，歐洲的社會結構有了變動，畫風乃隨之而變。第一個出現的，便是拋掉中古宗教的框框而復古羅馬之古的「新古典主義」（Neoclassicism）；接踵而來的，則是乾脆拋掉古典而著重自由揮灑的「浪漫主義」（Romanticism）。

歐洲的傳統畫家與我國傳統畫家的生活方式是迥然有別的。中國傳統畫家都是「文人」。做官有俸祿，優遊林泉當地主，有農民奉養。他們一般是不靠賣畫吃飯的。靠畫畫吃飯的，則多半是畫匠或畫師，其作品就不為文人所重了。這種畫匠，他們自己也很自卑。有時縱有傳世之作，他們也無此自信。畫了有時連名字也不敢留下。君不見敦煌壁畫數千幅，有幾幅是名人之作呢?!

西洋無「文人畫」，畫畫的都是些職業畫師和畫匠，靠合同吃飯。可憐的是在中古歐洲，財富和權勢都在封建諸侯和教會手中。畫師找僱主，也只有此兩條路可走。因此一代才人，往往都為王公和主教等所豢養，形同倡優。

可是時代發展到十九世紀中葉，西歐和北美中產階級興起，封建王公和主教們都漸次靠邊站了，藝術市場有了變動，畫家的心志也隨之而變。其時接著浪漫派而來的，便是所謂「自然主義」（Naturalism）了。畫家們撇開宮廷、教會，開始面向民間。

視野開放，靈感隨之，隨自然主義而興的，乃有「印象派」（Impressionism）和「超印象派」（Ultra-Impressionism）之出現。畫家們心際寬敞、熱情奔放，目睹大自然界風月聲光之美，隨意揮毫，自成傑作，也自有富商大賈傾囊相購。一朝成名，舉世咸欽，大藝術家們是不再受大主教和王公貴婦們那些鳥氣了——好大的解放啊。

朦朧詩情．朦朧畫意

時至二十世紀初年，藝術工作者已高踞中產階級自由職業之上層。藝人們照例都是多愁善感的，對人世間不平之事，也最勇於主持正義。加以經濟發展、科學進步、思想解放、社會結構加速變動、照相術之改進、藝術市場之不斷擴大……，在在都刺激了西方藝術風格之加速變易。

繪畫這一行，本是藝術家對大自然的「客觀之美」，和社會生活上許多感人的故事，所發生的「主觀的反映」。遠在千年之前，唐代的畫家張璪論畫，便說他自己的畫，是「外師造化，中得心源」，也正是這個意思。至於主觀反映的方式和技巧，則憑各個藝人底靈感、技巧和功夫了。能夠搞到「氣韻生動」、「六法皆備」，那就是畫之上乘了。

可是這種中外一理的繪畫哲學，到了二十世紀初期便發生了變化。因為「氣韻生動」地「外師造化」這一面，已逐漸在攝影術競爭之下有了根本的變動。加以一次大戰前後，人類相互砍殺的殘酷，和精神生活的崩潰，都已達到極點。這在多愁善感的詩人們、藝人們看來，似乎世界已瀕臨末日。因此他們內心向外發射的情感，往往支配了他們對造化之美，所發生的反映。

畫家和詩人原都是一樣的「情性中人」。但是他二人對情感的表達，則通過不同底方式。詩人用有聲的語言；畫家則用無聲的圖象。詩中可以有畫，畫裏也可以有詩。但是詩與畫畢竟是表達方式迥異的兩種藝術。可是時至「一次大戰」之後，兩者的邊疆，卻發生了意想不到的模糊。

「桑籟」而後，他們底詩，已不是有規有格、平實易懂之詩；他們底畫——在「超印象派」濫觴之下——也已非有圖有象、上下分明之畫了。

結果呢？是詩意朦朧、畫意朦朧。詩人和畫家對情感表達的方式已漸趨一致——一個是打翻鉛字架（柏楊語），一個是打翻墨水瓶——難兄難弟，殊途同歸。

內心主觀的感情（七情五慾、喜怒哀樂）表達掛帥了，至於客觀反映的美與不美，玩賞者，您自去裁決罷！「閉門推出窗前月，吩咐梅花自主張」，俺是管不得許多了。

這就是兩次大戰之間，西方詩、畫兩途，發展的軌跡。詩評家，勞神褒貶，那就各憑所好吧。

為「現代派」尋根

上述這種朦朧詩畫的發展，中國就比西方晚得多了。

朦朧詩底興起，中國大抵比西方晚一輩（三十年）。奇怪的是這種現代體的發展，在中西雙方都是自發的。中國並沒有受太多的「西方影響」（western influence）。這現象在今日大陸尤其顯著。「文革」以後，大陸上朦朧詩人之出現，一時如雨後春筍，使得老輩詩人如艾青者流，簡直無招架之功、還手之力。這批詩人都是二三十歲之間的青年，蟹形文狗啥不識。所以他們底詩是真正的「發憤之作」，根本不是什麼「橫的移植」。

朦朧畫在中國的發展就更晚了。撇開老輩留學生如陳其寬、趙無極不談，「抽象表現」在臺灣的出現，該是六十年代的事吧——在大陸，千呼萬喚，他老人家至今還未出現呢。

為了解他們在歐美的發展和對我們底影響，我們對這一派現代畫風，也不妨尋尋根、摸摸他的老底子。

二次大戰前，這種朦朧畫意的發展，是經過一番摸索的。

首創其端的是開社於意大利的「達達派」（這是三十年代對意文 dada 的翻譯）；接著便是星光一閃的「立體派」（Cubism）和「未來派」（Futurism）；以後便逐漸形成了「超現實派」或「夢境派」（Surrealism），直至產生了勢傾一代的「抽象表現派」（Abstract Expressionism），其勢至今不衰。各派大師輩出，而一直站在這變動不停底潮頭上的弄潮兒，便是那道貫古今的畢卡索（Pablo Picasso）大師了。

花都巴黎不用說是那時世界藝術萬流歸宗的重心所在，而各派大師亦均不恥下問、求道四方。畢大師中期的畫風，便深受非洲黑人原始雕刻的影響。其他各派亦有受我們東方畫風影響的。

誰知好景不長，良筵易散，二次大戰驟起，花都蒙塵。久居該地的文藝大師們不得不遷地為良。那時最保險、最安定、吃飯更保證無問題的地方，自然就是「大蘋果」紐約。大家乃紛紛浮海而來。

紐約本是西方文明的不毛之地，但經過兩次大戰的砲火栽培，在文藝上居然也卓然成宗。此次歐洲名士紛紛東渡，與本地專家相結合，自能相得益彰。因此在二次大戰後，「抽象表現派」底成熟期中，開花結果的園地，反而自巴黎遷來紐約，形成現代畫史上，光芒四射的「紐約畫派」（The New York School），對歐洲傳來的影響，發生倒流作用。

在「紐約畫派」濫觴之時，也正是鹿橋、陳其寬和在下這一批抗戰後大學生來美留學之日。為著集體學習、結伴欣賞，我們也曾組織個「白馬文藝社」，推選性喜抽象而又長於組織的顧獻樑做會長。「紐約畫派」的土生大師帕洛克（Jackson Pollock），和由歐東渡的杜庫寧（Willem de Kooning）不用說都是我們心目中的英雄了。

我們之間有志為同道服務的卓孚來和歐陽可宏、周培貞夫婦，並開辦了一所「米舟畫廊」。畫廊就是我們的社址，它也是其寬早期「個展」的會場。

陳其寬是在紐約以後，耳濡目染，才正式下海成為現代派畫家的。我沒有替他寫過年譜，不敢妄言他和「紐約畫派」的關係。但是學看其畫——如「聖瑪珂廣場」（一九五六）、如「岩島神社」（一九五七）——我倒覺得他和帕洛克有其一點相通之處。不論怎樣，其寬是第一個接近「紐約畫派」的「中國畫家」；他也是第一個「中國畫家」，把我們傳統的「文人畫」，引入「抽象表現」的「紐約畫派」。

祇是其寬畢竟是「中國畫家」，他底「東方」背景也就限制了他在「西方」藝壇中的「市場價值」。比其寬早來二十年、那個有「西方」背景的杜庫寧，可就不一樣了。杜氏原是一位荷蘭的小畫家，當海員於一九二六年跳船偷渡入美。在紐約淪為油漆工人，在失業與飢餓邊緣掙扎十餘年，始重拾畫板，偷習抽象。無錢多買工具，杜氏乃單以黑白二色作畫。誰知錐處囊中，終至脫穎而出，今日竟成「紐約畫派」僅存的鎮山之祖，市場上一幅百萬，畫價最高的「活人」。事實上，其寬便是我們的杜庫寧。他底畫價無杜氏之高，他也沒有像杜氏醇酒婦人、那樣胡天胡地罷了。

「民族風格」和「樣版」

朋友們讀拙作，可以認為我過分突出陳其寬了。難道徐悲鴻、張大千諸大師，反要屈居陳某之下乎？

非也。筆者為文，初無上下之別。我所說的只是他們在不同階段的中西藝術匯流之間，所發生底不同作用而已。

悲鴻、大千都是二十世紀東方藝術領域內的異嶺奇峰，永垂不朽。他們都代表了我國傲視世界的民族藝術傳統，表現在二十世紀的民族風格。

不過筆者是讀歷史的，衡文評畫，自與搞純文學、純藝術的朋友們略有不同。在不同底拙著內，我便一再強調，「文學史、藝術不可與社會發展史分開來讀。」換言之，文學、藝術都不是孤立的東西。它們底誕生與發展，與它們所寄生的社會，是血肉相連的、相互為用的。

今日在紐約從事「超寫實主義」（Photorealism）創作的名畫人、我的好友姚慶章，便一直認為中國自南宋以後便無「畫」可言。許多洋朋友們也認為十八世紀以後的「中國畫」，只是一種嚼之無味的「反芻」。他們底專家之見，固未始無理。但是我們讀文化史的人，總認為他們貶抑過當。

不過無可諱言的，我們底傳統「國畫」，正和傳統「國劇」、「國樂」、「國詩」（舊詩詞）一樣，是一種「傳統社會」的產品，而這一「傳統社會」已不復存在，或正在消逝之中。我們也不容否認，從巴黎時代的徐悲鴻，到摩耶精舍的張大千，他們底創作，也是這種「傳統國畫」的延伸——雖然他們各個人，仍有其獨特底二十世紀的風格。

將「畫」比「詩」，則我們也可以說，大千、悲鴻之畫為「舊畫」，亦如柳亞子、易君左、毛澤東等人之詩為「舊詩」。

「舊詩」也可寫新事物，但要用點舊名詞，例如「電燈」應改用「電炬」，半夜十二點叫「子夜」或「三更」，雖然現在已沒有人「打更」了。

「舊畫」也可畫新事物，但是有其極狹隘的局限性。如張大千畫臺灣「橫貫公路」，那幅「太魯閣」（一九五九），「路」在其中央矣，但是看路的遊客，則只限於張大千、鄭曼青兩位鬍鬚飄飄、奇裝異服的老人。如讀者諸君和在下等西裝革履之士，也加入觀看，則大千就要把「太魯閣」撕掉了。

再看大千鉅幅遺作「廬山圖」。如果在這「圖」上，加上些——如大陸一些人民畫家的幹法——汽車、纜車、紅旗……有了這些東西，則張大千就變成張百萬了。

張大千，現代人物也，汽車、纜車，現代景物也，而「汽車、纜車」與「張大千」勢不兩立，何也？

一九七二年余返大陸探親，兩個月之內看了四場「樣板戲」的《紅色娘子軍》。幸好最後一場上台的是梅蘭芳的女弟子杜近芳。那時如果梅郎未死，也被迫上台拿「盒子砲」，當「紅色娘子」，那我這位坐在前排底梅傳作者豈不要上吊？

古典藝術自有其古典之美。硬要把古典「改良」，小腳放大，再加一雙高跟皮鞋，那就噁心了。

悲鴻、大千都是喝足洋水的現代人物，但是他們底傳世之作，則限於「古典」（classical）。傳世的「古典作品」（classical work）在「紐約大都會博物館」是有其一席之地的。把它們掛在「顧根翰」的牆上，就不調和了。

千年傳統，百種畫論

我說悲鴻、大千為古典派畫家，絕無貶抑之意。

須知文藝復興以後，西洋畫風演變之軌跡，無一宗、無一派，而不能於我國古典畫論中覓其始祖者。

記得二十年前，余授「中國目錄學」一課於哥大研究院，有關畫史、畫論一章，我從顧愷之的《論畫》（四五世紀之間），到張大千的《畫說》，共列「經典書目」（classics）一百種。那時我就鼓勵班上程度好的學生，若有人能下一個暑期的苦功，熟讀此百種名著，他就可以成為一個小小中國畫論專家了——什麼「印象派」、「抽象派」……，哪一項咱們家老祖宗未提示過?!

徐悲鴻「留」的什麼「學」

由於我國的古典遺產太豐富了，近二十年來中國學子負笈來美，攻讀「中國學」博士學位的比比皆是。用西洋方法，整理中華國故，是言之成理的。可是在六七十年前，西方漢學未盛之時，徐悲鴻他們來留學的情形，就不一樣了。

悲鴻於一九一九年赴巴黎習油畫，一住七年。在留法之前，徐氏已是一位頗負時譽的國畫教授。所以徐氏留學不是去融匯中西，而是去「另學一行」。

再者，在徐君「另學一行」之日，也是巴黎畫壇一年數變之時。在此特殊情況之下，一位中國藝術教授到巴黎學西畫，他究竟學哪一碼子的「西畫」呢？後來有人讚譽徐氏，認為他畫兼中西。其實這對徐教授實是天大難題——他「兼」哪一派之「西」呢？「達達派」？「立體派」？「抽象派」？

所幸？悲鴻究不失為一傳統書生。他決定還是學點西方「傳統油畫」和素描，學學畫模特兒——也可說是西方的「舊畫」吧。但是這點傳統技巧的「學院派」，也不是一位半路出家者可以真正拔尖的。所以他老人家回國之後不久，又穿上長衫，重執毛筆，再作馮婦。

悲鴻的作品，從總的來說，他底油畫、水彩、素描，都可說是一種啟蒙的作品，沒有悲鴻的簽字，是進不了博物館的。徐氏的國畫，是上品的傳世之作，但從風格上看，則是「略帶新意」的古典作品。至於他晚年與蔣碧薇鬧分居時，搞五馬同桌的「離婚畫」，就簡直可斥為藝壇的污染了（據徐公最得意的大弟子張安治先生告我，徐氏晚年為增加生產量，常時一桌之上，五匹馬同時動筆）。可是當他二人情濃意真之時，悲鴻贈「愛妻」之畫，則是畫中之神品也。

在五四前後出國的留學生中，畫界的徐悲鴻，和建築界的梁思成，都可以說是學兼中西，但是他二人都是身通兩行，並沒有融匯中西。在這兩行之內，真正融匯中西的，那還要在等三十年，讓貝聿銘、陳其寬兩位後輩去努力了。

傳教士張大千

大千和悲鴻就完全不一樣了。悲鴻是五四時代的「留學生」。那時代的風氣是「喜新厭舊」的。大千風雲之際，正值五四「回潮」，他那時代的風氣，是「厚古薄今」的。

大千未做過一天「留學生」，也未認真地拿過一天「調色板」、塗過一天帆布。他是在海外旅行、傳教、賣畫、交朋結友的純中國古典畫家。

他老人家頭戴方冠、身披鶴氅、腰束飄帶、足蹬布履，加上「蛇鑽不入」的「滿嘴鬍鬚」，真是一表堂堂，在巴黎、紐約招搖過市。

大千因不諳洋文，時常迷路，因而身懷洋文靈符一道，其詞大意是：

> 愚，張大千，中國畫家也。現住某城某街某號。
> 因不識洋文，以致迷途難返。尚盼過往仕女君子，援我一臂，送我回寓，不勝感紉。

據說這道靈符，在美國這個「禮義之邦」（柏楊語），十分靈驗，屢試不爽。大千有個不識英文也時常迷路的好友李宗仁。大千乃解符相贈，而李德公則始終不知此符靈驗與否，未敢一試也。此為李氏宴大千之後告我者，諒非虛語。

不過此符對大千雖靈，然也只能保他三五哩之遙。他如一迷三千哩。則過往仕女君子，就愛莫能助了。

有一次大千自巴黎飛紐約，親友聞訊，紛至機場恭迎，卻未見大師駕到，悵悵而返。孰知半夜三更之後，居士忽自洛杉磯來電話，原來他飛抵紐約，不知下機，乃隨機飛往洛城去也。

大千是位百分之百的傳統中國的名士。宿必美姬，食必唐味，腰纏十萬貫，自帶名廚，把個「四川味」、「大千雞」弄得名揚歐美。

大師鬍鬚飄了、道貌岸然，此番光臨海外，不是來遊學的。以夏變夷，山人是來傳教的。君不見「畫無中西之分，初學如是，至最高境界，亦復如是。」（見〈大千居士畫說〉）

大師「自認是萬物之主宰，有創造萬物之本領。在我畫筆之下，要如何，便如何。」。俺

訓誨弟子「作畫如欲脫俗氣、洗浮氣、除匠氣，第一是讀書，第二是多讀書，第三是須有系統有選擇地讀書。」（仝上）

張大千在我們「傳統國畫」（尤其是山水畫）上的成就，實在是宋元之下、明清之上。其造詣駕道濟和尚、八大山人而上之。悲鴻終不能望其項背。我們這個時代，居然出了這樣一位怪傑，也真是時代之光——大千是在傳統國畫夕陽無限之際，一次最耀目的迴光返照。事實上也只有具備他那樣尊如泰嶽的地位、咳唾如虹的氣魄，才能，也才夠資格，講出上引的〈畫說〉——那篇我們大陸傳統畫論中的最後一章。

張大千在「國畫」上的地位，正像梅蘭芳在「國劇」中的地位。他二人都是我國這兩項傳統藝術的「收山大師」，不說是「前無古人」，至少是「後無來者」。正因為如此，大千在傳統國畫風格流變史中，比徐悲鴻還要老一「代」，雖然他比悲鴻晚死三十年。

也正因為大千著重「讀書」，有他這樣國際地位的人，他所讀的範圍，對他的事業，影響就大了。張大千和毛澤東一樣，是位糞土中外、目無餘子的人。但他二人皆只能讀線裝書。線裝書就「裝」不了「摩登時代」了。所以西方自「文藝復興」至「抽象表現」，究有多大的變化？為何有這麼大變化？老夫就有所不知了！老夫就「想當然耳」了。不過看到老友畢卡索，打翻墨水瓶，倒頗有新意，俺在廬山之上、三峽之中，也照樣來他兩下——這就是「晚年的張大千」了他們這兩位老友的不同之處，便是：畢卡索變了一輩子，張大千一輩子未變。

中國近代畫家如雲。筆者只突出上述徐張二大師者，蓋以二人皆名震華夏，久歷歐西，最富有代表性也。但他二人均未做到「融匯中西」四個字。非二人之才不逮也（其實才有過之），時代未到故也。

陳其寬的底牌

陳其寬和上述二老比起來，就沒有那樣的多彩多姿了。

其寬是一位從一而終的謙謙君子。木訥、內向、循規蹈矩的建築師、畫家、大學教授、系主任、院長。桃李滿門，身教、言教，一絲不苟。

時代和教育背景也使得陳君在中國藝術史、教育史上，扮演與上述二老截然不同的角色。前輝後映。

其寬幼年和筆者一樣，出身於一個「舊家庭」，啟蒙後的主要教育是「背書、習字」。其寬是有藝術天才的，進小學不久，他就得了個全校「書法頭獎」。

過來人都知道「背書、習字」都是「童子功」，那是過時不候的。半路出家來學，那就太晚了。

在大中學時代，陳君和在下，都趕上中國近代教育史上的「理工熱」。那時中產之家的子弟，策劃未來，非理即工。搞文史已屬下乘：學藝術則更是父母皺眉、女友嘆氣了。就在這種特殊情況之下，其寬選擇了工程、藝術兩得兼的建築工程。

在咱們那年頭，不學工程則罷，一入工學院，那就全盤西化了。建築系內所授的「建築畫」，也全部是西式的，排水通風的設計，就不用談了。

四年大學教育對任何專業人士的前途，都有決定性影響的。因此其寬在大學建築系所受的純西式訓練，那位半路出家的徐悲鴻，和出家又還俗的張大千，便無此機運了。

中央大學是個好學堂。尤其是中大藝術系，那時更是全國所仰止，而這一系主任便是技兼中西的徐悲鴻教授。當年我們在大學聽課是隨心所欲的。名教授上堂，真是不分文理，人山人海。悲鴻大師當時便是馳譽中外的名教授，因此那愛藝術竟甚於工程的陳其寬，自然而然的也就是徐主任的系外門牆了。事實上《陳其寬畫冊》上最早的一幅水彩「嘉陵江」（一九四〇），便酷似悲鴻。

這種中西雙結合的背景，便是陳其寬畫師的底牌，他的藝術生命的起步。這也可以說是時代賦予他的機運和天降大任吧。

海外馳名，海內微名

可是陳君的作品，馳譽海外二十餘年，但是在大陸和臺灣卻沒沒無聞，也真是咄咄怪事吧。其實這一現象，並不費解。

第一，陳君非好名之人，不像美國藝人，差不多每個人都有位「知名度經紀」（publicity agent）。這是一種中國固有而值得稱頌的德性。

更重要的一點，則是其寬所搞的是受西方影響的新東西。我國近百年來推動新東西新人物（如孫中山、胡適、貝聿銘等等）之知名海內，都是發端於海外的。

在近代歐美，一種新思想、新事物之發展，多半是社會發展之「果」；在近百年之中國，則正相反，它們往往是社會發展之「因」，是引起社會變遷的原動力。它們在某個階段顯得太新了，古老的中國社會，有時還來不及接受呢。

君不見貝聿銘傑作之巔峰，所謂「東翼」（East Wing）乎？在一九七九年鄧小平訪美之時，美國佬為拍其馬屁，安排他參觀「東翼」為重要節目之一。孰知馬屁拍到馬腿上，老鄧一到便大搖其頭。在其中發表了五分鐘的政治演說，便悻悻而去——真是「花下曬褲」。

本來這種「超現代」的藝術品，欣賞它是有一定條件、一定層次的。把一個基本是農業社會裏、習於抽鴉片討姨太的地主老太爺，貿貿然請入「顧根翰博物館」，硬要他欣賞「抽象表現」，豈不自討沒趣？

俗語說，「發財三代，才會穿衣吃飯。」鄧小平之不能欣賞「東翼」，便是他基本上還是農業社會裏一個光蛋窮地主的緣故。

聽說「香山飯店」完工之日，貝氏要在一個主廳之內，選掛一張趙無極的畫。此事頗引起大陸藝壇不快。真的，難道大陸畫家千萬人，就抵不上一個趙某乎？關於此事，筆者倒甘願冒大不韙，完全支持貝聿銘。因為大陸上固然找不到一趙無極，大陸上也未曾造過第二個「香山飯店」啊。

經濟起飛、文化發展、藝術提升，是要一步步地來的，不可一蹴而幾。知道貝聿銘之所以不能見重於鄧老闆，就可以了解，陳其寬何以揚名海外而拙於海內了。

陳其寬之名，近年在臺灣藝壇已逐日上升。其寬未變也，寶島在變啊！

「現代中國畫」的起步

但是老陳畫的是啥門子的「畫」呢：「國畫」？「西畫」？「印象畫」？「抽象畫」？「現代畫」？「四不像畫」？……畫？假如讓我班門弄斧，在「現代中國文化史」裏面替它取個名字，我應名之曰「現代中國畫」。

什麼是「中國畫」的定義呢？第一，中國畫有其「中國的」（Chineseness）物質上的特色，如特有的「工具」、特有的「技巧」，和由於這些工具和技巧所導引的特殊佈局和設色。

陳其寬是把我們國畫這些「物質的特色」全部繼承了。不特此也，他超出了既有局限。就說著色的方法吧，其寬是中國兩千年來，第一個在「我們安徽」出產的宣紙上，兩面著色的畫家。這一技巧，如在歐美，早就被譽為「陳氏著色法」了。

陳氏對處理「空白」亦有其獨到之處。國畫不像油畫。後者要畫，則畫其整幅。前者則可預留空白。蓋絹子和白紙，材料本身就很美，所以不必全畫，預留空白（spacing）便是國畫佈局的最大特色之一。號稱「馬一角」的馬遠（一一八九—一二二五）就專門只畫「一角」。細觀其畫，玩賞者往往覺得其無畫之角，比有畫之角，更有情趣、更美。其寬對空白的處理，便不在馬遠之下。英人東方畫評家莫士撝（Hugh Moss）對其寬這一手法，便推崇備至。

第二，「中國畫」還有其「精神方面的特色」。兩千年來中國人的生活方式，是受儒、釋、道的三種精神力量所支配。畫師們「意在筆先」，一動筆便不期而然的流露儒家仁民愛物的氣度、道家物我相忘的襟懷，和釋氏慈悲為本的愛情。

中國畫這個精神傳統，日韓兩國畫家也全部承繼了。但是日韓畢竟是小國寡民，文化不脫「島氣」（islandish），和我們恢宏似海的「大陸傳統」（continental tradition），就不可相提並論了。

這種吐氣如虹的大陸傳統，我國書畫名家從顧虎頭到張大千，真表達淋漓盡致。這一脈長江大河的傳統，世界上再沒第二條。這也是我國藝人過分高傲自封的思想源泉和歷史背景。而解釋這一傳統的畫論百種，世界也沒有第二部。

陳其寬便直接繼承了這個「精神傳統」，但是他把這傳統也擴大了。

我們的儒、釋、道三教都主「靜」，所以畫師們對萬物變幻，都主張「靜觀」。其寬挾其西方影響，則是中國畫論家第一個提出「動感」的，他也是把動感引到「山水之間」的第一位中國畫家。

國畫中亦有「動」的畫面，如板橋之竹、悲鴻之馬。佛家論「動」，亦有「旗動」、「風動」、「心動」之別。但這都是靜觀自得的場面。而飄逸於山水之上，人動物不動的「動感」，就只此一家了。

何以其寬能畫出這動感而前賢不能呢？就是這一美感經驗，是今之所有、古之所無的。在國畫中畫出這種「今之所有」的經驗，就是國畫現代化的起步了。

什麼叫「現代」

上述傳統與特色，是肯定了陳其寬的作品不是「西畫」而是「中國畫」的界說。但是「現代」又在何處呢？

「現代」一詞是個專用名詞，它和「中古」一樣標誌著人類歷史發展中某一特殊階段。但是這一部八千餘年的人類文明史，如以生產方式來分段，則大致只可分為兩大段。前七千八百餘年，都是農業和小手工業生產的社會。在此社會中，一人工作，只能養活三五個脫離生產的閒人或文化工作者。而最近兩百年，則是個「大規模生產的階段」（age of mass production）。在此階段中，一個農人可養活五十至一百個閒人，一個工人一年之中可以生產一百部「豐田牌小轎車」。

所以「現代」和「現代以前」（pre-modern）的社會，是截然不同的兩種社會。社會性質不同、結構不同，則一切文物制度、生活方式和心理狀態，亦迥然有別。

老實說，在「現代以前」的階段中，「中國文明」是舉世無雙地，發展到最高層。我們的傳統國畫，就是這最高層文明中精華之一面。

可是在「現代」這個階段中，冠軍就落在西歐和北美了。由於我們的「傳統國畫」或「舊畫」，基本上是「現代以前」階段的產物，它對「現代」這個階段裏的文物制度、心理狀態，就無法充分表達了。不能充分表達的原因，便是它有個老框框、老裹腳布，限制了它。

這一點，大千居士的〈畫說〉，就「說」不清楚了。因為他忽略了「時間」這個重要因素。

陳其寬的貢獻，就是他首先解掉這條裹腳布，把「國畫」現代化了。他大膽引進新觀點、新技巧，也把西方的「現代派」中國化了。關於這一點，古典派諸大師，都沒有做到。

現在繼陳而起的新畫家，人才輩出。但是享譽自五十年代始，其寬實是三百年來，把中國畫引入現在階段的第一人——他是參加這場世界文化奧林匹克，最早的中國選手。

這是鹿橋兄三十年前的先見。拙文只算是對鹿橋之言的一個小小註腳而已。

好有所偏

近四十年來其寬佳作甚多，可是他始終以「餘事」、「遊戲」自娛，難得窺其全貌。但是一位玩賞者對他所心儀的畫家——尤其是方面甚廣的畫家，自亦有其偏好。

多少年來其寬在台灣是以「那個畫猴子的」馳名。我對他的「猴畫」，便有偏好。以前其寬曾送我一幅「老奴」。那是個猴媽媽帶了四個猴兒女的全家福。這幅畫所用的可說是徹頭徹尾的傳統筆法。恕我班門弄斧，那實在是以「波磔有隸意」的「章草」筆法作畫。這幅畫事實上是幅草字，不過這位書法大師所「寫」的不是字，而是幾個猴子罷了。

這是我個人收藏中最可愛的一幅「現代國畫」。

我的中西朋友和學生子姪看了這畫，都會莞爾一笑。覺得其中有愛、有幽默、有和諧、有情趣、有藝術。

藝術的社會功能，是它能陶冶玩賞者的心靈，甚至可以改變一個人的七情五慾和生活方式。久看「老奴」的人，我不相信他會一旦失去理智和人性而虐待婦孺。

「老奴」的畫法、畫意，是代表其寬一部分重要風格的。「足球賽」便是同一筆法，而對不同景觀的另一種藝術的反映。我亦時觀「足球賽」（中國以前譯為「橄欖球」）。我第一次看此畫，便覺得真虧畫家能想得出這個抽象場面。足球場觀眾，閉目而觀之，不正是這幅「抽象畫」?!

一位藝人的心靈，不只是「抽象表現」著「愛」與「和諧」。他也觀察到，表現出社會上的「異化」和「孤寂」。你看陳君的「老死不相往來」（一九五五）、「阱」（一九五九），尤其是「少則得」（一九七七），那兩個玻璃缸內的兩條金魚。我真想把它們搬到一個缸裏去。但是這是陳其寬的東西，我豈可亂搬呢？

朋友！我們這個多難的人世間，其中我想「亂搬」而終於搬不到的，又豈止這兩條小魚嗎?!

陳其寬的山水畫，鹿橋說它有「三視」。

吾友沈家楨居士亦強調佛家觀察事物有「五眼」。

其寬說他自己的山水是視之以「意眼」，觸之以「動感」——畫上不只有「時」、「空」，而兼有「速度」。

在下這個談西洋文化史的人，三句不離本行，則覺得其寬山水的時代性，是介乎「印象」與「抽象」之間。

把上述四仁兄的觀察所得加在一起，余不禁豁然有悟。

蘇東坡論畫詩，說：「論畫以形似，見與兒童鄰。」

子瞻反對「形似」。但是「畫」為什麼不能「形似」，蘇老大就講不出「科學的道理」來了。余今玩賞其寬之山水，參以上述觀察，大悟之餘，不知手之舞之、足之蹈之也——西洋畫從「印象派」開始，而終於進入一個玄而又玄的「抽象」階段，是經歷過一番「漸悟」的程序的。

我們傳統的山水畫——如大千遺作的「廬山圖」，許多都是畫兼「六長」、視被「三遠」的；但是畢竟不是「抽象畫」，總還得有點「象」（形似）嘛。可是把藝人的「三視」、「三遠」（郭熙的要點）淨化，而以佛家的「五眼」觀之，那就可以全部無「象」了。

在「抽象」藝人的眼光中、意念中，「著象」就是下乘了。起東坡於地下而問之。是耶？非耶？

這就是吾友陳其寬了。

不特此也。其寬承繼了古「文人畫」的傳統，不以職業畫師自居。因此他也不怕隨意動筆而有損於他自成宗派的形象。天才橫溢、技巧多端，因此他可隨心所欲，想啥畫啥。一個藝人如為世俗（尤其是市場），對其形象問題，而限制了創作自由，那他就自縛手足、難成上品了。

其寬那幾幅有「宋人筆意」的「山城泊頭」（一九五二始作、一九六三重畫）和「大雨如注」（一九五三），也是我所最喜愛的，以其有個人感情在也。

這幾幅畫，我想，恐怕只是我們於四十年前，在中大學生「伙食團」當「採購員」的青年，在「大雨如注」之中，打著傘、赤著腳，到「磁器口」去買菜的「沙坪舊侶」，才能真正領略箇中滋味罷。

往事成煙，故國如夢，呆在這車水馬龍、萬人如海的百里洋場之中，在「覺來無處追尋」的心情之下，也只有去翻翻陳其寬畫冊吧。

一九八四年六月二十五日脫稿於美東新澤西州北林寓廬

——原載《藝術家》第十九卷第三期

又是一部才女書

——讀何慶華著《紅星下的故國》

前世不修，今世生為一個百無一用的「讀書人」。自從呱呱墜地、牙牙學語以來，便與讀書結下不解之緣。及長，十載寒窗之後，又靠讀書教書來養家活口。讀了數十年的書，跟讀書先烈胡適之先生一樣，養成了「讀書習慣」——日常工作便是讀書；工餘消遣，則是讀另一種書。總之，一年三百六十五天、一日二十四小時，很少時間不在「讀書」，真是作孽。可是偶爾到圖書館書庫之內張望一下，還是要大驚失色。這滿框架的數百萬卷典籍，我究竟讀了幾萬分之一呢？

讀不了那麼多，就只好選書而讀之。既選矣，才知道選書也要有相當的火候。上下五千年，繞球十萬里，前賢後哲，該出了多少書？你選而讀之，尤其是工餘之暇，為著消遣而讀的「另外一種書」，該選張三的書呢？還是李四的書呢？

別的不說，談「遊記」這一類的書吧，那也是汗牛充棟的了。慢說「開卷有益」，且管「趣味盎然」。要選起來，也是很不容易的。因為自二次大戰後，無煙工業興起，旅遊成為時尚；加以交通發達、經濟復甦，因此不管生張熟李、趙大哥王三姐，動不動就環球數周。世界上的十大都會、七大奇蹟等等，無不擠得人山人海。近年大陸開放了，故里變成異域，遊子做了「外賓」。每年大陸上「入境」的遊客，數躋千萬，而百分之八十以上仍是「華裔」。因此長城上下、故宮內外、泰山之巔、西湖之濱……，「臺胞」、「美籍」也隨處都是。

在這些人山人海之中，才子佳人又多如過江之鯽。大家暢遊歸來，放錄像、展照片、設野餐、開講座……，正如我安徽農村的土話所說：「鄉下孩子上過街，回家說得嘴都歪。」有文采、有才氣的仕女，就更要筆之於書，以饗同好。這樣一來，遊記攬勝之作，也就讀不勝讀了。

我個人窮酸，遊興不大，但也是個老遊客。在海外逋逃四十年，地球也繞了好多圈。在什麼七大奇蹟、十大都會的人山人海之中，也擠出擠進多少次。近年大陸開放，做「華僑」、做「美籍」、做「外賓」……，也東南西北跑遍神州，進出十餘次之多。但是不論中外景觀是如何賞心悅目、風俗習慣是何等奇特古怪，我終不敢以所見所聞來寫一本「唐霞客遊記」，也不願揹個大照相機去獵奇攬勝。為什麼藏拙呢？無他，只是自覺我不如人而已。我照的那幾張癲照片，比我在禮品店所買的，是實在見不得人。與其自己照，何不化錢買呢？

至於寫文章，我哪能和旅遊「指南」相比呢？要動筆，那我就要做文抄公了。「天下文章一大抄」，我還未抄，就覺得肉麻兮兮的了。算了算了，爛文章也就不必寫了。記得我曾經看過一篇由一位政要所寫的印度沙伽汗皇妃古墓（Taj Mahal）的遊記。我也很欣賞那座七大奇蹟之一的古墓。但是我看過那篇文如其人的遊記之後，我再也不敢肉麻效顰了。不但不寫，我對類似的文章也懶的選讀了。最主要的原因還是大家去的都是一些熱門的地方，翻來覆去，有什麼好談的呢？這是我個人歷年選讀「三上」（枕上、車上、廁上）之書的一種成見。一直到最近，無意中讀了本書作者何慶華女士的著作，這成見才逐漸消除。我理解到縱是最熱門地區的遊記還是有許多可讀的。其關鍵不在「熱門」與否，重點還是在作者其人、其風格、見識、學養和文筆。我們對天下任何事物，都不應以偏概全、存有成見。

何慶華女士原來並沒有要我寫序。這件差使是我自已惹來的，因為一次我當面誇獎她遊記寫得好。她看我所說的不像油腔滑調的違心之言，乃叫我寫一篇「序」。在下餬口番邦，是個大忙人。平時為著公務、雜務、家務、外務弄得片刻不暇。最近更為「北美二十世紀中華史學會」在紐約市大召開國際會議，我負責打雜，弄得一分鐘空閒也難抽出，但是會後雜務未清，我還是趕寫了這篇「序」。我覺得這也是一本好書底讀者的一種道義。讀者們看完好書，欣賞之餘，每每還要寫篇「讀者投書」。我的序也不過是「讀者投書」的另一種方式罷了。

篇前已言之，我原對讀熱門遊記有成見，何以又讀起慶華的故國之遊呢？誠實的說，我原先是無心拜讀的。我開始翻閱實在是為她文題用字的典雅所吸引的。例如「溪口蔣宅舊時樣」這個標題就吸引了我的注意力。我是在當年大陸上教過高中乃至大學文史的酸古董教員之一。我那時在文學班上講述和批改學生習作的「舊詩詞」時（寫舊詩詞在那時代不是什麼稀罕的事）

，我總是告訴學生說，「曲可以有詞味，而詞不可有曲味。詩可以有詞味，而詞不可有詩味。」這種風格問題，說來容易，領悟至難。上選之例：「溪口蔣宅舊時樣」，便是有「詞味之詩」的好例子。

寫舊詩詞和作新詩歌的重大分別之一，便是作新詩可以不顧舊漢學，而寫舊詩詞則必須有深厚的漢學底子——這是所謂「典雅」的基礎。出手帶「俗氣」的舊詩人，往往是漢學底子不夠的緣故。有漢學底子不一定能寫好詩詞，可是能寫好詩詞，則一定要有深厚的漢學底子。

慶華的標題出手不俗，標誌著什麼呢？這就使我另眼相看了。

我認識任先民夫人何慶華女世也有二十多年了。我知道她是國府當年的高官之女，美麗大方的大家閨秀，大學畢業，享有碩士以上學位，卻能歌善舞，聰明活潑的小貴族；更是滿口標準英語，遍身西式禮節，卻又「三氣」俱全，來自臺灣的女知青。「三氣」者臺灣親友笑我旅美女同胞「說話洋氣、化錢小氣、穿衣土氣」也。正因有此「三氣」，她更是位所謂留美學人最理想的配偶，第一流的家庭主婦，極標準的賢妻良母——四十年來我所認識的這一類小貴族也有好幾打吧。我這位不修邊幅的「老弗蘭克林」，也是她們所熟識的倚老賣老的「唐大哥」。有許多我們更是有三代之交的通家之好。可是在我動筆寫這篇序文之前，說句老實話，我向來沒有把這些「小貴族」和什麼「漢學」連在一起的。和她們跳「迪斯可」賣老命，不算稀奇；談北京狗、波斯貓，有聲有色；談股票，間或有之；談「漢學」，「Oh, no.」；說有「洋氣」

的夾英華語叫「十分 incompatible」，掉文，則叫做「風馬牛，不相及」也。

有一次一位小貴族小妹告訴我說，「我們在中國都是衣來伸手、飯來張口的廢料啊！到美國都變成有用之材。」她這些話說在二十年前，真是有絕對的真理。在物質享受上說，什麼花園洋房、冷氣汽車、雪櫃淋浴……。那時臺灣高官鉅賈的享受，也正是美國中產階級的普通生活。可是臺灣的小姐太太們，婢僕如雲，可以衣來伸手、飯來張口。一到美國，則立刻得捲袖入廚房，洗手做羹湯，從丫鬟做起，把「貴族」的「廢料」留在臺北了（後來有機會深入大陸，才知道無產階級的小貴族也是一樣的）。等到結婚生子，抓屎抓尿。甚或為補貼家用還要兼職打工。如此，則「貴族之氣」全消，就「有用之材」畢露了。

在一個落後的國家內，材料往往變成「廢料」；在一個已發展的社會裏，則「廢料」往往變成「有用之材」。這位貴族小妹的話，雖然平淡，在社會上、經濟學上，有時都可變成「定律」。

我感到歉疚的是，我們任、唐兩家交往二十多年了，我始終沒有把這位甜蜜美麗的任太太和「漢學」發生過任何聯想。

「漢學」者，我輩老朽昏庸的教書匠不得已而用之的吃飯工具也。與這些洋化了的小貴族，何有哉？所以我在沒有睹其文之前，只是看到一些小標題，竟使我驚異不置。由於標題的引導，我才慢慢地觸及正文。一讀正文，竟然放不下去，乃開始找該文的上下篇。越看越欲罷不能，四處搜尋，才讀完全書。在書中我看到她曾經在臺北「中國文化大學」教過「大一國文」

，我這時才鬆了口氣，喟然嘆曰：「原來如此！」——我又認識了一位才女，讀了一部才女書。

才女和名士一樣，往往都是一些行為異常、服飾古怪的特殊動物，如胡適在杜威酒會中所見的「長頭髮的男人、短頭髮的女人」等等。可是我現在才發現的這位才女任夫人卻是位一切與常人無異的賢妻良母——真是名士才人也可過個常人的生活嘛。何必一定要弄的髒兮兮的呢?!

作者教過「大一國文」，可不簡單啊。此事我也有切身經驗。

我自己大學畢業後第一個職業便是教高中文史。我知道高中課目中最難教的便是「國文」。因為其他各種課程如英數理化，都有其整齊劃一的客觀標準。唯讀國文班中的程度是參差不齊。程度壞的壞到僅能閱報，好的則「四書」、「四史」都能整章背誦；唐詩宋詞，俯拾皆是；五才子書，更倒背如流；詩詞習作，亦往往出手不俗。有些程度好而好調皮的學生，甚至在有意無意之間，使老師下不了台。記得我在讀高二時便有位老師把「考信於六藝」講錯了而丟掉飯碗，高三班上以寫小品出名的老師也一去不返。

我在重慶沙坪壩讀書時，也有位在鄰近中學教國文的長輩常把他班上的作文卷送到我們宿舍來，請求代庖。當年四川各中學生多半都是英文太魯、國文太好。記得有位川生在考大學的英文考卷上做了一首詩。詩曰：「英文、英文，對你無情。我是畢業了兩年的師範生。怎麼能比得上下江人？悲夫哉！被擯出了大學之門。罷罷罷！買舟東下殺敵人。」

這位仁兄在大一英文班上肯定要繳白卷了。可是在「大一國文」班上，你可得防他一手啊。

等到我自己當起國文教員來，體驗就更多了。在一個「高二國文」班上，我出了個「雜感」一類的作文題。一個學生在他的「作文」卷裏，竟然寫了一篇可圈可點的駢體文。有一句話說「……紅牆在望，平添思婦之愁……」他這平仄兩讀的「思婦」一詞是一語雙關的。表面上的意思是「悔教夫婿覓封侯」的「有愁思的婦人」，另一個調皮的意思則是「想討老婆」。我校的女生宿舍的牆是紅色的，所以他說他一看到女生宿舍，就想在裏面「討個老婆」，混不混帳呢？我還記得我的批語，用的也是駢體，針對他的意思，教訓他一頓。我說「……胡馬猶存，應篤守治（平聲）平之治。匈奴未滅，惡可動思（平仄兩讀）婦之吟。少壯真當努力，君其勉旃！」我用的也是雙關，教訓他「匈奴未滅，何以家為？」抗日期間，不可亂想「討老婆」。

當時我們師生兩造的對話，都流入社區，傳誦一時。我這個青年的老師，總算未被學生拆掉鱉腳。後來我教大學，這一類的故事就說不完了。

現在大中學的國文程度是遠不如我輩在大陸當年了。但是班上還是時時有「小魯迅」出現的。被一兩位「小魯迅」拆了鱉腳，你這位老師在校園內是不好受的。所以「大一國文」沒有三板斧是教不了的。何慶華教授的三板斧，在這本遊記中是俯拾即是的。我想有心的讀者，自會同意拙見。

何慶華教授這本遊記所寫的不是「七大奇蹟」或「十大都會」，她所寫的是「紅星下的故國」。這個紅星下的故國，對我們關了三十多年的門，一旦開放，她對我臺港澳同胞和海外華僑，處處都是個謎團。但凡作者去過的一些熱門的地方，我幾乎也都去過。我去的次數比她多，訪問的地區也比她廣。她所熟識的人，如她先生任教授母省湖南高幹，幾乎我也全認識。而我這個對看遊記一度有成見的讀者，為什麼偏偏把她底書讀得如此起勁呢？這就不能不說我的理由了。我的理由，其他讀者也許會有同感。

第一，我想是風格使然。在文學上，風格是一個作者的先天秉賦、後天修養和不經意的環境陶冶的綜合表現。秉賦是不可學的，修養則看功力的深淺，環境陶冶，則有幸有不幸，是偶然的。文學、藝術乃至任何學科，各級峰巒的攀登、成就的大小，都要看這三項配合的程度。本書作者對上述三項都有相當高度而十分調和的配合。三項之中有一項過分突出，或過分落後，都會影響一個作者的風格。有好風格，才有高級的可讀性。

可讀性是用眼睛來讀。如果用耳朵來聽，也可說「可聽性」罷。例如我們聽貝多芬的交響曲、梅蘭芳的《霸王別姬》……，都是百聽不厭的。百聽不厭的原因，不是因為它們新奇，而是原作曲者和表演者的藝術修養配合得好。

同樣的，一般文史教師在課堂上重複司馬遷或荷馬說的老故事。有的就說得恍如身歷其境，有的則說得味同嚼蠟。同樣的內容嘛，何以霄壤若是呢？這就是各教師的「口才」問題了。「口才」是「表達能力」之一種。這種表達能力往往是「天賦」的，是不可效顰強學的。可是一個教師只有口才，而欠實學，在課堂「說鼓書」說久了，也會倒胃口的。

胡適之先生可以說是中國近代教育史上最優秀的教師，就是他對上述各條有最高度和最調和的配合。

本書各篇所以有優美的風格，和最高度的可讀性，也就是上述各項有良好的配合。至於作者所特有的環境陶冶，而使記述中表現出強烈的「個性」，這就標誌出，本書是何慶華的遊記而不是徐霞客或老殘的遊記了。

這本書的另一優點因此也就是它有「個性」，而不是一般的「報導文學」。

不幸生為我們這一代的中國人，是各有其「不幸」之處。在數十年內外戰爭翻天覆地之下，不幸而滯留於大陸——從最高級的高官劉少奇，到最低級、在「大躍進」中餓死的貧下中農——哪個人沒有一本血淚史？

不幸而逋逃到海外，朋友，我們哪一個人沒有一本難唸的經。捧著這本難唸的經，在鄉音無改鬢毛衰的條件之下，再回到你生長的地方，你情感上沒有強烈的反應？筆之於書，這種強烈的反應，就是你書的「個性」了。個性如何表達，那就看作者的表達能力了。

作者是湖北隨縣人。她底爸爸何成濬老將軍一度是「湖北王」。漂亮活潑的小慶華也曾經是那個「香格里拉」王宮中的「白雪公主」——多麼令人豔羨啊！這個香格里拉在農民暴動中被摧毀了。公主的哥哥也被暴徒無情地公審了、槍殺了。小公主逃亡到海外已二十餘寒暑。如今哀樂中年，跟著個父親也被暴徒鬥死了的丈夫，拖著個鮮卑語勝於漢語的兒子，又回到「生長的地方」。那當年「笏滿床」的香格里拉不見了，眼前所剩下得只是一些「青苔碧瓦堆」。看今朝想昔日，「呀！這一堆黑灰，是誰家爐灶？」

當年的小公主，今朝的「外賓」任夫人，身歷此活的「哀江南」底遭遇，感慨又如何呢？她把這最深的感嘆，用最淺的語言說出來，這是一本有「個性」的遊記，而不是普通的「報導文學」了。

我不是湖北人。但是武漢在我的生命史上也有其難忘的一頁。不妨也寫出來，比較比較。

那是一九三八年，抗戰第二年的盛夏。在一個月明星稀的三更時分，我和數百名自淪陷區撤出的難童，跑下擁擠的小輪船，進入武昌城。那兒是無枝可棲的，我們乃被領到「黃鶴樓」前。樓是鎖著的，但是樓前卻有大片花崗石鋪的廣場，那就是我們臨時的宿營地了。

這營地乾淨清爽、高高在上，上有清風明月，下有浩浩江流……就在這詩情畫意之間，我們這群孩子便呼呼大睡了。我一覺醒來，覺得身上暖暖的。原來日高三丈，揉眼四顧，發現周圍全是人腿。我就睡在人腿如林之中，有的腿還在一搖一搖，有的腿卻往來不停地跨我而過——真是奇特的經驗，一生難忘。

原來這廣場本來是露天茶館，夜晚打烊收市後，桌椅板凳則被搬入「黃鶴樓」中鎖起來。早晨開市再搬了出來。顯然是這天我們睡太熟了，開市時老闆叫不醒我們，就在我們身上開起茶館了。那時武漢好熱鬧啊！到處人山人海，所以我才看到人腿如林的雄偉場面。現在的青年實在太嬌慣了，哪能體會出我輩當年彈雨槍林下羅曼蒂克底流浪生涯。

一轉眼五十一年過去了。今年四月十五日，我隨同星雲法師的「弘法探親團」，乘著豪華遊艇「峨嵋號」，從宜昌順流而下，又在同一地點登陸了。「黃鶴樓」自然也是我們必遊之地。

現在這座翻修的新樓，朱欄黃瓦，新式電梯，建築雖然難免俗氣，然聳立於龜蛇之間，上干雲表，俯視三鎮，也算是美輪美奐的了。可是正當星雲師徒和從遊之士七十餘人上上下下觀覽景色、誦讀楹聯之際，我卻一人低頭彳亍於樓前廣場之上——我要尋覓我曾睡過的那一塊石頭。方位大致不錯，我再蹲下去看看來往仕女的大腿，碰碰下面的石頭——真是石板如舊而人腿全非！是悲傷、是淒涼，竟一時無法說出，同行記者小姐宋芳綺要我做首詩以誌感慨，我就應命打油一下，詩曰：「機聲彈影憶當年，曾在樓前石上眠，黃鶴既飛不復返，誰知今日又飛回。」

我這隻飛回的黃鶴，原是個難童；而本書中飛回的黃鶴，卻是個公主。難童當年所見的武漢與公主當年所見的武漢，當然是兩個不同的武漢，今日對重回武漢的感慨當然也有不盡相同之處。她看見她失去的武漢，我看見我失去的武漢。再加上星雲師徒那一群，更不知道有多少個不同的武漢呢。

作者多情，在我所知道的這一大群訪客中，只有她以主動的文筆、豐富的記憶力，娓娓地寫出動人的篇章來，做為時代的見證而使我一讀再讀。

當然我們華裔作家寫大陸遊記，只是在情感上打圈圈是不夠的。已故的美籍華裔詩人劉若愚教授，歸國探親詩中說，「殘家事物皆為淚，祖國河山盡是詩。」

「祖國河山」本身固然是「詩」，而我國文明的特點之一，則是有數不盡歌頌這個「詩」的詩人、學士和畫家——三千年來自屈原而後，我們知識分子的聰明才智，都在此道之中消耗掉了。值得不值得，留給我們的功利主義者去慢慢檢討罷。但是這些消耗了的精力，卻為我民族文化留下了他族所未有的、大量的美好詩篇——我國傳統的詩、詞、歌、賦。這項先賢遺產，也把我們這個民族變成了詩的民族——三千年來，何人何事、何山何水，沒有被詩人的情感襯托出來？

山河之美好，萬年不變也。才人情感滋多，而類別無殊也。賞山玩水、傷時惜別……，哪一項感情，在我國傳統詩文中找不到最美的表達？所以中國人旅遊中國，和世界人旅遊世界，最大的區別之一，便是中國人旅遊中國，對傳統的文字，尤其是詩詞，要有相當的修養，才能得其三昧。

就拿「西湖」來說罷，西湖者泥塘一塊也。在自然的環境上，她未必勝的過臺灣「日月潭」。若比起北美國家公園裏的一些不太知名的小湖，則瞠乎後矣，無法相比。而「西湖」畢竟是世界級的名湖之一。何也？其美在其中國文學之中也。設使西湖而缺「蘇」（東坡）「白」（居易）；設使西湖而缺雷峰塔、靈隱寺、許仙、青白蛇、蘇小小、岳武穆；設使西湖（在文學上而非景觀上）刪除三潭映月、平湖秋月、斷橋殘雪、樓外樓、保俶塔……則「西湖」者一池臭水而已——西湖水太淺，有時且有臭味。西湖之美者，美在文學詩歌、愛情神話，襯托之也。

土詩人毛澤東酷愛西湖，以己度人，甚至用專機把美總統尼克森也送去共享一番。尼克森知道什麼蘇小小、青白蛇呢？除去這些中國文學上的美好篇章，老實說，西湖的景觀，可能抵不上紐約市龐大的蓄水池。尼大總統又到蓄水池裏去看了些什麼呢？

所以在中國旅遊，寫中國名勝遊記，一定要對中國舊文學、舊詩詞有相當了解，否則「巫山雲雨」、「水漫金山」、「四大名樓」等等，不都成了對牛彈琴？

何慶華教授這本書的可愛處之一，也便是她遊覽名勝，傷時憂國，而能對這些名勝、這種情感文學背景有深度的修養和陶冶。在她有感而發之時，能把傳統的高度的表達技巧，信手拈來，崁入文句，無不恰到好處。這表示她對舊詩詞不但熟稔，且都食而化之，才能不露斧鑿之痕。這種自然流露、雜糅新舊的文筆，斷非矯揉造作之文可比。

吾友鹿橋（吳訥孫）說過他父親教誨他說，生為現代中國的知識分子必須精通一兩種外國語文。這真是時賢訓子的名言。我古老中國經史子集、詩詞歌賦，獨步天下也。但它畢竟只屬於一個傳統，而這個傳統在「現代」世界早被「西方」趕過了頭。異族文明中多少好東西，在我們中文裏還是找不到的。我們如果習慣於抱殘守闕，而不知道自己是井底之蛙，就太可悲了。要衝出這口井，四顧無礙，就要對一兩種外文（尤其是英文）有相當程度的掌握。加以我們自己的文學傳統太迷人了，一旦深入這個字紙簍，不知身在簍中，就易於沉入酸腐而不能自拔了。

何慶華這位「大一國文」教師，傳統漢學的底子，有可觀的融會貫通。可是她在大學本科的訓練卻是以外文為主的國際外交。我認識她伉儷這樣麼多年了，我想以她個人的學養、口才、儀表，去吃她的第一行飯碗也會吃得有聲有色的。捨第一行而改行第二行，就更是錦上添花了。

搞人文學科的原則，原是與搞自然科學不同的。搞自然科學的，務必求其精專。搞人文學科的一定要能博能約。要約也得由博返約。搞人文學科的對象是「人」嘛。以「人」為對象的學問，怎能只知其一而不知其二呢？我想慶華洋洋灑灑的文風，毫無酸腐之味、毫無矯揉造作之習，這與她中西文字的造詣都有關係，值得讀者欽羨，值得親友為她驕傲。

我承認一個讀書人，入者主之，出者奴之，對其閱讀詩文的好惡，是有個人主觀的。我愛慶華之文、心笛（作者等創辦白馬社時代的女詩人）之詩，可能都是個人主觀使然。但是和我有相同好惡的，可能也大有人在。至少，劉紹唐先生就是我的幫主。劉公在那尺土寸金的《傳記文學》中不但把何文一登再登，並把作者在別處所發表的文章也一選再選，加以轉載。劉傳記除選家之外，也是位出版家呢。一選再選恐怕還有生意眼光吧！他知道好之者眾也！

一九八七年七月十四日法國大革命二百週年於北美新澤西州北林寓廬

——原載《傳記文學》第五十五卷第三期

書中人語
——序劉著《渺渺唐山》

好久以前，劉紹銘先生寫信給我，要我為他在「華美文學」方面的新著寫篇序。我自己是個無事忙的大忙人，但是老友之命不敢辭，就答應下來了。慷慨承擔了劉兄的好意，老實說，實在出於「債多不愁」底無賴心情，跟他耍賴、拖債罷了；因為在紹銘之前，還有四位好友曾做同樣的吩咐，我至今還未繳卷呢。

稍後紹銘去紐約開會，舊事重提，我還是滿口答應了。不久我們又重逢於臺北，這才使我慌起來，看來是非兌現不可了。那時我正另有重擔，路過臺北去新加坡。屈指一算，新加坡之後，紐約市大就開學了。在這兒，我又是個不得已而炒「回鍋肉」的系主任。校中一開學，那就更忙得不可開交，哪有功夫替朋友們的大著寫序!?

今年九、十月份，紐約市大開學後的忙亂，真被它弄得顛三倒四，因而也把為劉著寫序的心頭負擔丟到九霄雲外去了。孰知十月十六日（星期六）下午，忽然門鈴大響，郵差送來一包掛號郵件，竟是劉著《渺渺唐山》的校樣，編輯先生留條：萬事俱備，獨缺我這篇「唐序」。

看過這小條，再舉目四顧，真惶惶如喪家之犬——大有「二十年後，又是條小伙計」的心態。

「書中人」的感慨

《渺渺唐山》我是在無限忙亂的環境之下，搶看了一遍。可是不看則已，一開始看「作者自序」，我就放不下去了。紹銘本是個令人「一讀便放不下去」的作家。等到我看到我自己竟然也是作者所描述的華美舞臺上的小演員之一時，我就益發放不下去了。我想作者可能也就因為我也是「書中人」之一，才要我作序的吧!?

當我讀到本書第一章，作者提到的「哎喲派」所批評的華美四大作家時，我就情不自禁地提起筆來替他加註了——在那譯者尚不知中文姓名的 Betty Lee Sung 名字之下，我便加上「宋李瑞芳」四字。

瑞芳是位才女。她底前後兩位先生，都是與我有三十年交情的老友。她自己現在也還是我的同事，將來還會做我的「接班人」。在她底事業的發展過程中，我對她也還有過援手之誼呢。

那是十年前的事了。其時正是本書作者所描述的「華美民族運動」發展到最高潮的時候。我本人誤入「陳橋驛」，被推動少數民族運動的青年學生「黃袍加身」，捲入了這個可歌可泣的民族運動。

這時是一九七二年春初，紐約市立大學之內的千把少數民族學生，和他們白種多數中的道義支持者，在校園內發動了一個黑、白、黃、波（波多黎各）、西（南美西班牙與土著的混血兒女）五族共和的大學潮。

我個人那時並不在市大，但在學潮期中，由市大當局緊急電告，趕回紐約，出任市大新成立的亞洲學系的第一任系主任，來平息學潮。那時這個學潮，正義在握，人多勢大，市大當局對它是有求必應的；而學潮總部當時對我的要求，以及通過我，向學校當局所提出的整理亞洲學系的「五大要求」之一，便是與瑞芳有關的——她那時已是名著《金山》（*Mountain of the Gold*）的作者，因書應聘為紐約市大「華美學」（Chinese-American Studies）的專任「講師」。

這批學潮青年當時加予她的「罪名」（用個後來才出現的名詞）便是「歌德派」。他們認為她在書中，報喜不報憂，向那魚肉我先僑百餘年的白種種族主義者「歌功頌德」。

我在當時的看法，與這批熱血沸騰的青年又略有出入。我認為著述家應享有其個人著述的自由。寫「華美移民史」怎能罷黜百家、獨崇「缺德」呢？「歌德」的，也應該讓他們「歌」一下——這兒是個「開放的社會」嘛！何況「德」亦不無可「歌」之處呢。

這個惱人的「第五條」最後總算我以去留相爭把它劃掉了。我為此事，雖與其中少數「哎喲派」爭辯了一整夜，但我並沒有說服了他們。其後這一派激烈分子不但繼續批評她，而對我這「老成謀國」的作風亦深致不滿——這就是後來「哎喲派」點她名的意蒂牢結的背景！

美東的華美學研究

對於一九七二年這場風潮，我必須指出，當時這個風潮裏的華僑領導分子，都是一批民族感強烈、品學兼優的「華美青年」。他們的團體則是個 ABC（American born Chniese 美國土生華人）和 CBA（Chinese born Americans中國出生美洲華僑），「竹心」（前者）、「竹節」（後者）的空前大團結。其中由於背景和個性的不同，難免有溫和與過激等等的宗派思想，但大體說來他們都沒有黨派背景、而動機純正的。十年後的今天，他們之間好多都已是紐約市掛牌的名醫和律師了。有時他們還結伴前來，找我這位「老師」話舊。好漢提起當年勇，好不開心！

在這次風潮中，我原是個不折不扣的「黎大都督」，雖然他們並沒有說，我是被他們「從床底下拖出來的」。風潮初起時，我原在二百英里之外。我的出面是紐約市立大學校長馬歇克（Robert E. Marshak）打電話、送機票，把我請回來幫忙的。

風潮平息之後，亞洲學系正式成立，我便應聘出任該系的第一任系主任。我任內第一要務，除掉整頓傳統的亞洲學科目（歷史、文化等科）之外，便是開設十多門美國教育制度上史無前例的「亞美學」（Asian-American Studies）的課程。諸如「亞裔民族移民美洲史」、「美國政、法制度與亞裔移民適應之研究」、「美國亞裔少數民族社區發展之變遷」、「亞美文學選讀」、「亞美文化衝突」等等。這些也就是作者在〈自序〉上所說的「巧立名目」的課程，為傳統的經院學人所不取。

不過，我個人在專修美國歷史時，也曾有十年之功。可是在我為著考試而讀的幾百本美國史書中，「亞裔移民史」又幾乎是美國史上的一個「盲點」。有份量的史家不是無心的忽略，便是有意的迴避。在那重重考試、泰山壓頂的情況之下，這一門也可完全不顧的，它絕不會構成學位考試中的一則命題。

最糟的還是我國老輩留學生。他們都是或多或少的特權階級人物，眼向上看。對貧苦無知、在洋人鞭笞下呻吟的華工苦力，照例是不屑一顧的。以前我就曾問過胡適之先生，關於他留學時期的華僑生活。胡先生說：「那時，『我們』與『他們』之間，沒有往還。」我聽到這句「我們」與「他們」的言詞，真發生很大的反感。

由於「我們」祖國政府和知識分子對「他們」沒有真正的了解、同情和撫助；在洋人欺壓下，華僑社會乃滋長出它們特有的、自生自滅的畸形發展——不易為外界所了解的畸形發展。而受過美國教育的下一代華人，也就相應地滋生了畸形發展的心理狀態——他們可能由種族感而引起對壓制他們、歧視他們的白種種族主義者的憤恨與抗暴的心態。這一心態也可能導致他們對自己的祖邦、長輩乃至華人社區中一切事物，也同時鄙視與憎恨。這就是一部分過激的「哎喲派」的心理背景。在他們，情感的衝動，遠超過他們理智的思考，與學術的研究。

另一種，則是難免由於自卑感，和在洋人社會中力爭上游，而像本書上所說的向「白種中產階級」脅肩諂笑的風氣。其實這兩種方向，都是病態。

至於怎樣才算正當呢？我那時的想法——也算是一廂情願的書生之見吧——是從學理研究著手。把上述這些科目，從「巧立名目」的現狀，逐漸移向「學術正軌」，使「亞美學」漸次提升到正統的社會科學的崗位上去。這便是我那時努力的方向。

但是在美國大學裏，開設新課程的手續與條件是十分繁雜的。這十多門課的主要內容和「教學提綱」（course proposals）幾乎是我這位「系主任」一手趕製的。要在短期內，把十幾門史無前例的新課，提出交校方各審查委員會投票通過，然後再編入全校的「教學規程」（college catalog），真是一件披心瀝血的工作。為著這一提綱，我所涉獵的參考書籍竟多至數百種。幾年之後，我又把這些書目重加詮釋，並贏得了美國聯邦政府的資助，編印成書。這份「註釋書目」，不知何時竟為老友李志鍾教授所探悉，他乃鼓勵我付印，取名《第三種美國人》（*The Third Americans*），就在一九八〇年出版了。它雖然只是一本小冊子，而我為它催生的初期，卻疲勞過度，而被送入「昂尼昂特醫院」。真是涓涘之獻，也是瀝盡心血的。

這門新興的「亞美學」，截至今日，在美國仍只有東西兩大中心。在西岸便是以柏克萊為首的「加州大學」，在東岸便是我們的「紐約市大」了。不過那時在西岸所成立的，還不過是些「中心」、「計畫」一類的單位；為此科設立正式學系，恐怕就只有「紐約市大」一校了。

而我本人——雖是被拉伕上陣，卻是市大方面的主持人。在當時「亞美學」發軔期中，在教學行政上，我也算是「頂半邊天」了。所以我才不揣冒昧地，把我自己也說成，這本亞美文學專著，《渺渺唐山》的「書中人」。

捲入颱風的經過

落筆至此，我倒想補充一句：我當初出任紐約市大亞洲學系系主任，卻不是上述這個學潮的結果，相反的，卻是那個學潮的起因。我的被捲入這場颱風，也是十分偶然的。

事緣紐約市大於七十年代開端決定成立亞洲學系時，校方想自全美亞裔的資深教授中選聘一位系主任，因此成立了一個專設的「選聘委員會」（search committee）。它首先擬訂了一張候選人名單，然後不惜重資，將名單上所列的「候選人」一一禮聘來校做專題講演，並參加諮詢會。其後經十位選聘委員（六師四生）秘密票選之後，再由校方正式聘請。這也是一種例行的法定手續。

那時先後應約來校接受諮詢的「資深教授」共有十餘人，我的名字竟亦在群賢之末。跟那些名震一時的其他候選人相比，我是「高攀」了。不過我也可算是「碼裏人」，因為我那時在市大兼課。這項兼課，我在市大各分校已「兼」了十多年了。

這學年我兼的第一堂課是「中國現代史」。上課的時間是星期五下午三至六時。這是個最壞的時間，按理這門課可能不會有學生選修的。但出乎意外，我卻搞了個大班——有時有些學生只能在門外聽課。

第二學期，我這門課被派給一位白種美國教授了。主持人乃把我排了一堂美國史的課。這雖然有點不尋常，我還是接受了，只是有些學生卻為之憤憤不平。

上新課之前，授課人照例是要用書面略敘教學方針的。我在我的「方針」上便提出，我要突破傳統框框，從「不同角度」（from different perspectives）去透視美國政治、社會的各種現象。在同一個上課時間內，我竟然又搞了個大班，人頭擠擠，名傳校園。

這兩堂課加起來，我一共講了八十小時以上，這和「外邊來的」、「資深教授」只講一、二小時的情形就有輕重之別了。加以我講的這兩堂課——一亞、一美——也正巧合乎當時「亞美學」的理想要求。因此在「選聘委員會」最後秘密投票時，我竟然得了十票中的九票。得次多數的便是本書作者最懷念的「亡友」許芥昱教授，他得七票。許君以次候選人，則各得二、三、五票不等。

在這次秘密選舉中，我成了「黑馬」，是出人意外的，尤其是出乎當時委員會主席和夾袋中可能另有人選的「院長」的意料之外。這位院長乃決定對這次選舉的結果，來個「留中不發」。一拖數月，消息全無。等到第二學年的教學規程的校稿出現時，院長所列出的代系主任，仍是他事前所指定的代理人。這才引起師生之間的懷恨、不滿和質詢。院長辭窮、支吾，乃引動導火線，爆發一個偌大的學潮。

這次「選聘委員會」的投票是絕對保密的。我當然是全不知情。直到風潮爆發的第二天上午我才知道。那時我正在紐約州立大學的昂尼昂特分校上課，忽然系秘書匆忙來叫我，說有「緊急長途電話」要我接，嚇得我驚惶失措，不知是什麼「緊急事件」。後來市大馬歇克校長同我在電話內說話了，我竟不知馬君何人也。

我在市大只「兼」一堂課，管它校長姓啥名誰呢。

後來馬氏叫在他身邊幫忙的袁旂教授向我解釋，袁旂是老友，他才把全盤經緯告訴我——原來是這麼回事。

事過境遷十來年了。但是其時的當事人現在都還健在。當年在學生群中領導風潮的，還有一位學心理的青年教授，他後來回到臺灣去，現在也是臺灣有名的資深教授了。大家想起往事，能不欷歔!?

那天我在接到馬歇克的電話之後，便乘了市大出機票的一架小飛機回紐約。立時校方和學生都派代表來看我，三家大電視臺的記者也在等著我。我見了學校和學生的代表，電視記者我是迴避了——因為我還搞不清楚這風潮的底蘊，無法對新聞界「發表談話」也。

以上便是我怎麼被捲入「亞美運動」這場大颱風的始末，也可算是《渺渺唐山》中的一個小花邊吧！

華美運動的文化背景

上面所說的學潮看來只是個偶發事件。其實那也是當時全美少數民族社會運動的一個重要環節，它的發生是有其一定底文化背景的。這本書上的故事，也就是以文學方式所提供的文化背景的一面，也是最有趣的、最感人的和最真切的一面。

至於整個的文化背景又是什麼回事呢？那就說來話長了。不過，我們也不妨長話短說，略表一二：

大體說來，美國這個國家自一七七六年開國到現在，基本上是一個中產階級、白種基督教徒統治的國家（近半個世紀來，猶太人才逐漸擠入這個統治階層）。論人口、論財富、論文化水平、論組織能力等等，他們都遠非「非白種少數民族」（non-white minority ethnic groups）所可望其項背。

白種民族，近數百年的表現，本來就是個高傲而富於侵略性的民族。在美洲二百多年來居高臨下的優勢，難免就益發增漲了他們底「優越感」和盛氣凌人的作風——高車駟馬，豐衣足食，一切唯我獨尊。所以美國自開國以後，它一向是把「異端」的少數民族，視為「低等人種」（

inferior races）。你事事得聽從於他。要自救，也只有在生活上、文化上，向他們「歸化」，做個「順民」或「二等公民」（secondary citizen）。

說也奇怪，這一心態的發展，日子久了，雙方有很多人都視為當然。在美國黑人之中，向白人俯首貼耳效忠的，便產生了美國黑人文學上所刻劃的「湯姆大叔」（Uncle Tom）一類「忠僕」型的人物。「湯姆大叔」型的人物，當然在其他少數民族中，也是所在多有的。「湯姆大叔」其實不是個壞人，他只是個知識淺薄、生性忠厚、自覺只配做奴婢的一種白種主人的「忠僕」而已。等而下之，則難免有脅肩諂笑之流——再等而下之，則就像我國古人所慨嘆的「便向城頭罵漢兒」的小奴才了。

這些現象，如果不用社會科學——社會學（sociology）、民族學（ethnology）、社會心理學（social psychology）等諸種法則去加以研究分析，那也不過只是一個時代的社會百態之一罷了，不值得去吹鬍子、瞪眼睛的。但是如果要利用新興的社會科學的方法去研討、去寫幾篇「博士論文」，那其中的「學問」可大呢！

筆者發此議論，也只是指近二百年來美國社會史上所發生的「形勢」而言——講句時髦話，那就是採用社會學上習見的所謂「宏觀法則」（macro level approach），凡事從「大處著眼」，而不是說每個白種中產階級人士都是「種族主義者」（racist）；雖然我們也不能否定，美國白種中產階級之內「種族主義」（racism）的存在這一個事實。

老實說，論個體間，為人處世的道德，他們白種中產階級裏的基督徒，在平均數上，有時會超過一般少數民族，亦未可知。筆者這兒所指的，只是「形勢比人強」；而這一優越的形勢，事實上也是構成白種中產階級公民心理上「種族主義」滋生的許多原因之一。

在這種心理背景之下，再加上經濟競爭——大家在一起搶飯吃——的因素。二百年來在美國謀生的「少數民族」，真是受盡煎熬和壓榨。他們縱安心俯首貼耳，做個「二等公民」，亦不可得！

華僑的血和淚

在近百年的美國史上，少數民族中受苦受難的，華僑應該算是首屈一指了——他們所受的苦難，是遠在美國內戰後的黑人和印第安人之上的。

筆者無心在這篇「序」裏，多談美國華僑血淚史。這類著作——不論是「歌德派」或「傷痕派」——都為數不少。雖然純學術性的產品還不多見。

十多年前，現任夏威夷大學「西東中心」主任、斯時任教於斯坦福大學法學院的李浩教授曾和筆者討論到，如何成立一個「華美學計畫」，把百餘年來，美國各級法院所保存下來的有關華人訴訟的「案情」和「判例」（包括一九〇四年，孫中山先生路過舊金山時，雖持用美國護照，還橫遭無理拘留的舊案），來做個通盤的整理——先編點可靠的史料，還談不上研究。但是這項史料的編纂工程實在太浩大了。不用說，當今自視甚高的「留美學人」，對這項「巧立名目」的學問，不屑一顧。縱是有「巧立名目」之癖、而有避重就輕之性的「華美派」的學人之中——包括筆者本人——哪裏又能找出有這種志趣的「書呆子」，來幹這種無名無利的傻事呢？雖然我個人到現在，還在馨香祝禱我先僑在天之靈，能保佑我們這行內能出幾個「傻子」，將來還是把這樁事好好做一下。

不過，現在雖然「書缺有間」，從大處著眼，我們還是可以把美國華僑史的輪廓略事描敘：我們不用說美洲的原始土著印第安人是我們蒙古種同胞的亞洲移民了；就單說發現美洲吧，現在的美國史家也大致承認我們的「慧深和尚」是發現美洲的第一人。慧深於我國南朝，劉宋、齊、梁之間，便兩度經過加州海岸，並在今日墨西哥屬的中美洲一住四十年。

在十六世紀末季，當西班牙人開闢「馬尼拉航線」（Manila Galleon）之後，第一批橫越太平洋的造船工人，和隨船服務的海員，也都是中國人。他們在中美洲所建的第一個「唐人街」、「中國城」或「華埠」的時間，也不在第一個「英埠」——「詹姆士村」（Jamestown）之後，詹姆士村始建於一六〇七年。

其後美國獨立了，歐洲白人向美東移民，中國黃人向美西移民，本來也是順理成章之事。在十九世紀中葉，美西「中太平洋鐵路」興建之時，幾乎全部路工都是來自太平洋彼岸的華工。迨加里福尼亞州成州之始，其地幾乎四分之一的居民也是華人。向「新大陸」移民，原是「舊大陸」所有人民共有的權利；美國原是個多種民族的國家，白人東來，黃人西至，各民族和好相處，亦斷無白種人一族鯨吞的道理。一八六七年所訂的中美「蒲安臣條約」於此即有明文協定。

孰知歷史上竟有如此不平之事，我先僑興建之功未竟，白種人竟搞出個最無恥的反華運動。這一運動發展的結果，到一八八二年竟由聯邦政府和各州背棄條約明文，相繼立法，竟然立出了現代文明史上初無先例的「排華法案」（Chinese Exclusion Acts）來。

長話短說。這些「排華法案」只有兩個目的：第一，絕對不許華人繼續向美移民；第二，既來的華人，則逼其早返唐山。不願回去的，則用種種法律的限制，使其謀生無路、尊嚴全失，也非離境不可。至死不去的，也要使其絕子絕孫，死而後已。那時的滿清政府雖據理力爭亦無能為力！

法律上的排華既已如此，社會上的排華當然就變本加厲。從無中生有的辱華、侮華、停工、解僱，到毆打、謀殺——無所不用其極。

如此一來，不用說中國繼續移民來美是不可能了，已經在美的華僑，如果有家可歸的，誰能受得了這種滅絕人性的洋氣，大家也就忍氣吞聲地捲鋪蓋回國了。但是時至一八八二年，我僑民移美已有數十年歷史。有的已經辛辛苦苦的建立了一些小店鋪、小農場——畢生心血，盡瘁於斯，怎麼忍心棄之而去呢？何況他們多半是貧僱農出身，被販賣「豬仔」，販到美洲的；祖國那邊的日子，無根無柢，也不太好過。因此縱處於此無法容身的條件之下，也得咬緊牙關，容忍下去。

自己雖然忍辱偷生了，但是重洋彼岸的衰親、弱息、青年眷屬，則永無團圓之望。有的華僑，縱因旅美日久，取得居留身份，甚或公民權，雖亦能偶爾還鄉與老親、妻孥暫敘別情，但是重洋萬里，波濤險惡，加以私蓄無多，探親費重，因此往往經旬之聚，接著便是半生別離，甚或從此不復一見。

試問這種遠隔重洋的悲歡離合，一個飄零身世能經得幾次!?所以我們先僑當年所受的苦痛，真是罄竹難書。筆者往年偶讀這類記載，並不時聽受害者的親口哭訴，和他們後來來美子女和眷屬親身所述，我自己自傷身世，再設身處地為他們想想，有時竟為之悲不自勝。

美國的基督徒、傳教士，有時對我們傳佈耶穌之慈、上帝之愛，如何如何。我每想起他們排華時期的滅絕人性的行為，心中真有「見他鬼，放他屁」之恨。再想想那些為著當今旅美華裔成就如何如何，而對託庇之邦歌功諂媚之人，內心對其鄙棄之感，也是無法抑制的。自念三十年漂泊，早已木石心腸，言念及此，憤猶難平，怎能怪那些血氣方剛、熱情橫溢的華裔少年們的攘袖揮拳呢!?

二次大戰爆發之後，我國國際地位略勝於前；美國政客為略示小惠，在廢除「排華法」之後，也只准我僑眷每年可申請入境一百零五人。這對數十萬妻離子散的華僑家庭來說，一〇五人究竟能起什麼作用呢？——立法的目的，只是對並肩作戰的盟邦，略示好感罷了，作用云乎哉？

可是二次大戰後，全世界弱小民族爭取自由平等運動風起雲湧，美國黑人便首先發難。在一批黑人先哲如馬丁．路德．金（Martin Luther King, Jr.）博士等人大力倡導之下，美國少數民族爭取民權運動，也就風靡一時。到六十年代中期乃發展至最高潮。

時至一九六五年，聯邦政府終於讓步，乃有「移民新法案」之頒佈。在這一新法案之下，美國「獨立宣言」上，「人類生而平等」的空話，才首次見諸法律。根據這一法案，全美每年移民入境總額，規定為十七萬人，讓全世界諸種民族，一體均分；然任何單一民族——如華人、日人、意大利人、希臘人等等——每年入境移民總數，不得超過兩萬人——各民族「一律平等」。

這個新法案之頒佈，對我們數十年來、數十萬妻離子散的華僑家庭來說，也真是「恩高德厚」了。兩萬之數雖微，比起昔日「一〇五」名的限額，那真有霄壤之別了。再看看近三十年來，旅美華人各方面頭角崢嶸的表現，和富裕移民大量湧進，所有「華埠」均地價發漲、日進斗金的繁榮狀況，飲水思源，能不歸功於「山姆大叔」的恩賜？

而習於排華傳統的聯邦政府官員，和白種中產階級士女，目睹此情，竟以華族恩人自居，亦人之恆情。如此聯邦政府甚至不惜巨資巨獎，鼓勵華裔作家，建生祠、造神位，來歌功頌德一番，這也是他們份內之事。所幸我華族向來有量如海。君不見，抗戰期間，日本人對我們的姦、擄、焚、殺，那種禽獸之行，真是仇深似海，而現在我們海峽兩岸，還不是仇將恩報，舊恨一筆勾銷？

「山姆大叔」如今既然改崇歸正，雨露重施，知恩報德，也是理所當然。何況有筆如椽，情深義重，人家豈有不知之理，如此則小恩大惠，自然源遠流長。這種心理，大概就是本書上所說的「來投中產階級白人所好」的作家們的哲學基礎吧。

華人社區，形形色色

但是六、七十年代的華人社區（Chinese community）畢竟是複雜而敏感的，因為此時也正是少數受美國教育的華裔第二代成熟之時。他們有他們底主見，也有他們的成見，也有由他們各種主見、成見所引伸出的不同底觀察與答案。

首先他們一致的意見，便是對「歌德派」的反感。

他們認為過去百餘年華僑的痛苦，和今日華人社區的沆瀣落伍，全是白人「種族主義」的後果。過去百餘年，歐洲白種移民，是千萬、百萬的大量湧入，而我輩黃種移民，則被斬草除根。如今全美各地已有人滿之患，才允許我們年入數千人，這種貓哭老鼠的假慈悲，何來崇功報德之有。所以他們對「歌德派」的深惡痛絕，也是不無道理的。

因此於六十年代末期，在全美少數民族聯合爭取民權的大纛之下，「抗暴」、「反歧視」、「爭平等」，乃至「尋根」、「認同」、「多重文化」（cultural pluralism，亦即不許一種種族文明獨佔）等等呼號，也就變成熾烈底「華美運動」的中心課題。

這些課題，對當時所有「少數民族運動」中的諸部成員來說，原是有其一致性的——不過究竟向誰去「認同」？何處去「尋根」？他們也還是模糊不清的。

可是「華美運動」中，有一點為其他少數民族（尤其是黑人）所無的，便是華人社區中有嚴重的「代溝」和「文化衝突」的問題存在其間；甚至隔代之間的語言，都無法溝通——不像一般黑人的祖宗八代，早已都是崇美俗、說英語也。

在華人中，深廣的代溝，和衝突的價值觀念，往往竟使隔代不能相容。老一輩的對他們幼年來美、在本地土生的子女，則嗤之為「竹節」（兩頭不通氣）和「竹心」（胸中空無一物）。而許多不願做中國式的「佳子弟」的下一代，也就反唇相譏，他們為洩憤而咒罵老子的「髒話」，連劉教授也「不好翻譯」！

由於對父母、長輩的落後的生活方式，和「非美的」（un-American）價值觀念之鄙棄，而他們又要在這個波濤洶湧大民族運動之中，去「尋根」、「認同」。在四顧無所適從的迷惘情況之下，乃寄望於一時張牙舞爪、大話連篇而又高深莫測的祖國的中共政權了——這也是當時所形成的、一字號左傾浪潮的心理背景。殊不知，不爭氣的毛澤東和毛太太不久便原形畢露，在一連串的「傷痕」報導之後，這批熱情澎湃的海外革命兒郎又重新被打入冰窖——真是上下五千年，縱橫八萬里；一個區區華裔青年的心路歷程，竟如此迴旋蕩漾，終不知何擇何從，真令人拊掌歎息。

筆者廁身此一浪潮，先後亦已十餘年，既是運動員，亦是旁觀者。這類青年在我底課堂中進進出出的也不下數千人。他們父母長輩，向我哭訴的也比比皆是，真可說是「閱人多矣」。其實這些現象，吾人如客觀沉思，也覺其沒啥費解。

概括說來，所謂「華人民族社區」（Chinese ghetto community），通常所謂「唐人街」（Chinatown）者，實是美國「種族主義」的後遺症——華人是被迫聚居自保，始形成我華僑所特有的一種產物。

最初我僑民為抗拒美國最無理的「排華法令」，聚居之後，他們斷不能處處遵從美國法律。所謂「美國法律」，原是對華僑要「斬草除根」的。試問世界上有任何生物會愚蠢到「守法自斃」的程度？

對他們的「法」，不得已只好「虛與委蛇」，對內為著求生存，也只有「山人自作主張」。如此天長地久，則所謂「唐人街」乃逐漸變成美國境內、一個美國種族主義者所逼出來的「

封閉社會」（closed society）。其表固美國也，其裏則唐人之。箇中玄機，洋人不知也。社區內活動，則一切根據中國傳統老辦法，自求多福。因此所謂「唐人街」，事實上便是一個傳統中國的縮影。「唐人街」者「小中國」也。

我古老中國的文物制度、道統、德統，固均博大精深也。但是借用臺灣名作家柏楊先生一句話，我們的傳統乃是博大精深之「醬缸」也。近百年來，既有「唐人街」之後，我旅美先僑便把這隻大「醬缸」搬過太平洋來。不管缸內有些什麼醬——甜醬、鮮醬、霉醬、蝦醬、蟹醬、芝麻醬、綠豆醬、胡椒醬……，百醬俱全，原封不動，搬了過來。

我輩唐人，聚居於大缸之內，久而不聞其香，熙熙攘攘，也頗能怡然自得——缸外事，老番管之；缸內事，自有我「主席」、「會長」、「元老」任之。洋人不入缸來，華人不出缸去。如無重大法律衝突，真是缸裏不犯缸外，河水不犯井水，華夷相安，各得其樂！

跳缸的問題

這種「缸中生活」，原無什麼不好。而問題卻出在「缸外有缸」的「形勢」之上。

我國固有之缸原是天下無匹的。真是「率天之下，莫非王缸；率缸之內，莫非王醬！」可是一旦王缸外銷，套入另外一個大缸，問題便出來了。

我們這個國貨大缸，運美之後，無處安裝，卻套在一個美製大缸之內。柏楊只看過這國貨土缸，而不知有美貨洋缸也。更不知，洋缸之內，芥茉、番茄……，也百醬俱全。「禮義之邦」中，上國士女，久居其中，亦不聞其臭矣！

本來這兩缸美醬，各得其用，皆是調味妙品——臭醬、霉醬，也可製點「臭豆腐」、「臭鹹菜」。而天下更不乏逐「臭」之夫。我想柏楊與在下，可能都在眾「夫」之列。久不食臭豆腐，偶一聞之，食指動矣。

但是問題卻在兩缸相套，一旦缸中「醬多自溢」兩醬相混，那問題便大了——試問芝麻醬拌番茄醬，又令人如何下咽呢？

我們的華埠「社區問題」便出在這裏了。我們的「元老」、「僑領」、「報人」、「經理」、「主席」、「會長」、「大廚」、「企檯」……都不妨自安於中國醬缸之內，自做其醬瓜、香干或臭豆腐……。無奈醬多自溢，他們的兒女、晚輩，自幼稚園起，便開始「跳缸」了。既跳之後，兩醬相溶，孰香、孰臭!?那就各憑主觀了。

就拿筆者所親見、親聞和躬自參加的社區所謂「會議」來說吧，我們社區華人——尤其是元老、僑領們——他們就沒有哪一種會議是遵照　孫中山先生所擬訂的「民權初步」的議事程序「議事」的。我們的會議，事實上是在有魄力、有能力、有野心的領袖們領導之下「商量著辦」的。因此我們的「會」一旦與美國法律發生了牴觸，我們就有被捉將官裏去的危險，至少也要吃「敗訴」官司。

筆者夫婦十餘年前便曾一度熱心「服務社區」，曾獻「鉅資」（以我自己財力做比例）、出大力，參加了「紐約華埠服務中心」（The New York Chinatown Service Center, Inc.），希望為「僑胞服務」。我自己並被謬選為「董事」十餘年，也幹了不少「福利事業」。不幸今年秋季，我忽然收到紐約州地方法院「傳票」，與本會前後兩任「董事長」及十來位「董事」，同時做了州法院「檢舉」的「被告」。理由是我們向州政府「貸款」美金一百萬元，建造「兒童培護中心（托兒所）大樓」，樓成服務兒童，一時頗不乏社區歌功頌德之聲；不幸我們未照福利章程辦事，紐約市政府拒付教育經費，敝會因而無法按月歸還州政府造樓「墊款」。州檢察官一時震怒，乃通過法院，要把我們十餘人一起捉將官裏去，弄得我們「賠了夫人又折兵」！

我們中國醬缸出來的人是最怕「官」的。官方傳票一出，敝會天下大亂。大家焦頭爛額之餘，檢討結果，乃把全部責任一古腦奉獻給我們以前一致票選的董事長頭上去了。但是我們也都知道：「沒有王董事長，便沒有『兒童培護中心大樓』；沒有『大樓』，我們也不必陪我們敬愛的舵手，一道吃官司。」

我們的「偉大的舵手」的確是很有能力和魄力的，不幸「晚年犯了嚴重錯誤」。他一人責任太大，權力也太大——一句話頂一萬句，顧此失彼，把事情弄糟了。而十餘年來，我們「董事們」又在幹嘛呢!?我們最大的錯誤是沒有實行「三民主義」和「國父遺教」！我們十餘年來，開了幾十次「董事會」，但是就沒有一次「董事會」是按「國父遺教」、「民權初步」的程序進行的。

余小子身為董事，每次會後，欲知議案，還得去看「中文報紙」；而「中文報紙」，也就是敝會「董事會議案」的唯一根據。

我個人現在藉劉紹銘先生的大著，來家醜外揚一番，絕無心揶揄我會的任何負責人——因為我自己也是「董事」之一，危難期間並且被選為「常務董事」。問題是我自己也是「中華大醬缸」裏出來的，而「民權初步」這一味醬，雖然是孫中山先生介紹的，它始終還沒有成為我們「唐餐」裏的調味佳品之一罷了。

再看看，我輩華僑所親見、親嘗的「洋醬」。

我們自娶妻生子之後，孩子進了「幼稚園」，便被園方敦請，不時去做「窗外旁觀」客——這「窗」是「暗窗」，我們看到孩子，孩子看不到我們。當我第一次「偷看」孩子們在班上「選舉」時，見他們那樣「秩序井然」的會議，我不禁感慨地告訴老婆說：「我們的孩子在『奉行總理遺教』、『實行三民主義』呢！」

其後孩子進中學，我跟著做校中的家長、貴賓，隨時參觀孩子們的團體活動。一次一位李姓朋友的孩子打電話回家用國語報喜，說：「爸爸、媽媽，我當選總統了！」父母為之大驚。原來這位「李公子」競選「級長」。「級長」者「總統」（president）也。他們一級的「總統」

與一國的「總統」，選舉程序，並無兩樣。一級的總統不能大權獨攬、胡作非為；一國的總統也得循規蹈矩，為選民服務。我看看「李公子」當選「總統」的經過，再看看我自己服從「董事長」和「主席」領導的情形，我雖生性愚魯，也不能不有所感慨。「兩大醬缸」內容之截然不同有如是也。

明乎此，我們就不難理解我們的「代溝」問題了。

「醬」有中西好壞之別？

不過筆者在此頌揚洋醬，我卻與主張「全盤西化」的李敖，和主張「漢字拉丁化」的柏楊有別。他二人久困國內，同坐鐵窗，有其反抗鄉土的情緒。我是「天朝棄民」，久困海外，受盡洋氣，有些「假洋鬼子」的習氣。我認為「醬」總是「醬」，不論「土醬」、「洋醬」，均各有其「酸、甜、霉、臭」之一面。大家彼此、彼此，五十、五十。

我華人的「崇洋派」——與「媚外派」有別——如胡適之、郭衣洞，則認為「洋醬全甜」。我們「國粹派」，如唐君毅、錢賓四諸先生，則認為「土醬最鮮」。

筆者今夏訪問星洲，新加坡第一副總理吳慶瑜先生則告訴我，應該截長補短，兼採東西之長！

但是我們當今的問題卻是什麼叫做「長」、什麼叫做「短」。什麼是中長中短、西長西短呢？寸有所長，尺有所短。長、短之間的標準，究竟如何衡量呢？

筆者僑美三十餘年，對中西短長之議，我一家六口——夫妻、兒女、貓狗——真是互不相讓，言人人殊，貓狗的意見，亦各自不同。

我更敢大膽的說，留美百萬華僑，對於中美、長短、是非之辨，亦言人人殊。

本書作者說得好，「華埠是個心態」。但是究竟怎樣才是華埠的心態——我們美籍華人有沒有個共同的心態呢？祖國同胞對我們的看法又是怎樣呢？

言念及此，我對本書的重要性便越看越重了。

我個人是學歷史的。我們治「旅美華僑史」，那是增一分則長、減一分則短的事，是個鐵的事實。不管此邦人士如何曲解、我們自己如何忽視，日久它會自入正途，由「巧立名目」，轉入正統史學的。

至於如何用社會科學的法則來解釋華僑社區裏的人際關係——並從了解人際關係，進而增強全僑的政治影響，和社會福利，更進而影響祖國的現代化，和其他地區海外同僑互通心聲，一切研究的基礎，都是自了解僑社的「心態」為起點。而捕捉「心態」最基本的方式，則是「華美文學」。

文學是反映人類社會生活形態的最基本工具。它可以寫盡人生百態，和喜怒哀樂。詩歌詞曲不用說了，縱是長短篇小說也絕不能憑空虛構。小說只是社會事實的誇大和戲劇化而已。而寫真實的文學還有個必要的條件——作者一定要是「箇中人」。這樣他底作品中才有真性情、真感情，有血、有淚，有愛、有恨。

就像朱路易所寫的〈吃一碗茶〉上的各節小故事吧，不是紐約「唐人街」社區的「箇中人」，誰能寫得出。特別是賓來和陳源在「蘭心酒店」「七〇九房」去偷雞摸狗那一段，那故事哪是名震寰宇的華僑文學大作家林語堂先生他們能從「華埠」之外「搔」得著的。

劉紹銘的天降大任

一言以蔽之，要了解留美華人的社會生活和歷史，一定要自了解華人社區中（包括「華埠」之內和「華埠」之外）千奇百怪的華人「心態」（mentality）著手。而了解千奇百怪的華人心態，那又必須從當地的「鄉土文學」著手——不管是「凡是派」、「歌德派」、「傷痕派」、「輕華派」、「仇孝派」、「國粹派」、「媚外派」、「崇洋派」、「唯性派」……乃至「右派」、「左派」、「中派」，五花八門，都要兼收並蓄，才能略窺華人社會的真相。再進一步，才能談到研究與改進。

筆者在紐約市大所承乏的這個「系」內，便開有這項「華美文學」的專課。但是怎樣心平氣和、不偏不倚的去做點「綜合工作」，經驗告訴我們，是萬般困難的。

第一，做這項綜合工作的人一定要是「華僑」；而且是老華僑，他才知道這個「封閉社會」之內的一切私事，不說外行話；而且他還要是個「貧寒出身」的窮小子。「華僑」的主力是「華工」，華工的生活，豈是「公子哥兒」們所能體會的!?

第二，這位工作者最好是一位「廣東佬」，熟諳廣東方言、俚語，和由這些方言、俚語所轉化出來的「唐人街英語」(Chinatown English，有時也頗像「黑人英語」Black English)。能說得「過癮」、說得「入木三分」。這樣他才能做唐人街的「箇中人」，摸透了「街」底。

第三，這個人還要是個觀察能力極強、並有高度訓練的「學人」。上對「諾貝爾獎金」得主，下對唐人街內的「窮館」(如「領館」、「報館」——這兩館，現在已不太「窮」)、「富館」(如「賭館」、「餐館」、「衣館」——這些「館」，今日也已不太「富」)，乃至一切吃喝嫖賭、「鬼影幫」、「白鷹派」……都能觀察入微。

第四，這位通才還要有深厚的中、英文學(不祇於「文字」的運用)的訓練和創作經驗。「華美文學」本是雙語並舉的，兩面翻譯，為求其信、雅、達，則這種訓練，尤其重要。

筆者旅美三十餘年，識與不識的華裔文化界人士之中，具備上項條件而有興趣整理「華美文學」的，真是屈指可數。亡友許芥昱先生便有此興趣。但是芥昱是個志在琴棋書畫、公子哥兒出身的傳統中國士大夫，他的粵語亦不夠靈光。他「打」不入華僑「社區」，也無心深入。

其外筆者所知道的「海外學人」，就只有一個二殘──劉紹銘了。

二殘是個「貧寒出身」的窮華工。自學自勵，直至爬到中美文學界的最高峰，名滿中外。他的成就，也反映著百餘年來，我們僑界前輩的一切血淚和成功的經驗。他是個華僑社區內「上通天文，下識地理」的「箇中人」。他有此經驗，有此第一流中英文造詣，也有此學力，才能把我們這封閉的美國華僑社會的真實情況，介紹給我們祖國同胞，和千餘萬海外同僑。

眼光、學力之外，最難得的還是二殘的文筆。他把華僑文學中的各種心理狀態──愛、恨、悲、喜、輕蔑、憤嫉、無知──乃至中、美兩文化中所發生的文化衝突，都能以最睿智的眼光選出來，以最生動而真切的筆調譯出去。譯得出神入化，讀來十分過癮。擊節之餘，因而我情不自禁地，把我個人二十多年來在華僑社區所親見親歷的平凡小事也加了些進去，寫出了這篇不倫不類的「長序」。

有一點我不同意二殘看法的便是他把這宗「華美文學」在「中國文學」中的份量看得太輕了點──他認為這是他「不務正業」的遣興之作。

我則不以為然。我認為「華美文學」應是正統中國文學、乃至「美國文學」、甚至「世界文學」的一個重要部門！它所反映的是一個有血、有淚、有恨、有愛、有良心、有罪惡……的特殊社會，和不為人知的特殊現象。因此二殘選的這幾篇，也是千古奇文，足夠傳之後世、傳之今日華人各個社區的──包括「海峽兩岸」和歐美南洋！

這當然是我個人的偏愛，有待千萬讀者大眾的共鳴。至少我個人覺得，劉紹銘先生是當今最夠資格向國人介紹這類作品的大作家、大翻譯，這工作也是他的「天降大任」。

希望作者不要小視這一行，要把翻譯工作繼續做下去才好。

一九八二年十一月七日晨於新澤西州北林寓廬

——原載《渺渺唐山》，九歌出版社

父子之間

——殷志鵬博士編著《三地書》序

老朋友殷志鵬博士給我一本書稿，要我替他寫一篇序。我收到他的稿件已經兩年多了，卻一直沒有動筆。事忙人懶之外，還有一層原因，使我遲遲握管。那便是我覺得這是一本很不平常的書——也可說是一本「奇書」罷。我讀後竟為之掩卷嘆息，甚至沉思流淚。

幾十歲的人了，一生所經歷的生離死別、國破家亡之痛，幾乎是與生俱來的。經過這種波濤風霜的人，在感情生活上說，也可算是槁木久枯、鐵石心腸了。但是讀完這本書，竟為之默坐垂涕，也可說是很不平常了。我認為我應該為這部奇書好好地寫篇序言，好好地想想，然後慎重下筆才對。又誰知道，一個事忙又不善於支配時間的人，「慎重」卻變成了「拖」的藉口呢!?

這是一本怎樣的「奇書」呢?且讓我慢慢道來。

這本書本質上是一本「書信集」——是一位居留在中國大陸的父親殷福海，寫給他那位在海外漂流的兒子殷志鵬的信。這位父親在他們父子分別後的二十六年中的十三年——其中另外的十三年他們失去聯絡。一共向他那旅居在臺灣、倫敦、紐約「三地」的兒子，寫了一百六十九封信。現在這位父親過世了，他的兒子在他的一百六十九封遺書中，選出了九十一封，刊印在這裏，做為紀念，公諸大眾，也傳諸後世。

「寫家書」，然後出「集子」，以便「揚名後世」，這本是我們中國傳統文人的老玩藝，沒啥稀奇。不過這些「老玩藝」，原只限於「名流學者」和「黨國要人」的。一般平民百姓是根本不會想到來幹這種無聊之事的。而這本「奇書」之所以為「奇」的，便是它底主要作者——殷福海——卻是中國社會上普通而又普通的平民。用一句當今大陸上所流行的「劃階級」的術語，這位殷老先生的「階級成分」只是一位「市平」（城市平民）或「市貧」（城市貧民）。他既不能參加去「革」人家的「命」，也沒有資格去被「革」。講一句美國土語，在社會上他實在只是個 nobody。

福海老先生一輩子只受了些極起碼的所謂「舊式教育」，讀了一些《儒林外史》上所說的「三百千千」（《三字經》、《百家姓》、《千字文》、《千家詩》）一類的書；年長時再自習一點「四書」、「五經」和《古文觀止》，來個經世而不致用。

這樣出身「市平」的老人家，他一輩子也不可能會想到要於身後出一部《殷文正公家書》，來教訓教訓他那得了雙重博士底兒子和媳婦的。他只是生有書法天才，寫了一手工整的小楷。所以他一輩子也就靠替人家寫字、抄書、寫公文過日子——在那中文打字機還沒有普遍流行的時代，做個「司書」、「錄事」或「繕寫員」等最起碼的小職員或公務員，來養家活口。

這種「錄事」一類的工作人員，在抗戰前那比較安定的社會裏，靠升斗之俸，也還可勉強免於飢寒；可是在抗戰後期和勝利之後，那種物價一日數變的惡性通貨膨脹的社會條件之下，就難以為生了。據我個人所知，在戰後南京各機關就有這樣的職員，因貧病而自殺的。其中一位留給他妻子的遺書，便只有短短四個字說：「××，我自私了。」

這一階層的公教人員，在南京易手之後，而淪為失業的「市貧」，其境況就更不堪想像了。殷福海老先生便是這樣一位滯留在南京的「市貧」！

在我國百事皆無保險的傳統社會裏，一個苦難的人或家庭，他們心裏所寄託的最大期望，便是有個有造就、有前途——尤其是能「陞官發財」的「佳子弟」。一旦「劉公得道」，他們縱不能「雞犬升天」，至少也可「免於飢寒」。這一期望也就是我國傳統中「有子萬事足」和「養兒防老」等等心理狀態所滋長的社會背景。這種傳統落後的社會經濟制度不改變，而要強制執行男女嬰平等的「一胎制」，狠心的父母就要選擇「溺（女）嬰」的殘忍道路了。結果女嬰死絕，男嬰寵壞，其後果就更不堪設想了。

本書的主要作者殷老先生，那時便是個有四個兒子的幸運老人。他甚至無力能把一個兒子撫養成人，並受完滿教育；但是兒子的自動成長，卻變成他老人家其後領不完的退休金，和開不盡的金礦。本書編著者殷志鵬博士便是老人的「次子」。在一九四八年的冬季，當共軍渡江前夕、南京岌岌可危之時，他撇離老父和兩個幼弱的弟弟，與長兄隨軍撤往臺灣。這時的殷志鵬博士還只是個十五歲的難童！

照常情來說，一個十五歲的孩子，在兵荒馬亂之中隨敗軍而去，對一位父親該是如何沉重的心頭負擔。他底飢寒衣食、生死存亡，為父的能不日夜心焦？殊不知在那個瀕臨飢餓邊緣的歲月裏，一個十五歲的孩子，竟成為挨餓老人底唯一的希望。在南京的父親，開始向在臺灣嘉義的兒子告急乞援。這樣便開始了這本《三地書》中的「一地書」——南京向嘉義所寫的信。

從一九四九年一月二十七日起，到同年四月十二日止，兩個半月之內，殷老先生向兒子寫了十封信。這十封信的性質，大致和其後一百五十九封信都差不多，在內容上是「一邊倒」的——老子要餓死了，兒子趕快寄錢來。

殷福海是位很傳統的「中國父親」，向兒子要錢，視為當然。殷志鵬也是個很標準的「中國兒子」，雖然只有十五歲，他也認為節食事親，是義無反顧的。

在這兩個半月，共軍渡江前夕的存亡續絕之際，這位殷老先生活命之需的「金圓券」，便是他兒子在嘉義所得底微薄的「臺幣」工資換來的。

這位殷老先生也是位多產作家。在他向兒告急求救之外，他也告訴了我們，南京在陷共前夕、驚心動魄的社會情況。這些毫無虛假、實人實事底小市民的生活狀況，豈是些作偽成性的「

官書」，和那些自吹、自捧、自罵底「名人回憶錄」中所能找得到的!?

看官信否?莫瞧殷福海是個小「市平」，他所無心寫來的這本小書，才真是一本「奇書」呢!讓我們且抄一兩段來看看。

小部共軍已達浦口。所隔者，長江也。據云陸路只十五華里，即達首都。性命付諸於天!南京物價波動，說出來真要嚇一跳。豬肉一百元一斤，青菜五元一斤，食米已達一千七、八百元一擔，糯米每石三千二百元，尚買不到。

汝可將肥皂賣了(志鵬去臺時曾帶了些「肥皂」想販賣圖利)，連同薪餉合併寄來父用……(一九四九年元月二十七日)

來信有一、二日內發二月份薪餉，發下望速交郵寄來……。現在私米已升至三萬元一石。京地情形，日趨險惡，砲聲隱約可聞。滿街散兵游勇，漫無秩序……。滿街流民圖，觸目驚心，干戈何日才能結束?嗚呼!涉筆至此，能不淒然流淚!?……………!!

見信速將錢寄回應用。(三月九日)

此次官米早晚應市，要三萬元一斗……要多寄錢來……(四月十二日)

以上是一位留在南京的爸爸，告訴他逃往臺灣的兒子，南京易手前兩個半月內社會生活的實況。就食米一項而言，已由一百七八十元一斗，漲至三萬元一斗！

你如住在那兒，你如何活下去？

這位住在南京的殷老先生原也活不下去；他能活下去的原因，是他還有兩個賺「臺幣」的兒子。可是當他發出第十封信之後不久，共軍就佔領南京了。臺幣來源斷絕，這位無依無靠的老人，帶著兩個無母的幼兒，究竟怎樣的「活」下去，就連他那流落海外的兒子也無從想像了。

大陸與臺灣斷郵已二十四年了；但他們殷家父子之間，只斷了十三年。在這渺無信息的十三年中，這位殷福海老人並未餓死。他究竟是怎樣活下去的，在他們父子恢復通信之後，老人並未直說。這或許是不願傷兒子的心，也或許是傳統「讀書人」的頭巾氣。但在蛛絲馬跡之間，我們知道他老人家最初還在一個佛教機構內以「抄經」為生。不久他就失業了。四處流浪，甚至露宿。兩個幼兒保不住了，被收入「兒童教養院」。其後幼兒又夭折，連入葬的破棉被也被「盜墓者」偷去。

殷福海自己呢？他隱約地說，一度曾寄住於「群丐麇集之所」（一九六三年十二月十三日信）。在這些「群丐」之間，那位寫得一手秀麗小字的殷老先生，是「群丐」之間的一「丐」呢？抑為「群丐」之外的特殊分子呢？那就費人深思了。

但是不管怎樣，這位殷老先生是「活」下去了。活下去的原動力，可能是他還有兩個流落海外的兒子，他相信他們是孝順的。有一天他們還可能繼續接濟他。這一天殷老先生總算是等到了。

殷志鵬是我的好朋友。我比他年紀大，幼年也比他環境好。可是他是個好兒子，而我不是。照大陸上的新標準來說，他底「家庭出身」比我好。所以我父親所受的苦難也比他父親所受的大。而先父既沒有向我寫過一百六十九封要錢的信，我主動地接濟他也遠不如志鵬。想想地球那邊破爛的祖國，和慘死的父親，我自愧不如志鵬遠甚。子欲養而親不在，我心疚、我落淚、我泣不成聲。我不怕說，我哭得很丟人。

再回頭說說殷志鵬。

那個十五歲的難童，在臺灣嘉義且工且讀，由中學而大學，而考取公費，留英、留美，終於獲得哥倫比亞大學的博士學位。學位讀完後，正如他父親所說的，「大小登科一齊來」，又娶了一位和他有同等學位的美貌姣妻廖慈節小姐。這雖是他自己苦學的收獲，但是一個安定的社會，能讓苦學青年有上進的機會，也是功不可沒的。

志鵬於一九六三年飛抵英倫之後，居然又和失去聯絡十三年的父親聯絡上了。父子消息重通，對那無家而失業的苦難老人說來，真是「喜從天降」。自那時起，直至一九七四年他們父子重聚，乃至兩年後老人棄養之前，父親又給兒子寫了一百五十九封信。這一百五十九封信，自然還是和最先的十封信一樣地一邊倒——向兒子要錢，只是隨兒子的上進，略為升級罷了。

再節錄一封殷福海老先生在一九六七年中秋前夕所寫的信：

> 兒允許父到（中秋）節寄錢，但等到八月十四日信款皆不到，不知是何原故？你要孝心到底，貫徹始終。進了八月，一天天盼信，一直望到十四日，父才寫信。父已經急瘋了！整天魂不附體、痲木、廢寢忘食。見此信，速寄錢來，以度晚年生活！

殷志鵬那時是一個在海外「打工」的窮學生。我自己也是打工過來的，知道「打工謀生」的滋味。在這種且工且讀的千鈞重壓之下，三天兩天便要收到一封在祖國貧病交加的老父要錢的信，什麼「嬰兒望乳」「不寄錢來、父必餓死」等等嚴厲的需求。一個人不為此發瘋才怪呢？

志鵬沒有發瘋，他是撐下去了。撐得老父親誇獎他是「純孝」——這個封號真是比「博士學位」還要難得。

後來志鵬讀完博士了，又結了婚，老人的生活要求自然也就水漲船高。在一九七三年元月二十三日在給兒子和媳婦的信中，老人就說，「日常生活，非肉不飽，非帛不暖」了。這個時候的殷福海老先生顯然自知已是「博士公」的「老太爺」。而這個博士兒子和博士媳婦，當然也不會使老人失望。

他們殷氏父子之間，經過二十六年生離死別和艱難困苦之後，總算有個父子重聚，最美好的收場，令人欣羨！

讀完《三地書》之後，我不能沒有相當的感慨和感想。

這位殷福海老先生只是一位很傳統很普通的「中國父親」。家貧多病，賴子媳反哺過活。而他的不「普通」之處，是他在十三年中，向流落海外的兒子居然寫了一百五十九封信——封封要錢，封封都寫得那樣力竭聲嘶！

而真實不平凡的卻是這做兒子的殷志鵬。他在那十三年中打工、讀書、成家、立業、得博士，並承擔了這樣沉重的一百五十九封「家書」，而沒有發瘋，而繼續所學，而同時也能仰事俯畜，不改舊觀，為老父讚為「純孝」！

我認識志鵬已二十年了。如記憶無訛的話，我可能還是他博士論文評閱教師之一。他生了副樂觀的 baby face，見任何人，總有一番充滿真誠的微笑。我們聚會的機會並不少，但是我們向未談論過彼此的家事。一直等到我看完他這本《三地書》稿，才知道他那微笑的面孔之後，卻負擔著這樣沉重底父子之間的感情壓力。

現在這位殷福海老先生是長眠地下了。他如死而有知，應該為子孝孫賢而含笑九泉。回讀先人這一百六十九封遺書，志鵬博士應該也會感到祭薄而養豐，沒有愧對先人，真是存歿無憾。這件事對一些抱恨終天、存歿兩憾的人們說來，他們殷府父子，實在太令人羨慕和崇拜了。樹欲靜而風不息，為之奈何!?

最不平凡的還是志鵬這位賢夫人，廖慈節女士。她是個受美式教育的女留學生、收入有限的小家庭的主婦。她底美國教育和知交近鄰的薰陶，使她怎樣能接受這樣一位無窮無盡要求的father-in-law，而不和丈夫吵架、出走，甚或鬧離婚？這雖是她個人秉性純厚、伉儷情深使然，但卻是我們所謂「留美學人」圈子裏的奇蹟。

君不見「悔送兒女去美國」的老作家乎!?他們所說的故事，我們所見所聞還算少嗎!?

想不到沙漠之內也有綠洲。對殷志鵬夫婦這對文化班超，我真是從內心中發出無限的崇敬和羨慕。

不過話說回頭，殷志鵬的品行，也不是我在海外所見到的唯一的例子。以前我就認識一位四十未娶、而日夜操勞的華僑洗衣工。問其日夜忙迫，所為者何?他說是匯款回唐山養家。在國內的雙親弟妹，就靠他這一隻熨斗過活。「匯款養家」是他生命上最大的意義，也是他工作中最大的安慰。後來雙親物故，他失去了匯款的對象，也就失去生命的意義，和工作的活力。

「僑匯」是我們祖國外匯的最大來源之一。但是又有幾個人知道這筆財源的文化動力!?

中華民族的成員裏，為什麼產生了千萬個像殷志鵬夫婦這樣的「華僑」呢?學社會科學的人應該把這一現象「概念化」(conceptualize)一下。

原來我們這個三千年文明古傳統之中，是充滿了無限的「國粹」和「國渣」的。但是這亦「渣」亦「粹」之間，卻同垂不朽，玉石難分。君不見我們那個「起自人間賤丈夫」的「小腳」，還不是裹了一千多年!我們善於討「小老婆」的多妻制，和搞「君君臣臣」的愚忠、愚孝，不也是流行了數千年。在這黑白難分的文化濛鴻裏，我們鬍子一翹一翹的「衛道之士」，往往就以「渣」為「粹」；而那些善於攘臂揮拳的「革命分子」，又往往將「粹」做「渣」。

須知「國粹」和「國渣」之別，便是前者經得起考驗，而後者不能。因此當兩個以上不同的文化發生了接觸和相互挑戰之時，「國粹」和「國渣」就涇渭立見了。真正的「國粹」，不但我們自己會不自覺地（像殷志鵬那樣）起來誓死保衛；其他的文化中有識之士——如今日新加坡那些受純「英式教育」的領導人們——也會發現其優點，而自動來學習模仿。這就是所謂「文化交流」和「進步」（progressiveness）的真正涵義。我們大多數華僑，靠它過活的「唐餐」，便是一種「國粹」。它毋待乎大師小師們來「發揚」，自會在國際間不脛而走。我們的「裹小腳」就是個「國渣」，儘管她已有千年以上的歷史，它一碰到另一個文化的挑戰，自會立刻「放大」，而歸於消滅。

「唐餐」和「小腳」之別，就是前者在「文化交流」中，經得起「考驗」，而後者不能！殷志鵬夫婦，和成千上萬具有殷志鵬型的華僑，他們都不是「孔孟學會」的會員，他們也沒有唱過「保衛中華文化」或「發揚固有道德」的高調。但是他們那種不聲不響不為人知的個人行為，卻為我們東方文明，延續了一項最值得保留的父慈子孝的精華。試問殷志鵬夫婦之行，有幾個滿口「固有道德」的衛道之士和他們底夫人們、子女們，能做得到!?

筆者去歲應聘去新加坡。看到那小國家，今日已成為一個講英語的世界。李光耀說得好，我們要吃飯，就非講英語不可。青年人不諳英語，勢將噉飯無術。可是在這個漫天蔽海的英語狂潮之下，我卻發現一大批能說流利英語的「華文」作家、詩人和教育家。他們在東西兩大文化衝突的夾縫之中，在兵敗如山倒的潰退之際，堅守著零星的孤堡，在繼續其抗戰。他們和她們對幼年時期所受的華文、華語教育，只感到珍惜和自幸；而對職業上的不便，卻無絲毫自怨自尤之意。我目睹這些文化班超，不惜其殺身成仁的苦鬥，真覺他們的孤臣孽子之心，可泣可歌。

奇怪的是這種現象，只有在中西兩大文明短兵相接的新加坡才看得出。在大陸、臺灣、香港和美國，卻渺無蹤影。

這些文化班超們為什麼要這樣堅持苦鬥呢？這正和殷志鵬夫婦為什麼要那樣刻苦地去奉侍殷福海，正是一個道理。在當今這個東西兩大文明相激相盪之下，二者原是優劣互見的。抱殘守闕的鄉愿，和一味洋化的香蕉，都是誤國誤族的。文化競爭之間，亦自有其優勝劣敗的軌跡。優良的傳統是埋沒不了的。殷志鵬這本書，就是一本具體的註釋。

一九八三年八月十六日於北美洲

——原載《傳記文學》第四十三卷第三期

王瑩是怎樣「回國」的

前幾年在大陸的「傷痕文學」裏，曾看到三十年代電影紅星王瑩被江青殘殺的消息。最近在臺北《傳記文學》（四十五卷五期）上，又看到作家李立明對王瑩身世更詳盡的報導。但他們都沒有說出王瑩夫婦是怎樣地從紐約回去的，知道的人，似乎有義務補充一下。

王瑩和她底丈夫謝和賡和我在美國也有一段交情，而且這交情相當不平凡——因為我和和賡曾在一起做過兩年「書僮」（page boy），一道「落難」。

記得四十年代出國之前，我曾在安徽立煌的「安大」之內，當了一名最小的講師。那時我自己就僱了一名「書僮」供我使喚。一次我約了「安大」的一些男男女女到敝廬去歡度重陽。既然有個「書僮」，我這個「主人」只要一聲招呼，則不用煩心，諸事齊備，因而「登高」如儀——青年才俊、鶯鶯燕燕，盡歡而散。

那時我還年輕，比現在「風雅」些。登高之後，我還做了些歪詩，分贈同遊「索和」呢。歪詩中有一首「七律」，一開頭提起我的「書僮」來。詩曰：

呼「僮」收拾度重陽，
權把書香換酒香。
相與登臨澆塊壘，
平分秋色入詩囊。

……

……

為著侍候諸仕女，「登臨澆塊壘」，我那書僮被我使喚得頭動尾巴搖。我二人感情弄得不錯，簡直如兄若弟。但是根據「封建道德」，我們畢竟有主僕之分。我既是「主人」，他免不了就得做我的「勤務兵」、我的「小廝」、我的「鬧書房」的「茗煙」……，他得為我做「倒夜壺」、「擦皮鞋」的「下男」。但是我的書僮樂此不疲，到我出國前夕，辭退了他時，他還哭得如喪考妣呢。

又誰知道，天道還好，未出三年，滄桑幾變，我在美國也當起了「倒夜壺」、「擦皮鞋」的「下男」了呢。更惱火的則是我的「主人」遠沒有我那「書僮」以前的主人，禮賢下士，有人情味。

我碰了個「女上司」，她是個神經質的老處女。動不動就杏眼團圓，弄得我走投無路。但是為著吃飯，又不能隨意捲舖蓋，真是有愧鬚眉。幸好林語堂大師那時在紐約辦《天風》雜誌，他要我寫稿。我沒處出氣，乃藉林公之酒杯而澆我之塊壘，把我的「女上司」請出來，幽她一默、阿Q一番，出口鳥氣。

我那篇〈女上司〉，一開頭是這樣寫的：

> 在一個明朗秋天的下午，我拿了一封學校人事室的介紹信去見我的新上司。這兒是一個偉大的法科圖書館……。我被我的新上司接見了。這個上司是個碧眼金髮、風韻猶存的女人，她底名字叫格雷小姐。……一見之下，我便衷心自慶，因為我這次碰到了一個可愛的上司。她看過了我的介紹信，微笑地問我說：「你的名字是怎樣發音的？」我反覆地說了幾遍，她也牙牙學語的說了幾遍，可是她總說不好；她皺了皺眉頭。「你就叫我湯姆好吧！格雷小姐。」我急中生智，取了個洋名字。她聽了之後大為高興。於是從這時起，我就是我上司的「湯姆」了……（編者按：唐德剛先生〈女上司〉大文已收入《五十年代底塵埃》一書）

在這篇訴苦的文章裏，我沒有再寫「第二天」。其實第二天一早九點正，我來上班時，那第一個指導我的老書僮「大維」，中文名字就叫「謝和賡」。我的〈女上司〉大文，也是他後來唆使我寫的。

他那時穿了一件灰色工作服，推一個大書車，對我笑臉相迎。我二人既是那個大機構中僅有的兩個「支那曼」，互通姓名之後，用不著再問「尊庚幾許？仙鄉何處？」人就一見如故了。他告訴我他底「番號大維」和我的「洋名湯姆」，「命名」的儀式是完全相同的。

大維為人和藹，見人總是笑咪咪的。我雖然落難，也倒不悲觀，頗能逆來順受——大維胖嘟嘟、我瘦嶙嶙。嘻嘻哈哈，一對勞萊、哈台，頗為相得。

我二人不但作息時間相同，連上午咖啡、下午茶，也都同出同進，簡直形影不離。大維漢文比我好，善於口占一絕。一次我二人正推著書車、魚貫而行之時，大維煙絲披里純一動，七步成詩，口吟一聯曰：

莫嘆「排吉」志氣小，
推來何止五車書！

乖乖！口氣好大。大維正道出我兩位「排吉」（page boys）的凌雲壯志，終非池中物也。日子久了，我才發現大維不只是胸懷大志，將來要治國平天下，原來他早已是個大人物了——他和當年所謂「桂系」一批風雲人物如李宗仁、白崇禧、廖磊、夏威、黃旭初、李品仙……諸上將，都相知甚深。對桂系二級領袖如程思遠、韋永成諸公，那自然更是稱兄道弟了。照大維這樣有歷史背景的要人，現在居然也跟我一道當「書僮」，來「倒夜壺」、「擦皮鞋」，我真是既榮幸、又驚奇、又惋惜！

可是車子一天天推下去，我發現「驚奇」竟一個接著一個，不斷地迫人而來——原來大維還有個「老婆」，而這「老婆」還是個「女作家」，這「女作家」正在「寫小說」，這「小說」還要「拍成電影」！

在這行發展上，大維原是他老婆的助手。有時「助手」的問題解決不了，我就被招募成「助手的助手」。

有時「問題」出現了。例如：「七七事變那天是星期幾？」

對這種「問題」，我這位「助手的助手」，往往可脫口而出。脫口不出，也可一索即得。可是「女作家」有時也有些「難題」，卒使「助手」和「助手的助手」都瞠目不知所對。例如：「太古輪船的大餐間，從上海到蕪湖，票價幾何？」為此我二人都傻眼了。

「大維，」一次我問他，「你老婆為什麼要寫小說？」

那時是一九五一年啊！在紐約寫中文小說有屁用!?

「我們要譯成英文，然後拍電影嘛。」大維認真地說。

「好萊塢要替你老婆拍電影？」我不免認真地吃了一驚。「誰替她翻譯呢？」我又追問一句。

「賽珍珠嘛。」大維微微地笑一笑，又說：「賽珍珠鼓勵她寫自傳式小說，然後翻譯出來，拍成電影。」

「賽珍珠，那位諾貝爾文學獎得主，替你老婆當翻譯？」我幾乎把茶杯打翻。我又問，「你這位『老婆』是誰？」

「她是個電影明星嘛。」大維又笑一笑。

「哪個電影明星？」我立刻追下去，「白楊？白光？」

「她是王瑩。」大維回答的很平淡，但顯然有點得意的味道。

「那個演《賽金花》、和藍蘋搶主角的『王瑩』？」

「……」老謝未答腔，只是傻傻笑。

在下是個守不住秘密的人。不久 David's wife 是個中國電影紅星的新聞，便傳遍全館。我們的「女上司」和保羅、瑪麗、亞蜜達等小鬼，也都嚷著要一睹丰采——他們還未見過「中國的電影明星」呢！

但是我們這位老謝總是神秘兮兮的。他金室藏嬌，連我也不讓見一見——但生性好奇的鄙人非得見她一下不可，因為他們就住在另外一條街上，相去咫尺。

一次散工之後，我忽然瞥見他夫婦二人自哥大校園經過。機不可失，三步兩步我便追了上去，並大叫「大維、大維……」

這一下大維不得已停了下來，總算把「湯姆」向「賽金花」介紹了一下。

王瑩和我微笑握手，並稍表歉意的說，她早該請我到謝家便飯「……您是和賡這樣好的朋友嘛……」

我把王瑩仔細端詳一下。她雖徐娘半老，也並不太美，但倒是蠻可愛的，可是總和銀幕上的王瑩有點不一樣。

我又想到《賽金花》在上演時，觀眾向戲臺上丟汽水瓶的故事，心中頗有些異樣的感覺，這感覺至今不忘。

他們謝家那時住的是紐約市，曼哈頓區，西一百十五街。這座房子還在，我現在也還在這棟房子中不時出入。原因這棟名人名居，現在又住入我的一對明星朋友——夏志清和王洞。「大維謝」和「約翰納三夏」（Johnathan Hsia）一樣，二人都很開朗，胸無城府。只是一提起他的老婆，他就神秘兮兮起來。

那時我們都還年輕——一位年輕的「書僮」，要去拜候另外一個「書僮」朋友的老婆，另外一個「書僮」本是無法拒絕的。但是有時要請他二人「小酌」，甚或「喝咖啡」，大維不只是「婉拒」，簡直就「硬是不幹」了，他開門見山的理由，便是「你太窮」。

但總算承他的情，他也約我到他公寓喝過一兩次短暫的咖啡。至於保羅、瑪麗他們，乃至我們的「女上司」，就無此特權了。

話說大維終因年資，積功陞遷，也因為他人緣好，我們一起做了兩年，他就升級了——從「排吉」（page boy）升成「書寫員」（lettering clerk），用白漆在洋書背上寫號碼。

其時我們的工資是七毛五一小時。升級後，大維就拿八毛了。兩個五分錢在那時可乘一趟「地鐵」——所以「加薪五分錢」，也不無小補。

大維不推書車了。他現在有個比電話亭大一點的「辦公房」。辦公房內除「文房四寶」之外，還有一架只打進、不打出的電話。更奇怪的，是他這個小 office 只有乘「書庫電梯」才能上去。這個只能乘一、二人的老爺電梯如失靈了，則大維常時幾個小時下不了樓，萬一有火警，那真不得了。但是大維對他底小天地卻甚為欣賞——這一下他可以真正的隱居了，不時還可接一接老婆打來的電話。

大維調職之後，總館「人事室」又送來一位中國同學亨利王來補大維遺缺。亨利是我在沙坪壩的同學，我二人當然也能如魚得水、阿Q非凡了。

一次我和亨利正推著寶車，在大閱覽室內魚貫而行，忽然看到兩位衣冠楚楚的中年白人走到「借書檯」前，說他們要見「大維．謝」。在我們有經驗的眼光裏，一看就知道他二人是來自「聯邦移民局」的特務。

「他們是移民局來的！」亨利王說著便停下車子，我也跟著停下，一看究竟。

在借書檯上工作的亞蜜達姑娘喜氣洋洋的打了個電話給大維，說有兩位紳士要見他。不一會，大維便乘著電梯下來了。看到這兩個特務，他一楞，臉上立刻變了色。

那二人倒十分鎮靜，但面露兇光，低聲而帶煞氣的說：「我們來自移民局！你跟我們走！」

大維面色驚慌、聲調僵硬地說：「你讓我上去換件便服好嗎？」因為他穿的還是校中的「工作服」。

這時亞蜜達也慌了，幫著懇求那兩位特務說，「大維的辦公房就在樓上，你們讓他去換件衣服嘛。」

大維這時固然慌做一團，亨利和我也抽了一身冷汗——這是幕「秘密警察抓人」實情實事，不由得不使你感到陰風慘慘也。

大維上電梯之後，那兩傢伙在下面等了半晌，未見他下來。再叫亞蜜達撥電話，而電話那邊居然沒人接——原來我們這個電梯雖「老爺」，它卻上通天堂、下通地獄呢。大維換了衣服之後乃乘電梯直上五樓。那兒有個「後門」，大維乃自後門溜之大吉。

那兩個特務心知有異，一聲未響，便匆忙地掉頭而去。

大維溜走之後，乃逕自返回自己的公寓去了。誰知那兒早有兩部汽車在等著他，夫人也已端坐車內。大維一到，兩頭大漢乃自左右挾之登車，兩車絕塵而去。

大維和他明星夫人被捕的消息，很快便傳遍全館、全校。上下同事為此事都怒不可遏——美國一直都自吹其人身自由，也自覺是世界上最具「無恐怖自由」的民主大國，孰知現時現報，當場便表演一齣「特務抓人」的活劇給你看看。

這幕活電影演的太刺激了，館內美國同事在義憤填膺之餘，乃組織一個「大維．謝夫婦後援會」，招兵買馬，大家到移民局前去「扛牌示威」，三大電視臺也為此事做「現場廣播」，鬧出個偌大的茶壺風波。

我們在電視內看到我們的「女上司」對訪問記者幾乎說得聲淚俱下。圍觀的群眾也一致痛罵移民局特務是「豬仔」和「法西斯」，而移民局發言人則在電視上說他夫婦在美搞「共產組織」，非驅逐出境不可，各執一辭，互不相讓。

當謝和賡兄解衣上樓之時，那是我和他的最後一面。後來的「援謝團」，亨利和我都不能參加，因為我們不是「美國公民」。洋同事們甚至拒絕我們一同上電視——怕我二人「自投羅網」云。

看到傷痕文學和李立明君在《傳記文學》上所寫的有關謝、王夫婦的文章，當年這幕美國「特務捉人」的活劇頓時重現眼前。

王、謝二人是因「共產」嫌疑，而被美國「移民局」逮捕遞解出境的。又誰知可憐的王瑩回到「共產祖國」之後，卻慘遭藍蘋的報復與迫害，死得那樣可悲！這話又從何說起呢？

謝和賡兄據說現在還健在大陸。他如看到這篇拙作，我想他也許會稱讚我這個「學歷史的」未說半句假話吧！

一九八五年二月五日寫於紐約市立大學

——原載《傳記文學》第四十六卷第三期

白馬社的舊詩詞

——重讀黃克蓀譯《魯拜集》

在五十年代的中期，我們有一批以打工為生的文藝愛好者，在紐約組織了一個「白馬文藝社」。為表示我們並不「落伍」，所以我們「創作」起來，真是「詩必朦朧，畫必抽象」。可是我們那時畢竟「去古未遠」，多少還保存了一些「落伍」舊習——有時也談些「舊文學」，有時也以「舊形式」從事創作和翻譯。

斯時落草紐約，來領導甚至鎮壓我們這批小鬼的大王，便是胡適之先生，他堅決反對我們以舊形式從事新創作。但是我們這位大王本身也相當矛盾——他一面徹底的反對「死文學」、「舊文學」；一面又常時吹牛，說他們搞「文學革命」時那一夥人（梅光迪、任叔永、陳衡哲等等）做的「舊詩詞」都很 acceptable（過得去）。他並強調說，如果沒有那樣 acceptable 的「習作水平」，批評、甚至欣賞舊詩詞，「都是很困難的」！

受了胡大王打破鑼的影響，同時震於胡、梅、任、陳等的盛名，我們「白馬社」裏只會做些 unacceptable（要不得的）舊詩詞的伙伴們，偶爾寫寫，就只能躲在「衣櫥」裏，不敢公開「

亮相」了。

如今三十年過去了，重行翻白馬社當年的作品。再讀讀目前對「舊形式」並無習作經驗、而好以中國舊詩詞來和西洋詩歌做比較研究底學人的作品，胡適地下有知，恐怕更會罵他們「王小二過年」，一年不如一年了。

我想適之先生當年的這「一個堅持」：沒有習作經驗，便很難批評舊詩詞（尤其是帶有「職業性」的批評）的見解是確有其道理的。這一點我想能搞點「仄仄平平、平平仄仄」的朋友們都會同意的。

其實我們那時伙計們的詩詞，今日再偶爾翻出來讀讀，我倒覺得他們的作品，並不比胡適之、任叔永……陳衡哲他們的作品 unacceptable 到哪裏去的呢。相差的是他們對文學發展所起的影響，前者太大，後者太小甚至沒有罷了，而不是作品本身的藝術水平的問題。

吾友黃克蒸譯的《魯拜集》就是個例子。

什麼是《魯拜集》呢？「魯拜」（Robaiyat）原是十一、二世紀間（中國北宋年間）波斯大詩人「奧馬珈音」（Omar Khayyam, 1048?- 1122）所寫的「四行詩」（Quatrains）。這個魯拜詩集，經十九世紀英國維多利亞詩人費茲（Edward Fitz Gerald, 1809-1883）譯出了一部分。費茲本人是詩人，他底重加潤色的譯筆所翻出來的英譯《魯拜集》可能比波斯原文更美。這樣一來，「作者」以「譯者」傳，奧馬珈音這位中東作家就進身世界詩人之列而名滿天下。各種文字的譯本也就相繼出現。

波斯（今伊朗）是個弱小落後的國家，精通古波斯文的外國學者太少了。「奧馬」先生既然出了名，大家來翻譯他，也泰半以「費譯」為藍本。我國新文學興起之後，青年人趕時髦，也就根據「費譯」來從事「漢譯」了。中國第一個翻譯《魯拜集》的，便是那位「創造社」骨幹的郭沫若。費譯既然是潤色而譯之，郭譯（一九二二）就更是為潤色而潤色了。

這個《魯拜集》，即是「四行詩」——第一、二、四行押韻，它簡直就和我國舊詩中的「絕句」差不多。郭沫若的新詩自有其見仁見智的創造體。郭的舊詩則乏功力，甚為「打油」。以打油舊詩，加奔放新詩來譯《魯拜》，倒是個理想的拼湊。郭沫若本是個「流氓才子」，加以「潤色翻譯」（所謂「衍譯」）又沒有什麼太大的忠實與否的問題——所以有鬼才的郭沫若此譯頗為成功。其後國人還有幾種譯本，都抵不上「郭譯」。一直等到黃克蓀時代，他才對郭譯不滿（郭氏對費譯也欠忠實），而要再來個「黃譯」。

克蓀是我們「白馬社」的四五個發起人之一。他那時才二十七歲，已拿了物理學博士學位，在「麻省工學院」教書，住在波士頓。常時自波城趕到紐約，來參加我們幾個所組織的一個小型朗誦會——他來的目的自然是一石雙鳥（有個美麗的女朋友在紐約嘛）。另一個發起人吳訥孫則來自耶魯。年久了大家都記不清楚。後來心笛寫了一篇懷念「白馬社」的文章，就把訥孫和克蓀混到一起去了。我最近找出克蓀送我的《魯拜集》，才又想起三十年前的舊侶，一切又如在眼前了。

克蕤廣西荷城出生，很小就隨雙親移民到菲律賓去了，是個不折不扣的小華僑。他後來到美國讀物理，是位拿獎牌的高材生，留在ＭＩＴ教書。但是他性喜文藝，所以就和我們這幾位「企檯文人」合夥了。

他那新譯的《魯拜集》，用的是「七絕體」，一九五六年在臺灣出版。在那個「沙漠」年代裏，我不記得有什麼書評提到過。那本自費付印的小書全是我們那小夥兒「自斟自酌」的小出版品，「唱戲抱屁股，自捧自！」我們幾個小嘍囉，自己認為「黃譯」比「郭譯」好！

郭沫若那時正在大做其「機內機外有兩個太陽」，好不神氣呢！

我現在無意中自亂書堆裏找出克蕤三十年前送我的小書。我也無意再來個「唱戲抱屁股」，替他補寫個「書評」。我只覺得這是一本很好玩的小書——它代表我們那個時代寫舊詩詞的水平，不是什麼 acceptable，但也不是什麼 unacceptable。

舊詩與新詩不同。舊詩的好壞，是有其一目瞭然底「客觀標準」的，不像新詩，它的好壞，有時要靠「投票選舉」。

以下是黃譯《魯拜集》中我所愛讀的幾首。抄出來，請同好把玩：

魯拜集題詩三首

草綠花紅夏又深，滿天星斗讀珈音。
赤蛇頭對蒼龍尾，指點微茫天地心。
結樓居士最多情，重譜波斯古笛聲。
伊覽一城花似雪，家家傳誦可蘭經。
留得詩心伴玉壺，珈音仙去酒星孤。
一千年又匆匆過，生死玄機解也無？

譯詩十四首（選自全集一〇一首）

醒醒遊仙夢裏人，殘星幾點已西沉。
羲和駿馬鬃如火，紅到蘇丹塔上雲。
不問清瓢與濁瓢，不分寒食與花朝。
酒泉歲月涓涓盡，楓樹生涯葉葉飄。
聞道新紅又吐葩，昨宵玫瑰落誰家？
瀟瀟風信瀟瀟雨，帶得花來又葬花。

一箪疏食一壺漿，一卷詩書樹下涼。
卿為阿儂歌瀚海，茫茫瀚海即天堂。
玫瑰周遭向我開，嫣然淺笑更低徊；
「看儂一解柔絲蕾，紅向千園萬圃來。」
紅花底事紅如此，想是萇弘血裏開。
一地落英愁欲語：「當年曾伴美人來。」
為卿斟酒洗塵緣，莫問明朝事渺然。
我便明朝歸去也，相隨昨日七千年。
地獄天堂說未真，恆恆賢哲幾多人。
玲瓏妙口今安在？三尺泥中不復聞。
辜負高人細解蒙，希夷妙語未全通。
此心本似無根草，來是行雲去是風。
浩浩天門瞬息開，千秋螻蟻浪疑猜。

雲山幾度成滄海，造化紅塵遊戲來。
曾司北斗與招搖，玉曆天衡略整調。
紙上淋漓縱醉筆，勾除昨日是今朝。
碧落黃泉皆妄語，三生因果盡荒唐。
濁醪以外無真理，一謝花魂不再香。
天賜人間自在身，形骸放浪是元真。
此生哪有他生債？未向蒼天借一文！
彎彎壺嘴似蛾眉，手做泥壺為阿誰？
隨手捏成隨手碎，到頭還是一堆泥。

（甕歌集選一首）

一九八五年七月七日於北美洲

原載《傳記文學》第四十七卷第二期

知客和尚的「十一字真言」

——集「印象、半抽象、抽象、無象」於一身的卓以玉

詩人（包括中英兩文）畫家、說起話來集「京腔」和「蘇白」於一口、聽來十分甜蜜的卓以玉教授，這次自加州東征紐約，在「台北畫廊」做個人畫展。筆者久仰令名，乃扳她到紐約市大亞洲學系做一次公開講演。我因在幻燈片上看出一張間歇的「空白」在學生的掌聲裏，誤以為畫片已完，實際上還有兩張畫片未映，開燈稍早，以致講、聽雙方，均意猶未盡，把這場盛會弄得美中不足，真是抱歉之至。

以玉我雖久仰其名，也零星地看過她的畫，而看她底全集「個展」，這次還是第一次。細看她底二十幾幅精心傑作之後，我對一同前往觀賞的友人，脫口而出的評語便是她「集『印象、半抽象、抽象、無象』於一身」。

紐約是深得沒底的全世界第一號文藝大城。各行各業的專才，以及欣賞專才的普通市民，往往都眼高於頂——真是閱人多矣。闖闖紐約，談何容易，尤其是在「熱門」之內；而卓以玉所搞的「現代畫」就正是熱門之一。不信到「疏荷」去看看。那三步一「廊」、兩日一「展」

的盛況，也真是嚇壞內行、累壞外行。

自大陸上鄧小平的「開放政策」大行之後，紐約更成為中國文藝專才外訪的必經之道；而我們這些久適番邦的「老紐約」，也就變成了應接不暇的「導遊」和「知客和尚」。在我們底客人之中，最感興趣、最感迷惑、也是遊客面前最醒目的一項藝術專業，就是無往而不存在的「現代畫」。客人問起，使我們所最窮於解釋的，也是它！

怎樣來對這些萬里外飛來底「遊方」、「掛單」之客，於短短的三五小時之內解釋清楚這種古怪的「現代畫」呢？經驗告訴我，最好是把現代西畫發展的「通盤經過」來「融會貫通」地「概念化」一番，然後提綱挈領、簡單扼要講出它底歷史背景來，使好奇的遊客來個「頓悟」。我底「概念化」的辦法，便是提出個十一字真言：「圖象、印象、半抽象、抽象、無象」。

為解釋這「十一字真言」，我想最好能找出個「個人畫集」——尤其是一位受現代西畫訓練的「華裔畫家」的畫集，做為我的「現代畫導遊示範」。這次看到卓以玉的「個展」，不禁為之大喜。她如果出個「畫集」，便正是我所需要的「示範」之作。

以玉在五十年代中期，曾和「我的朋友」心笛在紐約一起學畫，可惜那時我們緣慳一面。當時她們這批青年畫家學西畫，是把已有一百多年歷史的「西洋現代畫」，從頭學到底的——這一點是「華裔（尤其是說「華語」的華裔）畫家」的特點（西裔學畫往往一出手便開門見山，從某宗某派開始）。所以這批華裔畫家一旦成名，他們底個人「畫集」，便顯示出近百年西畫，從「印象」到「無象」的整個發展的軌跡——卓以玉的畫，便是這樣的。

我這位「知客和尚」的「十一字真言」又做何解釋呢？這裏得簡單說明一下：

人類畫畫自三五千年前初民岩穴壁畫開始，到齊白石、張大千，畫的都是「圖象」（pictorial），也就是具體的「象」。有許多東西，本不存在，如龍鳳、神鬼等等，但是畫家都會創造出個具體的圖象來。

有些本有其具體的「象」，但這「象」早已在人們的記憶中消失，如孔子（現在我們的孔像是唐朝吳道子揑造的）、耶穌、荷馬、聖母、關公、觀音菩薩……，但是早期的畫家也都把他們「造」出個「象」來。這個象，後人也就視為當然了。前些時羅馬教皇曾看到「耶穌顯聖」——耶穌站在他床邊，向他注目。他老人家就未想通，他所看到的耶穌，原來是藝術家的耶穌；真的「我主耶穌」，恐怕還不知道呢！

以前歐洲某聖地也有三千朝山仕女集體看到「聖母」在雲端「顯聖」千真萬確的故事。奇怪的是這位「聖母」，也是早期畫家筆下的「聖母」——真聖母是什麼樣子，誰也不知道。

我國以前有些修煉的道士也曾千真萬確地看過「關公顯聖」，也是同樣的道理——我們真不能小視畫家。

所以一言以蔽之，中外一理，千年古畫，畫的都是些存在或不存在的「圖象」。大家大同小異地一畫畫了數千年，到法國大革命以後的巴黎「國家畫院」時期，圖象是登峰造極了。那時他們「院士」們所畫的，真是二十世紀八十年代的彩色照相，也不過如此而已。

可是物極必反。到十九世紀中葉，巴黎畫壇便起了「文化革命」來，一批青年畫家開始向傳統造反——他們一反傳統「圖象」的畫法，要把大自然中一瞬即逝的風月禽獸人物之「美」留下其「印象」（impression）。用句中國名詞來解釋一下吧。如畫家畫他對「平沙落雁」的「印象」，其「美」不在一兩隻「落雁」的姿態，而在「萬隻落雁」，在「平沙」、在「夕照」、在「風聲」、在「月色」……。怎樣把這個「印象」畫下來，就是所謂「印象派」（impressionism）了。

「印象派」初起時，曾受到冬烘的「院士」們的鎮壓和「肅反」，但是他們的革命畢竟成功了。

這是西畫「現代派」響亮的第一炮。

卓以玉的畫集中，也以「印象」為多，如「雲林」、「靜觀」、「天抹微雲」等等，都是學的這一派，段數甚高。

「印象派」濫觴的結果，就必然走向沒有具體圖象的抽象（abstract）了。印象而雜以抽象的過渡期，便發展出「半抽象」（semi-abstract）來。以玉送我一幅畫，她問我要哪一種，我說「半抽象」——結果我選了一幅「逸香」。

在「印象」、「抽象」之間的「半抽象」是人類「視覺藝術」（visual arts）自「圖象」中解放出來的初期產品。徹底解放，那就乾脆走向「無象」（non-objective）了。

繪畫進入這個「無象」階段，簡直就和「音樂」合流了。「現代音樂」便是以音符繪出的「有聲無色的圖畫」；而「無象的現代畫」，則是用顏色和線條譜出的「無聲有色的音樂」——兩者皆是人類美感表達中的阿姊阿妹。畢卡索、杜庫寧晚年都昇華到這一境界。晚近的「新表現派」（Neo-Expressionism）則又是這一境界底輪迴反應。

卓以玉的畫基本上是西方現代畫。但她畢竟是一位在中國成長的藝人。她捨不得也不可能背棄她自己的民族傳統。她又是「林二哥」的崇拜者。她那幅「無象」之作「唵嘛呢叭彌吽」，「畫」的乾脆就是佛教密宗的「六字真言」。

以玉天才橫溢，方面深廣。她的作品正在豐收階段，藝術前程似錦，謹不揣淺陋，作文以賀之。

——原載《中國時報》

「紐約東方畫廊」觀畫記感

——十大畫家，永不再有

「我的朋友」李宗仁（德鄰）將軍，在抗戰之後，出任當時國府主席的「北平行轅主任」，手握重兵數十萬，治下直轄「五省三市」，真是威風八面，一人之下、萬人之上了。可是李公雖官高爵顯，但是為人和謙、禮賢下士。那時的平津實是全國「高知」的精華所在，而這些高知的精華幾乎全是李老總的入幕之賓。李上將在中南海、懷仁堂一帶，帝王故宮之內，三日一小宴、五日一大宴。一時斯文翰墨，都被網羅殆盡。大家對這位功高國族而平易近人的上將，也確是心悅誠服，極具好感。

有一次李氏特備一席盛筵，把當時名滿東亞、身居故都的「中國十大名畫家」邀於一桌，閒話家常——其時應約而來的計有徐悲鴻、齊白石、傅抱石、溥儒，可能張大千亦在其內——真是集中國藝壇，一時之盛。眾來賓對主人伉儷的盛情，也確是心感口服。酒酣耳熱之餘，主人乃著人取來畫具，由十大名家即席聯合揮毫，完成兩鉅幅松石花卉的「中堂」，呈獻李德鄰將軍和郭德潔夫人以為紀念。

斯時、斯地、斯主、斯賓——從任何角度來看，這兩幅鉅製，都是中國畫壇，千古傑作，永垂不朽！

至於這十大名家，輪流執筆，何人畫松？何人畫石？十餘年後，李公伉儷在紐約示我，今日我已無法記憶。但我卻記得一株花卉上的一隻蝴蝶，是出於齊白石之手。據郭德潔夫人告我，白石是最後執筆之人。他把全畫端詳了一會兒之後，忽然提起筆來，在一朵花卉上加了一隻蝴蝶。筆頭只稍稍「點」了幾下，為時不過數秒鐘。

我為什麼把這件小事記得如此清楚呢？原來郭德潔那時也有心學畫。她在客人離去之後，乃把這兩幅畫仔細看了一下。她嫌白石那隻蝴蝶翅膀稍為短了一點。她乃調墨潤筆，把白石蝴蝶的翅膀加長了一些，使牠飛起來更為有勁。

後來李公伉儷隱居紐約時，李夫人無事時乃找了些中國畫家如汪亞塵等來教她畫一些花鳥蟲魚。一次她興致很好，乃把當年那兩幅中堂取出給我們欣賞。她尤其歡喜談起她那段「加工」的故事。

我們看畫之餘，我記得在郭德潔背後，畫師汪亞塵先生等，總難免暗暗搖頭，嫌他們底「女弟子」把這幅「名畫」「糟蹋」了。

可是細觀兩畫之後，我卻提出不同的看法。

我認為這畫沒有被「糟蹋」，相反地經郭德潔這一「加工」，這幅畫反更有韻味了。因為我是學歷史的，和他們搞純藝術的看法又略有不同。

我記得我當時曾告訴幾位搖頭藝人一則故事：

在大唐「開元」、「天寶」之際，唐明皇討了一位美麗而天真爛漫的貴妃楊玉環。那時正值天下缺錢，戶部乃奉旨加鑄新錢。一次鑄錢局向明皇進呈新錢的「蠟模」時，正好玉環妃子隨侍在側。她一時好奇，乃用她兩個手指把這蠟模撿起細看一遍。她這一撿，不打緊，她底指甲乃把這蠟模兩面，印上了兩記「貴妃爪痕」。

這個後來鑄出「貴妃爪痕」的「唐代古錢」，竟變成古錢收藏家底搜藏對象——有爪痕的往往價值鉅萬，遠非無爪痕的所可比。

這一故事，可能是後來好事者所編造的。但是縱使是「小說」，這則故事也是很美的。

郭德潔夫人那樣一位活生生的美麗而天真爛漫的上將夫人，如今已久眠地下，可是她遺留下的當代中國藝壇無價瓌寶——十大名家的聯作——將永留史策，而這幅名畫也將因郭德潔的「加工」而更有情調、更具詩意、也更有市場價值。

上述這段小故事，可不是筆者「編造」的。已死的張大千、還活著的汪亞塵，和李公夫婦的眾多親友、部屬乃至他們的兩位公子，都可做見證的。

李家這兩幅「中堂」，屬於「先生」的那一幅，竟為李氏以三百元美金售去；屬於「夫人」的那一幅，今亦不知何往。往事如煙，我常時冥想，若有畫廊能把這兩幅「十大名家」的作品找出來「展覽」一下，那該多好。我相信出三百元賤價取得李氏那幅名畫的幸運買主，現在可能還在紐約。他如能取出這幅國寶來，讓我們再多看一眼，在他該是件多福多壽的善舉，在筆者該是多麼日夜渴慕的眼福啊!?

這兩幅「十大名家」合作的精品，今雖下落不明，所幸無獨有偶——這次紐約的「東方畫廊」卻能選出近百年來中國的「十大名家」各自的精品來分別展覽。當年替李宗仁將軍夫婦所聯合執筆的「十大名家」，除悲鴻、白石、溥儒、傅抱石（或許包括張大千）之外，還有哪些人，我雖不能記憶，但我敢斷定「東方」所展十人之中，有一大半是當年懷仁堂底座上之賓。思往事、感前賢，我這個有歷史癖的後生，真對「東方」之展，一往情深，而留連忘返。

我國傳統國畫之所以可貴，之所以令鑑賞家入迷，其道理正和看傳統京戲一樣，它有一種古典美，而這古典美的最高表現，已到此為止。今後一切都成了「廣陵散」，「從此絕矣」。

看京戲，我們只能看到「四大名旦」為止。但是京戲正和西方的歌劇一樣，它還會繼續唱下去的。可是梅郎一死，京戲裏就不會再出現個梅蘭芳，那是任何京戲愛好者都可肯定的。

何以如此呢?

那是社會學、文化學上重大的問題。尋根究柢，那就說來話長了。

國畫亦然。張大千和張大千同輩的十大畫家或八大畫家一死，傳統文人畫的發展，也就「到此為止」了。因為張爰和他底同輩的幾位傑出的畫家，都是「時代的產品」和「社會的產品」

。這「時代」、這「社會」，一旦過去，這項「產品」也就永不再有了。

傳統的「京戲世家」，他們對「唱」戲的看法是：「一哭、二笑、三白、四唱」。「唱」是四項之中，最容易的一項。

畫傳統文人畫亦復如是。通常所謂「詩、書、畫」，而三者之中是「詩難於書，書難於畫」。因為國畫的上品，是「意在筆先」，而「詩」、「書」皆以「意」為主。有「圖象」而無「意境」，則是工匠之畫，非文人之畫。張大千說，「除匠氣、去俗氣」的先決條件是「多讀書」，所謂「多讀書」便是多讀古典「線裝書」。

我們不可否認，今日的社會上，仍然有一些未脫俗氣的詩人墨客。其所以不能脫「俗」的原因，便是缺少傳統文人的「書卷氣」；而傳統的「書卷氣」，則有待乎「詩」「書」的陶冶。不擅傳統詩、書而畫傳統國畫，則「意境」偏低。無意境，則其畫則不足觀矣。

可是以高度傳統「詩、書」來培養傳統「意境」的社會，已不再有。「東方」所展的十大畫家已全是古人。和這批「古人」有同樣造詣的「今人」也已屈指可數。他們再相率西歸，則傳統的「文人畫」也就壽終正寢了。

讀者也許會嫌我危言聳聽。請讓在下重複一句：上品國畫有三絕（詩、書、畫），是缺一不可的。後生小子，能掌握三絕者，恐怕已不可能了。偶能為之也只是「為賦新詞強說愁」的假境界，沒有老輩的原始性了。

傳統的文人畫既不能再有，則「東方」五十幅精品，迴光反照式的聯展，就特別值得我們珍惜了。

「東方」所展的十家是按畫家年歲編排的。計有虛谷（朱虛白一幅）（註）、任伯年（六幅）、吳昌碩（八幅）、齊白石（五幅）、黃賓虹（六幅）、陳師曾（五幅）、徐悲鴻（七幅）、傅抱石（四幅）、潘天壽（二幅）、張大千（五幅）。

這五十幅名畫——從光緒甲午（一八九四）到民國辛酉（一九八一）——包括將近一百年。近百年中國國畫名家的代表作，於此一展覽中，可以一「覽」無餘。也真是近年海外藝壇的盛事。

不特此也。此一展覽會中所選的也是各該名家的「精品」。就以悲鴻為例吧。徐大師善畫馬，可是他晚年為著離婚而以畫為贍養費時，乃不昔大量粗製濫造，所以弄得劣馬成群。我有一位親戚近年曾在華府一家「車房拍賣」中，以不可想像的低價，購了好幾幅「悲鴻真跡」。可是其跡雖真，其馬則甚劣。而「東方」所展出的卻是一幅紅鬃烈馬。筆者不敏，悲鴻之馬的真跡，所見亦不下數十幅，竟沒有一幅可以上「東方」之馬也。他作稱是，無法詳敘。

我未便向「東方」主人追詢這五十幅的來源，然知其經過慎重選剔，貨出名門，迨無可置疑者。友人之中或有以悲鴻那幅「嫩寒」為偽作，因其署名筆法不類一般「悲鴻」也。鄙意不以為然。蓋此幅實係「神品」。畫家口訣是「畫松要『老』，畫梅要『嫩』」。試問吾人所見故宮藏畫，歷代畫梅者，更有「嫩」於悲鴻者乎？就畫論畫，此幅亦悲鴻畫集中之佳作。如為偽作，則此作偽者，亦悲鴻同時人，彼亦自可成家，無待偽托。這與張大千偽製石濤，則不可同日語也。

我國傳統，向不以作偽為可恥，有時且以能「亂真」為榮。故名家作偽，多師古人。名家偽托時人則鮮見，有之則學生冒老師；然師生之間畢竟有段距離，明眼人一望即知，不若此幅「嫩寒」在悲鴻諸作中亦係上品也。

至於署名筆法，尤不足為憑。作偽者第一偽著便是學簽原作者之名，未有為偽作而在簽名與印鑑中標新立異也。

此五十幅中另一特點，便是畫出名家，而鮮見著錄。吳昌碩一代宗師，享譽海內外百餘年。近年尤為日本收藏家搶購對象。然此次展覽八幅之中，用於畫冊封面之代表作，其題款竟闕書一字。今謹為標出，以博識者一粲。款曰：

一品名花，得春最「早」
千年卷石，通禪不老
既不富貴，亦長壽考

在這一款識中，作者漏寫一「早」字。歷來鑑賞家，未見提及。於此亦可見此畫久屬私藏，而藏者未以之示人。今日得流傳海外，豈「文化大革命」之沖激有以致之歟!?

細賞名畫五十幅，觀後亦難免悲從中來。

這十家五十幅，歷時百年，在當今世界藝壇之上，真是還有比這項展覽更了得的嗎？但是賢明的讀者，你如細看標價，你也就會悲從中來！

想想：「我中國文人就這麼不值錢嗎？」

我們試把這五十幅名畫的市場價值總額加起來，為數亦不及五十萬美金。

算算五十萬美金能在今日紐約做些什麼呢？買買西畫看。那位今日還住在長島、日夜作畫的「現代畫家」杜庫寧，他的一幅塗鴉，就要賣上他三、五、七八十萬不等。

想想吧。我們十位不世出的「大師」，辛勤一百年，作品加起來的總價，竟抵不上杜庫寧三天兩夜的一幅塗鴉！

再買買房子看吧，五十萬元大致可在紐約的高級郊區買一所「中等住宅」，聊蔽一家四口之風雨。

到大西洋城去看看，那就更不得了。你看那些來自港臺的「揚州鹽商」們，五十萬元往往不足他們為時五分鐘「一注」的輸贏！！

想想那位「畫高六尺價三千」的鄭板橋，再想想那些肯出錢而老鄭偏不肯賣畫給他們的「

揚州鹽商」們，也實在太可敬可愛了。

總之，我們中國文人、畫家、學者，所以一直慘兮兮、不值錢，這與我們的國運實在有太大的關係。一直擠在「第三世界」裏，關門做皇帝，一朝走上有頭面的國際市場來，自然就慘兮兮、見不得人了。國際市場豈可一蹴而幾？

嚴幾道說得好，「托都」不行，「夭匿」又有什麼辦法呢？總希望我們海內外「夭匿」（unit）多多爭口氣，把「托都」（total）建設好，則一切自然會水到渠成。

一九八四年十一月二十四日於北美洲

【編者註】朱虛白，清代高僧，法號虛谷，善繪事，安徽歙縣人，一八二四年生，一八九六年卒。

——原載《傳記文學》第四十六卷第一期

讀三老「感逝」詩

頃拜讀阮毅成、程滄波、胡健中三丈「感逝」之詩，亦頗有感觸。郁達夫，我國現代文學中奇才也。何意竟因失愛投邊，為倭寇所戮。三老傷之，余亦戚然。因裁狗尾續之。

狸奴舊孽著新箋，三老相濡亦可憐。終化餘情成烈士，詎緣釵斷誤投邊。
柔條可折寧偷折，著意問天哪有天。地下若逢舊詩友，唱酬應自各成篇。
桂棹蘭栓同杳杳，孤魂幽魄兩翩翩。他年香夢隨風逝，飛向南洋哪一邊？
此是鶯鶯第幾箋？海隅老丈憶從前。阮郎已賦連三角，胡子何須嘆月圓！

編者按：陳公亮先生逝世前夕，曾將三十年代名作家郁達夫前妻王映霞女士遠道寄來問病卡，面交阮毅成先生，囑轉贈胡健中先生及本刊編者保存。阮毅成、程滄波、胡健中三先生並賦有詩章，見《傳記文學》第四十四卷第四期。旅美史學家唐德剛教授讀後有感，步三老韻和之。

——原載《傳記文學》第四十四卷第六期

《淺探》底淺探

——朱文長著《唐詩淺探》讀後

這已經是二十多年前的事了。

一次一位多情的中國留美學生，向一位祖國外交官的千金求愛。在一封纏綿悱惻底情書裏他引了兩句唐詩：春蠶到死絲方盡，蠟炬成灰淚始乾。

誰知道這位收信的小姐，幼小去國，普通的白話文她還可以勉強對付，碰到唐詩她就有困難了。但是她也理解到這兩句詩是這封情書的高潮；她並不解詩中意，未免太遺憾了。她找了兩位來自港、台，中文比她好的女同學幫忙翻譯。無奈這兩位女青年也愛莫能助。不得已她只好把這封信拿到她就讀大學裏的「中文班」上，去請教老師了。

這位老師原來也是該大學的研究生。他細讀之下，當然認為這是一封情書佳作，也是他班上最好的實際教材，因而在全班細心研讀全文之後，老師開始為這位迷惘的情人講解唐詩了。

他說，唐朝（六一八—九〇七）是中國詩歌的黃金時代，而唐朝的詩歌又可分為初、盛、中、晚四大階段。上述「春蠶」這首詩呀，是屬於第四期、晚唐大詩人李商隱的傑作！商隱生於八一三，歿於八五七，只活了四十幾歲。但是他卻是中國情詩底聖手。這兩句詩在中國知識分子之中真是無人不能背誦，寫的實在太美了！

「老師，」這位女學生仍不得其解的問道，「這兩句詩究應怎樣翻譯呢？」

老師說，「你知道『蠶』嗎？」

「silkworm.」全班同學不約而同的替她回答了。

「對了，」老師說，「silkworm 肚子裏有膠質，這膠質從牠嘴裏一條條地吐出來，就是絲了。這個蠶，慢慢地吐，慢慢地吐——一直把絲吐完，吐到牠死掉為止……」

「絲吐完，它並沒有死啊！」原來這一班學生都是讀過生物學的，知道蠶吐完絲要變蛹，蛹還要變蛾，蛾還要結婚，婚後還要生孩子……前途無限，以後蛾的家庭生活還有得過呢！中國人不懂科學，就說牠死掉了，真是胡說！大家不服，所以全班都和老師爭辯起來。

「這是情詩嘛！」老師說時抓抓自己的頭，「寫情詩，就當牠『死掉』才能感動人！」

「No!」這位收情詩的小姐大不以為然。她說，「談情說愛多美好，為什麼一定要『死掉』才能感動人呢？……哦！我最怕進殯儀館！」

「我也最討厭說什麼『死呀！死呀』的，」另一位女同學也響應地說，「我才不要讀這樣的情詩呢！哼！」

她這句話，顯然是代表全班學生說的，大家一致同意。

「下一句又說些什麼呢？」另一位男學生總算替老師解圍，把目標轉移了。

「在第二句裏，」老師說，「他自比蠟燭。」

這句話又引起了全堂的哄笑。

老師連忙解釋說，中國蠟燭沒有美國貨好，一燃起來就如喪考妣，熱淚橫流。

「他說他愛你，」老師又補充著說，「愛得像一支中國蠟燭一樣，他不到粉身碎骨，他想念你的眼淚，永不會流乾的！」

「他想念我!?」收信的小姐又感到奇怪了。「他想念我，為什麼一定要『哭』呢？——方頭大耳的男人！」

「中國人嘛！」老師尷尬地說，「中國人談戀愛就要哭。」

「Ah, no!」全班又不約而同地齊聲抗議。

「你們中國人談戀愛一定要『哭』嗎？」一位金髮女學生低聲問一問她鄰座的黑髮女郎。

「只有他才要哭呢！」那收信人把她底情書舉出來，在空氣中一劃。這時正好鈴聲大作，下課了！

這一課「唐詩」總算無疾而終。鈴聲雖然替中國式的愛情宣判了死刑，鈴聲也拯救了為著師生異趣、講唐詩講得難以收場的青年老師。

上面所說的這位青年老師當然不是朱文長，但是朱文長卻是他的平輩。他們同是二次大戰後在美利堅的大學裏教洋學生欣賞唐詩的拓荒者。他們在以英語教授唐詩的班上，都替寫情書的中國同學幫過忙。朱文長教授不也是為幫忙解釋唐詩名句「此物最相思」而傷過腦筋的嗎？所以他們在文曲星的帳簿上所積的陰功，差不多是一樣的；他們在以英語講解唐詩上所遭遇的困難，也大致相同。

中國是個詩人的國家。以前中國人做詩，又往往要說，「詩必盛唐！」的確唐詩也是中國的詩學正宗。不談中國詩則罷，要談，則必自唐詩始，然後再向前後延伸。所以一千多年來，單是談唐詩的書，便可獨自成立一個大圖書館。真是插架琳瑯、汗牛充棟！可是這些專攻唐詩的詩人、詩評家、詩話作者等等，千把年來，談來談去，也談不出太多的新花樣。

清朝乾隆年間「四庫提要」的編輯們便把中國傳統的詩評家分為五大「例」。每個例子舉一人為代表。他們說南朝梁代作《詩品》的鍾嶸，「第作者之甲乙而溯厥師承，為例各殊。」唐朝的和尚皎然所作的《詩式》，是「借陳法律」。和他同朝代的《本事詩》的作者孟棨的方法是「旁採故實」。宋朝劉攽所著的《中山詩話》和歐陽修所寫的《六一詩話》，「又體兼說部」。除此之外，元、明諸儒，多不足論，所以他們認為傳統中國文學批評裏，「後所論者，不出此五例中矣。」

紀曉嵐等這批乾嘉學人，把古今「詩評」就這樣「五例」帶過，雖多少有點武斷，但是目錄學者們如仔細查查，從鍾嶸到王國維，大家所談的，實在也跳不出「五例」太遠。這就是傳統中國詩評學的範圍。縱有一枝紅杏出牆來，也不會出得太多，因為它的根總歸是在牆內啊！

這個中國傳統由中原傳到高麗，由高麗傳入日本，南向則傳入安南。這些鄰國的騷人墨客雖然已不是「唐人」，但是對唐詩的研究，瓜不離籐，他們也擺脫不了我唐家香火。

本來，任何文人、思想家、哲學家……一般都跳不出他們自己的文化傳統。文化傳統是如來佛，文人學士只是些孫悟空。孫悟空如跳不出這個手掌，則齊天大聖的天地，仍然不過是一片巴掌而已。他不論如何神通廣大，騰雲駕霧，他始終也不過是個巴掌裏面的聖人罷了。

近百年來，時代不同了。孫悟空底天地變得廣闊多了。他竟然能從如來佛的掌心，跳到另外一位佛祖的掌心去了。跳出之後，果然耳目一新，近六七十年來留學歸國的博士詩人們，真是成筐成簍的。旨哉易卜生，歆歟浮士德；上通廊廟，下及普羅……僵了千多年的詩評學，因而進入了一個嶄新的時代。我國古代的詩人，也在新批評家的眼光裏換了新裝。杜子美、柳宗元都換了工人衣；溫八叉、柳三變卻穿起了資產階級的燕尾服。同樣的一群詩人——容我說句洋話——在不同的時代，和不同的角度裏，都顯出了不同的「透視」（perspective）。無疑的，這是中國文學批評史上一個劃時代的進步，它總算在孔家店所出產的頭巾之外，又找到幾頂洋帽子來戴戴了。

這些原是當年海外留學歸來的新文人，對我國詩評學流變中的最大的貢獻。可是吾人如詳細翻了這批時髦的爺們的著作——從早期的胡適、周作人到晚近在港、台、北美搞「新批評」的哥兒、姐兒們——他們給予我們讀閒書人底印象，是大同小異的。籠統的說一句，他們都是在歐美現行的文藝思潮激盪之下，為求變而變。這種求變之心，正和美國孩子們的剃頭一樣。嬉皮一來，大家都跟著做長毛，把巴伯餓死算事；暹羅國王駕到，大家又把腦袋剃得精光，讓青色的和尚頭，在春風裏盪漾。為變而變的本身就是目的。胡適之先生說他自己在文學上求變的經過是「逼上梁山」。但是如果我們把「詩學革命」這件事仔細的拆開來看看，這位「但開風氣」的大師，實在是「自願落草」，圍剿他的人，也是他落草以後才惹起來的，逼上梁山云乎哉!?

最近讀閒書，又讀到老朋友朱文長教授的《唐詩淺探》。細讀之下，我覺得文長這本書倒是名副其實的一本「逼梁上山」的作品，一部能打破舊框框而又沒有掉入時髦俗套的好書。作者「淺探」唐詩，原本也是從「五例」出發的，但是「五例」顯然不能滿足他底有特殊背景的要求，所以他才紅杏出牆，搞出個「六例」來。這本小冊子，我們驟然看來，不過是「老生常談」，細讀之下，才覺得它特別有新義。真是周雖舊邦，其命維新!

筆者說這句話，並不是要把「我的朋友」朱文長捧出來，「騎在人民頭上」，說他「文起八代之衰」。我只覺得他這個「淺探」，卻給唐詩做個新透視；而這個新透視是作者以洋文教洋人讀唐詩這個特殊經驗所逐漸培養出來的。他這個「特殊經驗」是我國近千年來，自歐陽修到王國維，所有的傳統詩評家所未嘗有。根據新經驗、新靈感，做新透視，這便是這本小冊子之所以能不落俗套的基本動力——這也是作者在千百本深探唐詩的著作之外，還要來「淺探」它一下的「正當理由」（justification）。

年前筆者路過李白紀念堂，不覺也「口占」了「來來往往一首詩」。我說李大師「未見紅塵十丈起，虧他猶自做詩仙！」做「仙人」要騰雲駕霧、白日飛升。青蓮居士連小飛機也未坐過，終日坐地喝酒，怎能成「仙」？余小子是乘飛機來的。當然飛機是給我們這些「來來往往」的張打油白坐了。李太白如果也能和我們一樣，在三萬五千尺高空「舉杯邀明月」一下，那該多好!?所以我們雖無古人之才，古人也沒有我們今人坐飛機的福氣。同樣一座山，坐牛車去看和坐飛機去看，是不一樣的。文長之所以能跳出舊框框，便是他在乘坐牛車之後，再乘坐飛機，又去看了一遍，倒不是因為文長之才一定要超過歐陽修、袁子才！

我們現代人談古典文學，當然也有不如古人的地方。不是我們資質比古人差，而是我們沒有古人研究古典文學的「基本功」。記得小的時候，老師要我背《孟子》，我反抗。被舅舅知道了。舅舅說，「你《孟子》還不願背，我們以前還背小註子呢！」胡適之先生也告訴過我，他還能「背四書的小註子」。筆者的四書永遠未讀透，就是因為我沒有「背小註子」的基本功！

研究乃至欣賞舊詩詞也要有一套「基本功」。俗語說，「熟讀唐詩三百首，不會吟詩也會吟。」真正欣賞唐詩，一定要把唐詩讀得多、讀得熟，這就是了解唐詩的基本功的基本功。胸有數百首「唐詩」做基本隊伍，然後再旁求其音韻、法律、異同、流變……如此再進一步求其「運動化」、「正規化」、「西洋化」、「現代化」……則無往不利。否則，像我輩流覽了一兩本《唐詩合解》一類的書，再在洋教授要求之下，讀了幾本「新批評」，然後就認為可以合二為一，《全唐詩》的精義，皆在我幾席間矣！這就有點不知天高地厚了。

《淺探》的作者是一位基本功相當深厚的詩學教員。積四十年之經驗，他把他那套功夫的心得，用一種「卑之無甚高論」的現代語言傳授出來，讓讀者也能跟著他來練一點——人人可練、但很多當代文士卻不願練、也不知如何練的小功夫。有這點小功夫談中國傳統詩歌便是檻內人；沒這點小功夫，則是門外漢。詩界高手們也告訴過我們，「內行」和「外行」之間的距離並不大。但是就因為這點小距離，行內和行外卻形成截然不同的兩個世界。內行對外行是完全了解的；外行卻永遠不能了解內行。因而有許多才氣極高、資質極好、讀書甚勤的文人學士——尤其是在所謂「留美學人」這個小圈圈之內——往往就因為一竅未開，而做了一輩子外行而不自知；有時且難免在洋場出了些不必要的洋相，這實在是一件可悲可憫的憾事。文長這本小冊子的最大功用，據筆者看來，它就是能用我輩所通行的言語，來幫助我輩外行，開此一竅。

當然，練點基本功來開一竅的辦法，並非文長的獨得之秘。和他同行教唐詩的還有一位家喻戶曉的林黛玉教授，她也教導她底學生從練點容易的基本功做起，來開此一竅。

且聽黛玉教授是怎樣講的：

且說香菱見了眾人之後，吃過晚飯，寶釵等都往賈母處去了，自己便往瀟湘館中來。此時黛玉已好了大半了，見香菱也進園來住，自是歡喜。香菱因笑道：「我這一進來了，也得空兒，好歹教給我做詩，就是我的造化了！」黛玉笑道：「既要學做詩，你就拜我為師。我雖不通，大略也還教的起你。」香菱笑道：「果然這樣，我就拜你為師。——你可不許膩煩的。」黛玉道：「什麼難事，也值得去學？不過是起承轉合。當中承轉，是兩副對子：平聲的對仄聲；虛的對實的，實的對虛的。若是果有了奇句，連平仄虛實不對都使得的。」香菱笑道：「怪道我常弄本舊詩，偷空兒看一兩首，又有對的極工的，又有不對的；又聽見說，『一三五不論，二四六分明；』看古人詩上，有順的，亦有二四六上錯了；所以天天疑惑。如今聽你一說，原來這些規矩竟是沒事的，只要詞句新奇為止。」黛玉說：「正是這個道理。詞句究竟還是末事，第一是立意要緊。若意趣真了，連詞句不用修飾，自是好的；這叫做『不以辭害意』。」香菱道：「我只愛陸放翁的『重簾不捲留香久，古硯微凹聚墨多，』說的真的有趣！」黛玉道：「斷不可看這樣的詩。你們因不知詩，所以見了這淺近的就愛。一入這個格局，再學不出來的。你只聽我說：你若真心要學，我這裏有《王摩詰全集》，你且把他的五言律一百首細心揣摩透熟了，然後再讀一百二十首老杜的七言律，次之再把李青蓮的七言絕句讀一二百首。肚子裏先有了這三個人做了底子。然後再把陶淵明、應、劉、謝、阮、庾、鮑等人的一看，你又是這樣一個極聰明伶俐的人，不用一年工夫，不愁不是詩翁了！」香菱聽了，笑道：「既這樣，好姑娘，你就把這書給我拿出來，我帶回去，夜裏讀幾首也是好的！」黛玉聽說，便命紫鵑將王右丞的五言律拿來，遞與香菱道：「你只看有紅圈的，都是我選的，有一首念一首。不明白的問你姑娘；或者遇見我，我講與你聽就是了。」香菱拿了詩，回到蘅蕪院中，諸事不管，只向燈下一首一首的讀起來……（《紅樓夢》第四十八回）

以上這一大段，便是林教授替她底學生所上的欣賞唐詩和習作舊詩的第一堂課。不過她底學生香菱和我們今日的學生比起來，應該算是高班研究生了，因為她至少對作舊詩的最起碼條件——平仄四聲——的認識已不成問題，不再要老師去耳提面命了。

文長說，「唐詩裏的律詩、絕句，也就是所謂近體詩，才是唐人超越古今、突出的成就。」同時他認為「唐詩之所以超越前代，一大原因就是掌握了平仄聲的和諧。」他又說，「因為近體詩已經駕御住了中國語言四聲的特色，而發揮其最美的配合，這種最美的配合就是平仄兩聲的和諧。」

照文長的看法，不諳平仄的不但不能作舊詩詞，甚至也不能了解舊詩詞「美」在何處，當然更不夠資格來「批評」舊詩詞了——不管他搞的是「新批評」或「舊批評」！

近代反對、甚至「恨」近體詩，尤其是律詩的人，要算是胡適之先生了。但是他也認為在音韻上沒有入門的人，不能談舊詩；音韻入門、而在舊詩詞「習作」上程度太差的，也不能批評舊詩，因為「手」太「低」的人，則「眼」就不可能太「高」。眼不夠高，還談什麼批評呢？

對舊文學有相當基本訓練的「古人」，當然就不會發生這些「稍息、立正」的問題。林黛玉教授就沒有為什麼「平仄」的問題傷過腦筋。因為她底學生雖然是位姨太太，而這位姨太太卻深諳平仄，不需要從「稍息、立正」搞起。

朱教授在他底文章裏一再提到，了解唐詩「談何容易」。這是他老人家以教授學者的身份上鑽牛角，所以愈來愈沒有底。筆者這個普通中國知識分子，倒覺得唐詩沒啥神秘，因為「唐詩」原就是普通中國知識分子生命中不可分割的一部分。試問哪個中國知識分子不能「哼」兩句「唐詩」？不能哼兩句的「知識分子」，他頭上也加不了「中國」兩字了。

有一次筆者在一個華僑學生的集會裏，以英語詢問他們：「你們小時候讀過『床前明月光』這首詩的，舉起手來看看！」出乎我意料的竟有一半學生舉手，而舉手者，竟有許多不會說中國話（國語或任何方言）的。

筆者的兩頭「小犬」，中國話也說的彆彆扭扭。但是他二人和他們父母一樣，兩三歲時就會背誦：「床前明月光，你是地上霜，我不是地上霜」了。「床前明月光」是八世紀大詩人李白（七〇五—七六二）的名句。兩三歲的中國孩子就能琅琅成誦，這在其他任何國家裏，都是不可想像的事。

中國人兩三歲就開始讀唐詩，愈大當然讀得愈多，等到他大到能寫情書的時候，難免也就要「春蠶到死，蠟炬成灰」地利用唐詩去向情人求愛了。所以唐詩實在是我們中國人精神生活上不可分割的一部；「哼唐詩」也是「中國知識分子」這個複合名詞的諸條定義之一。有文學天賦或愛好詩歌的東方人，有時就更要「熟讀唐詩三百首」了。既然「熟讀唐詩三百首」，有時也就「不會吟詩也要吟」了。吟得好的，就變成了「詩人」；吟得欠佳的，就成為張打油了；「打」得「平仄和諧」也可朗朗哼出；「打」得平仄不調，那就荒腔走板了。朱教授說他底「中國朋友」，「有雅興提筆寫幾句」，但當其「得意的出示新作時」，又「對平仄沒有研究」，就是上述這個歷史規律的辯證發展！因而這個對「平仄沒有研究」的「近體詩」如今就遍佈於大陸、港、台、南北美洲的所有的中西文報刊！

但是這並不表示「對平仄沒有研究」的就沒有「詩才」；或者相反的，對平仄有研究的就不「打油」、就不「酸」！只是平仄和諧的舊詩可以哼；平仄不和諧的，就哼不出來。既然做「哼不出來的詩」，那末就做點余光中的「無韻詩」（blank verse）或馮玉祥的「丘八詩」好了，何必抱著舊詩體裁打滾呢!?

本來嘛，「今人作詩宗李杜，李杜當日又宗誰？」李、杜本不必宗。但是吾人如既宗李、杜，當然是對李、杜的體裁有「偏好」；既對李、杜的體裁——近體詩、律詩、絕句——有偏好，那末學學李、杜的「平仄和諧」，不是很應該的嗎？

其實一般「不諳平仄」的詩人和詩評家，不是他們「不能」，而是「不為」；事實上也不是「不為」，而是「不知」——自己不自覺！自己不自覺的道理，也是因為無人指點，也無書可看。

現代中國人已逐漸走上工業化社會的忙碌生活。人們各忙其忙，誰又有空來找個林黛玉教授來指點做詩呢？不經指點（有時也是為著「面子」），那就只好「看書」了。可是傳統談音韻學的書籍，卻正如文長所說的「高來高去」，愈看愈糊塗。

筆者青年時代便曾選過音韻學大師趙少咸教授的課，這位戴著頂瓜皮帽的老夫子，要我們分辨「一東」、「二冬」發音的不同。說什麼「開口呼」、「合口呼」。他老人家以身作則，不知吹斷多少根鬍子，我這個笨學生到現在還不知道「東」和「冬」的發音有何不同。

文長這本小冊子寫的甚好，筆者亦樂於撰長文加以推發的道理，便是我覺得作者在「五例」之外，確有一些足稱「六例」的心得，而能以「平凡的話」表達出來，不要像趙教授那樣呼啦呼啦的去吹鬍子。

唐詩原是中國知識分子的共有財產。文謅謅的中國知識分子大家都可以背一點——從幾首到幾百首不等。但是等到一個人背了幾十乃至幾百首唐詩，人家問你唐詩是什麼東西，要你就其要義，做二十分鐘的演講，則很少人不感困難的。朱著這本小冊子的好處，便是它辭簡意賅、雅俗共賞。一個大中學生，只要能抽出幾個鐘頭來細讀一遍，他對唐詩也可像諸葛亮讀書一樣，知其大略了。在一個工商業的社會裏，大家都忙，誰有工夫去啃與本行無關的大書？讀小書，要讀其小而有益，則朱著這本《唐詩淺探》實在大大值得介紹。

學富五車、咿唔不離口的詩學大師們，我也勸他們看，因為這部教洋學生讀唐詩的新書，中國文學批評史上尚未多見，讀之可滌除土氣和酸氣。當然教洋人讀唐書的西文著作，今日也汗牛充棟。但那些難免都是寫給洋人看的，文長說，「詩本來就『不可譯』」。和洋人談唐詩，與唐人談唐詩，味道又自不同！文長這本書是寫給唐人看的。有心的唐人真應一讀！

說文長的書好，並不是說我百分之百的同意他底看法。例如他談陸法言的一條，我就不敢苟同。我認為世界上所謂標音，無一而非方言。而把方言標準化的，也無一而非出於少數語言學家的私斷。少數人的私斷，為多數人所接受，或多數人所發展，為少數人所鑑定，本是彼此影響、相互為用的。中國音韻的發展也跳不出這個公式。

文長說，「可見隋時南北語音業已不同」云云，其實豈但隋時，今時美國——乃至今日紐約市（不談紐約州了）尚且不同。說美國英語的有所謂「紐約口音」（New Yorkish accent）；紐約市的口音之內，又有所謂「布碌崙口音」（Brooklyn accent）。紐約市有電台數十家、電話五百萬架、地下鐵三千英里，交通這樣方便的都市，市南市北口音尚且不同，遑論「隋時」，大家各方其言，「少數『權威學者』用人工假造出來」不是很自然的事嗎？

還有我嫌文長這本書「洋味」不夠重，因為今日談唐詩是有其世界意義的。我反對對唐詩無本質上的了解，而搬弄像「新批評」（New Criticism）一類新名詞、洋名詞來大帽壓人。我也認為以單純的「本土主義」（nativism）談唐詩，亦有其百尺竿頭更進一步的必要。文長的千金是耶魯大學專攻英國文學的高材生。他們父女在文字批評與譯述上的合作，已經發出燦爛的光輝。將來日到中天，他們賢父女當會為中西文學的交流做出更大的貢獻！

朱文長教授與筆者近年來常時通訊討論各種問題，有時還會抬點有趣味的小槓子。最近他底《淺探》連載完畢時，承老友不棄，賜我一份，並且不念抬槓之舊惡，囑我作一「序」文。作序筆者自覺不敢，因為那是他們專搞唐詩的專家們的事。筆者對唐詩的了解還停滯在《唐詩三百首》的階段，何敢不自量力為專家的作品來作序。所以我告訴作者：作序不敢，但我或可寫點「讀後感」，因為讀後的感想是任何「讀者」都可以執筆的，並不限於專家，所以我就拉雜地寫了點感想向老朋友繳卷。行外之言，尚乞博君子，不吝賜教！

一九七八年九月十二日於北美洲

——原載《唐詩淺探》，臺灣商務印書館

我的氣功經驗說
——從一泓止水到手舞足蹈

我和氣功結緣已有三十年。那是從六十年代初，美國時興的一種養生活動「靜坐」（meditation）開始的——那時我在哥倫比亞大學當兼任副教授，專任中文圖書館主任。

哥大那時是全美「中國學」中「民國史」這一科的重心。我不但是當時哥大所特有的「中國口述歷史學部」的兩位全時研究員之一，我也是當時全美蒐集和整理民國史料的少數專業人員之一，更在哥大研究院教授兩門有關的課程。其時我正值壯年，精力旺盛而工作認真。白晝為大學工作鞠躬盡瘁，夜晚為自己研究工作時常忙個通宵。我和老胡適之先生一樣，對哥大這個「母校」真是忠心耿耿。我私人的研究工作是配合著大學的需要設計的，所以我自己的研究工作一半也是大學工作的一部分吧。

記得那時每晚晚餐之後，我都是回到校內研究室工作的，有時遲至午夜一、二時還未回家。一次我在午夜之後，還捉到一個偷書之「賊」呢。原來他是一位有精神病的校外研究員。他在書庫內睡著了，一覺醒來已是夜半一時。他在這漆黑一團的八陣圖內著慌了，乃在書庫內亂闖起來。我那時正一人一燈在書庫內看書。聽到異聲，知是有賊，乃關燈夾尾而逃。不顧數寸積雪，我只穿件襯衫，便疾跑至校警室召來四個校警，把他一網成擒。原來他不是雅賊，而是位貪睡的精神病患者。

那時我時常深夜不歸，朋友們發現我如此「用功」，有位朋友曾向我老伴說，「他如此用功，並未『用』出些什麼東西來嘛！」朋友所說的東西，顯然指的是「著書立說」。他不知道我的興趣是「讀書」。古人說，「讀書最樂」，連十二歲的胡洪騂也會說，「我不覺得讀書是什麼苦事。」正是這種不足為外人道的樂趣。

其時我為大學勤勤懇懇地工作，為自己認認真真的讀書，雖無名無利，也倒心安理得。本圖「萬人如海一身藏」，做個不虞凍餒的讀書人。誰知人畢竟是社會動物，在任何社會裏你都是藏不了的。你讀書、教書、寫書、管書……往往都是你的包袱。成績愈好，包袱愈重。在那同一時期太平洋彼岸被「揪鬥」的「白專權威」的遭遇不就是這樣嗎？他們的罪名是他們的「權威」。我雖非權威，但是遭遇則一，所受精神折磨也是具體而微，大致相同。你為大學盡忠盡孝半輩子，如今拂袖而去，和戀棧不去，精神痛苦都是一樣的。在精神瀕於分裂狀態之下，唯一自救之術，便是找一塊「精神避難所」——這個「避難所」我終於找到了，它的名字叫做「靜坐」。在靜坐中我才逐漸體會了我國古聖先哲的教誨：「知止而後有定，定而後能靜，靜而後能安，安而後能慮，慮而後能得。」

我對「靜而後能安」的體會，真是得其三昧。靜坐乃變成我日常生活的一部分。

「靜」是一泓止水。在微波不興的狀況之下，進入心安理得之境。心安理得之餘，才能對天下事物的本末終始有清晰的認識。

在哥大中文圖書館內我也讀了些佛經和道藏，再配合起耶教聖經的教義，我發現在所有宗教中「靜而後能安」都是他們的共同基礎。儒佛無神，道耶有神，認識不同，基礎則一也。這時我對本師胡適之先生的禪學也感到不足了。胡之對佛，有其知識（knowledge），而無其體驗（application）。吾人對「不立文字」之教，只可以「坐禪」來體驗之。書本知識，終嫌不足也——我對「坐禪」因而也發生了興趣。

「靜坐」與「坐禪」，方式無殊也。而其內涵則有「止水」、「流水」之別！

「大學之道」近於「坐禪」，這是宋明諸儒體會出來的——其境界則較今日西方時興的「靜坐」又高出一籌了。

在領悟「坐禪」的過程中，我受老友沈家楨先生的影響很大。最近承星雲大師之約和他們師徒一道去大陸朝名山、弘佛法，對我的體會也很多。家楨先生曾勸我說：「練習『打坐』要找個師傅指點指點。」但是我對「打坐」，只覺得它是對修身養性有好處，並無意深入，要把涓涓細流，流入滄海。所以我一直只是個「單幹戶」的「靜坐者」（meditator）。個性急躁而直率，退而省其私的靜坐對我自己的修身養性的好處，是說不盡的。

靜坐對我說來雖是很好的習慣——尤其是在日常生活和工作宛如救火的紐約市。但我一直沒有把「靜坐」和「氣功」聯在一起。

我第一次知道點氣功常識，是從我的一位妹妹那裏聽到的。我這位妹妹在五十年代讀大學時是共青團員，中共的狂熱擁護者，可是在六十年代文革期中竟然數度被迫自殺未遂，後來在北大荒勞改營內又受盡折磨。在身心交瘁的情況之下，我們兄妹一別二十五年之後再次聚會了。我看她瀕於崩潰的身心，真為之痛惜擔心。她在一九八一年和我老伴初見時，她這位嫂嫂對她健康條件之壞，也深感驚悸。

一別六年，一九八六年我們兩家又重聚了。一九八六年的妹妹簡直換了個人。她健康、活潑，甚至恢復了我對她童年的印象。她嫂嫂也說她比一九八一年的她，還要年輕十歲！

我對她說，「鄧小平的開放政策，對你真有切身的好處啊！」

妹妹承認「開放政策」是她健康恢復的原因之一，但主要的還是她自己練「氣功」的結果——她在練「鶴翔樁」。這是我第一次知道氣功的實效和「鶴翔樁」這個名詞。

「氣功」有這麼大的功能!?妹妹姑妄言之，我也就姑妄聽之了。

由於健康的恢復，妹妹便成為氣功的信徒。她知道我外強中乾，身體上也有許多毛病如輕性的高血壓、耳鳴和一些消化系統上的毛病。她乃不斷地送些氣功書給我，勸我和她一樣變成氣功信徒。做信徒我無心也，但是對「讀閒書」卻有既定的習慣。我把她寄給我的小冊子都在三上（枕上、廁上、車上）讀完了。「開卷有益」，這些卑之無甚高論的作品，對我讀古書的經驗卻有很多啟發。我對《大學》中的「靜而後能安」便想出了新的解釋來，甚至對老莊、孟荀、《淮南子》、《抱朴子》……等等都有了新的看法。以前的註疏家都和胡適之先生一樣，只在文字上求解答，而缺乏文字之外底「體驗」。

宋明諸儒顯然曾有身體力行的，但是他們很少明說，因此什麼「天人合一」等等教條，都變成「偉大的空話」。要不那就變成王陽明對竹子去「格物」一樣，一輩子也「格」不出什麼來。等而下之，就變成某翁求「正心誠意」，連「昨夜與老妻敦倫一次」也正心誠意出來了。我讀了那些氣功小冊子，那裏幾乎千篇一律的談到「恆心、耐心、信心」和「調身、調息、調心」等要點。因此我根據這些要點，也修正了我一貫「靜坐」的方法。誰知「無心插柳柳成蔭」，我這修正主義一來，竟把「氣功」也修正到我自己身上來了。

那是一九八八年七月二十五日的夜半，也是我的修正主義實行數月之後，忽然間覺得頭頂一炸，接著全身似乎有億萬隻螞蟻在上下亂爬周而復始，一時頗為驚慌。隨之便想到這或許便是「書」上所說的「氣功八觸」之一的「麻」的現象了。乃靜心待之。

其後「麻觸」漸漸變成經常現象了，靜坐著的身軀繼之以「微微動搖」，似乎也是「書」上所說的「外動」了。自此之後，我每日的日記上都把氣功現象列為「頭版頭條」，以記其進度。這「外動」在日記上逐漸由「微動」、「小動」、「中動」、「大動」而及於「狂動」——非以意識控制的「手舞足蹈」。但此一「狂動」雖然不是意識所能控制的，可是我頭腦卻十分清醒，呼吸緩慢，對這自發的「手舞足蹈」，且有「看你橫行到幾時」的有趣心情。狂動約三五分鐘之後乃自動停止，全身端坐如「泥塑木雕」——這四字是我在宋人道學家的筆記裏看到的，想不到如今自身亦體驗之也。

以上都是氣功書上所說的「進度」和「現象」，我自己竟亦無師自通之。據書上言這只是氣功的初階。以後玄而又玄，花樣多著呢。不過我個人的本事在目前也就到此為止了——以後是否還可繼續前進，學出許多「神通」來，我就無法預言了。

可是到此為止，我已可肯定，氣功確是很神秘而又可以按步體驗的東西，因為我自己的經驗便可現身說法嘛。

我沒有老師。我的老師就是妹妹送我的那幾本小冊子。小冊子說我不會「走火入魔」的，所以我也就大膽地、有恆心的堅持下去，「以觀其變」了。

氣功是否對我也有些什麼「療效」呢？我只能說精神好些了。以前工作久了易於疲乏，現在顯然是好多了。還有以前冬季時有腹瀉，今冬是一次也沒有過，而排泄系統暢通。此外還有一些生理現象，如子侄輩告我，面孔上的「老人瘢」也淡減多矣。至於耳鳴和血壓則改善甚少。氣功對五臟的影響，似乎遠大於對神經系統也。

這是我這位「在家修行」的氣功學徒的個人經驗。寫出來或可得到其他學徒的共鳴——我並且寫了一本三百天沒有間斷的「氣功日記」，記錄其逐漸發生的現象，也可與其他學徒交換經驗的。

——原載《傳記文學》第五十五卷第二期

「公子哥」和「老闆娘」

紹唐兄：

今天收到您寄下的元月號《傳記文學》不免大吃一驚。怎麼我那篇〈論三位一體的張學良將軍〉的老文章，蒙兄青睞，又被挖出來登了出來呢？讀到文末，您所指出的王海晨、胥波翻譯的傅虹霖著的《張學良的政治生涯》，才恍然大悟，原來貴刊是取自該書。那本書在大陸上銷了三十萬冊，但是我那位「得意門生」的傅博士，卻堅持不送我一本，因為「錯字太多」，「再版時再送老師一本」。今讀貴刊載出之文，才真的理解到傅博士不送我一本的道理。你看那拙作上原用的「公子哥兒」詞句，統統都變成費解的「公子哥」了。紹老，您和在下幼年時都做過倒楣的「哥兒」的。誰知道這個「姥嫗能解」的老名詞，現在大陸上一般青年學者們懂都不懂了。我那個「公子哥」顯然是大陸的年輕的編輯們改掉的。

還有，我在那篇小文中，也開玩笑的用了一句傳奇文學上的通用語。我說「趙四小姐」的癡情，少帥，您「生受」了。「生受了」是「四大傳奇」上隨處都可找到的，而這一「崑曲」

上常用的「臺詞」，在「皮簧」上也被沿用。今日京戲舞臺上，也不是時常聽到，「小生，生受了。」可是我那篇拙文上的「生受」了，卻被戴了頂紅帽子（一笑）——被加了個「一」字，變成「一生受之」，這就變成詞義兩變了。這個「一」字，顯然也是大陸上的青年編輯們加上去的。「新」文學家們，本來就是不大看「舊」戲的。

我何以把這些有趣的小事都說成大陸上的事呢？這也是經驗之談。有一次我在西安開會，西北大學歷史系主任彭樹織教授在他的「介紹詞」裏把我大大的恭維了一頓。我在答謝時，說句笑話：「諸位不能聽彭老闆的話……」誰知我話一出，全場愕然，因為百分之九十的聽眾，竟不知道「老闆或老板」是什麼意思！他們對這通俗名詞已四十年未用了，我這個老油條忽然把這「古老的」（？）名詞搬出來，新油條們就不懂了。在我也愕然之餘，有位老教授含笑的向我說：「老唐呀，照我們現在的一胎制搞下去，再過四十年，恐怕連哥哥、弟弟、姊姊、妹妹、叔叔、伯伯、舅舅、姑媽、姨媽、嬸嬸、嫂嫂、老姑、小姑……全都不知道是什麼東西了，還談什麼老闆和老闆娘呢！」老友這一說，我如大夢初醒。世界上的事，太難捉摸了。「自己」這個圈圈，實在是太小了。自作多情，感嘆不盡！

弟德剛上

一九八九年元月十二日

——原載《傳記文學》第五十四卷第三期

「我犯罪了！並無解說。」

——向謝扶公與蘇阿姨致意

紹唐兄：

今早家中水管不爭氣，滴滴答答。老婆要我修水管。修了一半，收到你的掛號長信，並拜讀謝扶老罵我做「四人幫」的長文。本事不夠好，水管還在繼續漏，暫時就讓它去漏吧。提起筆，立刻回兄一封信。這是懶人的破天荒，然兄有要務也。

關於顧少川先生的稿子，他既有得賣，我就可買到。「學問天下之公器」，我最恨學術商業化，兄既有顧公之諾，管其他「老小子」事呢？弟閱人多矣。「老小子」所知亦多。所謂家有敝帚，享之千金。不足掛齒也（編者註一）。

謝扶公罵我之文，乞兄不必顧慮，應該一字不易刊出。此事本是我不對，長者之罵，正誌吾過也。自己該罵，就該讓人罵。先鼓勵人罵自己，然後又自吹「引蛇出洞」，搞「陽謀」整人，那就混帳了。

謝公去歲寄一本「詩集」給我，說「兄如已有」的話，就叫我轉送給殷志鵬。弟對「舊詩」

興趣仍然很大，但是也是個「室小書多似亂山」的人，我想讓我先翻翻，再轉殷君，這就「拖」下來了，結果惹了扶公「狗血噴頭」一場大惡罵，罪有應得。活該！兄還是把它登出去吧，免惹老人不快，務必、務必。

犯了錯，要有勇氣「認錯」。人家罵，你最好賠不是。不必把「強辯」當「槍斃」，弄得那樣緊張。

最近弟與李又寧教授聯合請客，那是「星期日」，想不到我竟然泊錯了車，吃了一張「罰款單」。那單上說：「你犯罪了嗎？」還是「另有解說」（可免罰款）。老婆持票震驚，問我有無「解說」。我取票填入：「我犯罪了！並無解說。」乖乖地送上美鈔三十五元，賠個罪，了事。弟這樣坦承犯罪，在「我們安徽」土話，叫做「伸直了睡」，不必彎彎曲曲的了。弟已另稟謝公，字寫得拳頭大一個，因他九十多歲了，眼睛不太好故也。

謝公是位極可愛的老前輩，一天到晚上帝、上帝的。耄耋而有童心。弟對他極其敬重。中國政客如果個個都有謝老十分之一的可愛，中國早就大治了。

謝老的「舊詩」，並不太「靈光」，但他老人家，總喜歡「口占一絕」。這也是扶公極可愛的地方之一。

讓這樣可愛而方方正正的老前輩「罵」兩句「四人幫」，也是應該的——何況，其「錯」原來是全在我呢！

據說老年人有火氣是壽徵。我為老人期頤之慶而祝福。弟對他的冒火，毫無反感。兄如向老人寫信，亦乞代致意焉。

一不做、二不休。

乾脆再向「罵」我的另一老前輩——蘇雪林教授，也「解說」幾句（編者註二）。

承兄寄下老人罵我之書，翻之未起絲毫反感。蘇梅本是我的「阿姨」——她是我姑媽的「女師」和「留法」同學，她底「同學」之中，更不知道有多少個「姑媽、姨媽、嬸母、伯母」。但是我那些這個媽、那個媽，當年都是一批「小姐」，不像蘇梅是個「才女」呢。

現在我這些「姑媽、姨媽」們都已不在人間了。剩下個「蘇阿姨」，居然還「健在」臺南，我聽到她老人家的消息，已經感到很高興了。讓她「罵」兩句，出口老人氣，對健康也是有好處的。為著老人的健康，我也是罰票照填：「我犯罪了！並無解說。」三十五塊美金照出無誤——只要對她老人家健康有好處。

不過蘇阿姨也太偏心。她在罵我的書上說我是：「妄誕、瘋狂、荒謬、淺薄、輕率、欺詐、下流和輕薄；種種惡德，說不盡、道不完。」這一來好帽子被我這位壞人戴盡了，使我兩位「壞人」朋友——湖南「騾子」周策縱、蘇州「空頭」夏志清，都氣得鬍子一飄一飄的，因為他二人竟然一頂也未分到。

為使兩位老友氣平，我原想寫一篇叫〈向阿姨頂嘴〉的小文，把帽子也分一兩頂給他兩位「

壞人」。後來你紹唐先生打電話來說，不必了、不必了。我也就不想頂嘴了。

我們安徽人有句形容前輩老太太的話，叫做「顛倒」——「老人家年紀大了，顛顛倒倒。」我想我什麼時候說過我老師胡適之先生是「外黃內白的香蕉」呢——在拙著「哪一頁？哪一行？」別的例子就不必多舉了。

向「阿姨」頂嘴一下，但是想起阿姨「年紀大了，顛顛倒倒」，也就不再多「頂」了。

我有位學長吳大姐，吳健雄。吳學長一向是對我愛護備至，更從未教訓過我一句。這次在一起吃飯，她忽然破例的，認真地說了幾句——說我不應該批評我們的老師胡適之先生。吳大姐舉了好幾個例子，但是竟然沒有一個，是我的書上有過。

吳健雄教授的故事哪裏來的呢？

談笑之間，才知道「蘇阿姨」把罵我之書也航寄了一本給她。吳學長是位科學家，對文史書籍只是偶爾翻翻的。誰知偶爾一翻就翻出「香蕉」來了。其他讀者作者可能也有相同的情況，那又叫我何從解釋起呢?!

蘇梅是我的「阿姨」，健雄是我的「學長」。對這二位，我都寧願「罰款」，不願「頂嘴」的。不過無辜地出了三十五塊錢，對我這小氣鬼來說，心裏多少也覺得有點冤枉罷了。

德剛上

一九八四年四月七日

361　「我犯罪了！並無解說。」

【編者註】

一，「關於顧少川先生的稿子」，係指《顧維鈞回憶錄》而言。「老小子」為哥倫比亞大學裏面的一位主管。

二，蘇雪林教授罵唐德剛之書為《猶大之吻》，自費出版。主要因唐德剛在《傳記文學》所寫胡適各文而引起的，蘇認為對胡有「大不敬」與「重大冒犯」，因而大罵出「手」。

——原載《傳記文學》第四十四卷第五期

國家圖書館出版品預行編目(CIP)資料

書緣與人緣 / 唐德剛作. -- 二版. -- 臺北市 : 遠流,
2013.01

面； 公分. -- (唐德剛作品集)

ISBN 978-957-32-7128-4(平裝)

855 101025774

唐德剛作品集①

民國通史．晚清導論篇

晚清七十年

【壹】中國社會文化轉型綜論

唐德剛⊙著

歷史是條長江大河，永遠向前流動。在歷史的潮流裡，「轉型期」是個瓶頸，是個三峽。近一個半世紀中國變亂的性質，就是兩千年一遇的「社會文化大轉型」的現象，其間死人如麻，痛苦至極。不過不論時間長短，「歷史三峽」終必有通過之一日。從此揚帆直下，隨大江東去，進入海闊天空的太平之洋。……

唐德剛作品集②

民國通史・晚清導論篇

晚清七十年

【貳】太平天国

唐德剛◉著

時至晚清，改朝換代的週期已屆，政府的統治大機器徹底鏽爛，社會也百病叢生。廣東洪秀全，一個典型「三家村」的土塾師，科場失意，轉以「拜上帝會」之名於廣西聚衆起義，企圖建立一個夢想中的「小天堂」。一群狂熱信徒被逼上梁山，化宗教信仰爲政治力量，終至釀成死人無數的「太平天国」大悲劇。……

唐德剛作品集③

民國通史．晚清導論篇

晚清七十年

【參】甲午戰爭與戊戌變法

唐德剛◎著

甲午戰爭，一場最具關鍵性的海上戰役，孤臣無力可回天，北洋艦隊全軍覆沒，它的勝負改寫了中國歷史。戊戌變法，一次注定要夭折的改革運動，小皇帝不敵老太后，維新政府無疾而終，它的結果預示了大清命運。科技現代化與政治現代化雙重挫敗，第二次社會文化轉型前途漫漫。……

唐德剛作品集④

民國通史・晚清導論篇

晚清七十年

【肆】義和團與八國聯軍

唐德剛⊙著

義和團，亦民亦匪的保國群衆運動，從星星之火燒成燎原之勢，扶清不成，滅洋無功，上演一齣獸性大發的人間醜劇。八國聯軍，各懷鬼胎的國際武裝大拼盤，從護衛使館轉爲進軍北京，姦擄焚殺，人頭滾滾，掀起一次世界文明史上的罕見浩劫。雖有李鴻章巧手斡旋，瓜分之禍可免，喪權辱國難逃。……

唐德剛作品集⑤

民國通史·晚清導論篇

晚清七十年

【伍】袁世凱、孫文與辛亥革命

唐德剛⊙著

袁世凱，集槍桿與政權、智慧和機運於一身，以區區七千人的「新建陸軍」，擠入大清帝國的政治心臟，呼風喚雨，舉足輕重。孫文，得風氣之先的華僑青年，立志救國的新知識分子，從興中會到同盟會，倡導革命，引領思潮。兩個縱橫於體制內外的重要人物，共同終結了晚清的殘局。……